莫泊桑短篇小說選集

Best Short Stories

附：脂肪球

Contes et Nouvelles Choisis de Maupassant

Guy de Maupassant
莫泊桑——著
呂佩謙——譯

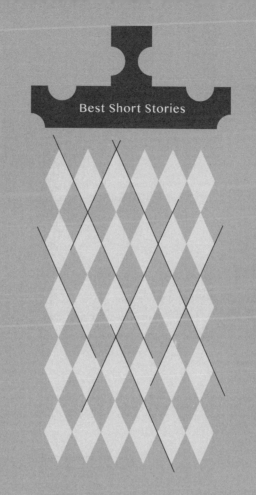

文本導讀（※建議讀者先讀畢小說，再細細品味此精彩賞析）

莫泊桑說故事的本事

文／翁振盛
中央大學法文系助理教授
法國尼斯大學法國文學博士

I

有「世界短篇小說之王」美譽的莫泊桑，並非一開始便心無旁鶩的投入寫作。就像〈首飾〉

中的羅塞勒先生，年輕的莫泊桑曾擔任基層公務員，但朝九晚五、一成不變的公職生涯十分單調乏味，令他幾乎快窒息。後來選擇離開，書寫機器才眞正開始啓動。

莫泊桑十分多產，從一八八〇至一八九一年短短十餘年間，發表了近三百部短篇小說，經常一個月就能完成三、四篇故事。這本《莫泊桑短篇小說選集》所收錄的廿七篇故事，出版時間皆介於一八七六至一八九一年間，尤其集中在一八八二至一八八四這三年，這幾年也正是莫泊桑創作生涯的高峰。

這些故事大都先在報紙發表，後陸續集結成書，並以第一個作品的名稱作爲小說集名稱。不少作品原以筆名發表，像是〈獲得勛章了！〉和〈田園牧歌〉這兩篇的筆名即是莫菲聶茲（Maufrigneuse）。還有很多獻給友人的作品，如〈瓦爾特・施納夫斯的奇遇〉，則是獻給他中學時代的摯友潘匈（Robert Pinchon）。

本書所選錄的廿七篇故事，有許多十分知名，如〈脂肪球〉、〈海上〉、〈首飾〉等。尤其是〈脂肪球〉，在以「普法戰爭」爲題的眾作家合集《梅塘夜譚》（*Les Soirées de Médan*）中脫穎而出，被當時著名小說家福樓拜（Gustave Flaubert）認定是最傑出的作品，一夕間，莫泊桑聲名大噪。

主題多樣——廿七篇故事，可分成六種類型

本書除了〈脂肪球〉，其他故事篇幅都不長，多半在幾千至一萬字左右完結（譯成中文後）。這些作品豐富多樣，涉及各式主題，表面看來故事之間差異頗大，但異中有同，底下可粗分爲六種類型——

第一類刻劃農夫、漁夫、工人等中下階層生活，許多故事發生在鄉間，如〈瞎子〉、〈在鄉下〉、〈小酒桶〉、〈魔鬼〉等。

第二類關注中產、上層階級生活，鋪陳浮華世界，講金錢、頭銜、權力的爭奪與流通。故事背景常坐落在城市，尤其是巴黎。屬於這類型的有〈獲得勛章了！〉、〈保護人〉、〈首飾〉等。

第三類描寫愛戀生活的激情、甜美、苦澀與幻滅，如〈懊悔〉。

第四類描述親情與家庭生活，尤其著重情感和金錢的糾葛，及親子、手足之間關係。〈兒子〉、〈殺害父母罪〉、〈在鄉下〉和〈在海上〉可歸爲此類。

第五類主要圍繞一八七〇年的普法戰爭，尤其聚焦於普魯士軍人與法國人民的遭逢。普法戰爭爆發後，甫從中學畢業的莫泊桑也被徵兵，任職於盧昂（Rouen）軍需處；法國的潰敗，由此對莫泊桑產生巨大衝擊。他有不少短篇小說以普法戰爭爲主題，〈脂肪球〉和〈瓦爾特・施納夫斯的奇遇〉正在此列。

第六類、也是最後一種類型，爲帶有奇幻色彩的故事，通常倚重空間、氛圍的營造，突顯人物心理變化，〈在河上〉爲典型例子。

這六種類型的劃分自非絕對，也無法涵括本書所有故事。有些故事橫跨了不同類型，不易清楚歸類，比如稍後將讀到的本書第一篇故事〈在鄉下〉。

寫作格式——圍繞單一事件，調度時空

莫泊桑的寫作，恪遵短篇小說的圭臬——僅敘述單一事件，所有人物營造、空間描繪、時間安排、話語、行動皆圍繞著此事件。

在此原則下，他的篇幅大都調配合宜。比如〈首飾〉僅用兩個段落便完整交代，羅塞勒太太戴著向友人借來的項鍊出席舞會，成爲全場注目焦點。之所以採取如此經濟的書寫，是因重心並不在此，眞正的重點在舞會結束後一連串發生的事。

〈兒子〉則透過好幾個接續的地名、一連串的空間指示，形成頻繁移動的印象。每個名稱、每個城市，不過是過客暫時駐足的停靠站，人生旅程的一小段插曲——主人公年輕時曾和友人到布列塔尼一帶旅行，多年後故地重遊，意外發現與某座小城有著血濃於水的聯繫。

若說〈兒子〉的空間指示，標示了路徑、移動和旅行，也暗示了故事的遞變，那麼〈巧計〉則是藉由時間指示造成急迫感，利用時間壓力擴大故事張力——老醫生於熟睡中被吵醒，有個面臨生死交關難題的少婦上門求助，幸好醫生幫忙略施巧計，這才化解了危機。

首尾呼應——結局出乎意料，卻合情合理

莫泊桑的短篇小說總是力求均衡，故事有始有終，首尾呼應，鮮少給予人頭重腳輕、草草結束之感。

不少故事皆以祕密或謎團開始，在摸索與試探中前進。隨著故事推移，線索逐漸積累、綿密交織，但仍儘量延遲答案的揭曉，甚至不惜拋出錯誤線索故意混淆視聽。符號學家羅蘭・巴特（Roland Barthes）將敘事構成比喻爲脫衣舞表演——表演過程中，衣服一件件脫下，直到最後才褪下最私密衣物。謎底或者祕密要留待最後一刻才揭開，掀開後頓時豁然開朗，故事旋即落幕。

像是〈懺悔〉，一直要到故事最後，我們才理解爲何妹妹要常伴姊姊左右，終身不婚？何以她身體經常不適，竟衰老得比起姊姊還快？

〈魔鬼〉裡，看護婦與農夫談定了一個固定報酬，但她不想太耗費時日照顧垂死老婦，以免虧錢，於是心生一計……

又如〈女房東〉、〈在鄉下〉的結尾均令人意想不到，震撼也格外強烈——有時像當頭棒喝，濃烈而粗暴；有時宛如涓涓細水，餘味久久仍未散去。

敘事觀點——第一或第三人稱，切換自如

本書故事採第三人稱敘事觀點者，爲數不少，如〈復仇〉、〈懊悔〉、〈獲得勛章了！〉、〈田園牧歌〉、〈首飾〉等。雖採第三人稱敘述，但敘事者並未缺席，不讓人覺得他冷眼旁觀、高高在上或遙不可及；相反地，他很投入所敘述的故事，貼近他的人物，不吝分享他們的喜樂哀愁，隨著他們的情緒起舞。

純粹第一人稱觀點的故事相對而言較少，〈我的舅舅索斯坦納〉爲比較典型的例子。採第一人稱觀點敘述，雖說視野相對受限，卻有助敘事者適時披露情感、慾望與立場。自己現身說法，讓故事更爲可信、更具說服力，爲故事提供眞實性的保證，或說至少可造成眞實的幻象。

然而，不少故事並非從頭到尾只採單一敘事觀點。它們通常始於第三人稱，不久轉爲第一人稱，且多由故事要角述說自己身上發生的事；但故事最後，又經常轉回第三人稱觀點。採這種方式的有〈兒子〉、〈巧計〉、〈殺害父母罪〉等——這也是莫泊桑相當偏好的敘述方式。

還有許多故事，從頭到尾皆採第一人稱敘述，只是故事由第一層推進到第二層後，敘事者易手，改換另一號人物敘述。〈在河上〉和〈狼〉爲典型例子。

II

推動故事的左手——人物的對話、細密的描繪

莫泊桑作品中，敘述與對話往往交替出現，兩者比例適中。筆下人物既不饒舌，也不寡言，只說該說的話。對話，往往能展現人物性格，及人物之間的關係，也能交代事件脈絡。對話中，釋放的訊息與醞釀的情感，也能爲敘事的推進推波助瀾。

〈巴蒂斯特太太〉的敘事者在等火車開，悶得發慌，忽見一列送葬隊伍，好奇心驅使下加入了行伍。途中，死者的身分、過往、死因，乃透過敘事者與送葬人之間來來回回的對話，一步步揭開。

此外，莫泊桑在描繪方面亦頗爲節制，只聚焦在該突出的地方，長短輕重拿捏恰到好處——他不會爲了描繪而描繪。所有的描繪與故事鋪陳往往密不可分。景致和物件描繪細膩，不流於浮濫或浮誇，更不會偏離或阻礙敘事進展。

像〈珂珂特小姐〉一開始，便描述母狗的「肚子下垂掛著碩大的乳房」，接下來焦點仍一直

擺放在乳房，只因那是母狗的重要性徵；藉著一再重複描繪乳房，以此預備並鞏固了未來故事的推展——這條母狗招來了一大群公狗，且生殖力旺盛。

〈復仇〉則用一整段描述血如何沾污了年輕人全身，包括襯衫、背心、褲子、臉上、手上、頭髮、鬍子，到處都是血。散逸的鮮血，更強化了血債血還的合理性。

〈在河上〉細細描繪了河岸與河流的景觀。濃霧籠罩的塞納河，伸手不見五指，茂密的草叢和蘆葦，蛙鳴、水聲、風聲此起彼落。朦朧、詭譎、鬼魅的氛圍如夢似幻，讓划船者的恐懼、不安及內心交戰，皆有跡可循。

無論描繪人物或景致、敘述或對話，莫泊桑用字無不精確，能精準呈現任何情境與人物心理樣態。他會再三地推敲字詞，卻不讓人覺得刻意爲之。他用字十分經濟，只要說清楚想說的事，絕不再多一句冗詞贅語，毫不拖泥帶水。

推動故事的右手——平易的用字、不俗的譬喻

除了關注故事環節，莫泊桑也留意細節。務求在有限篇幅中讓語言達最大效用，臻至完美。

他的語言蘊藏著一股巨大力量，這股力量卻不在於語言的推陳出新。莫泊桑既不創造新字、也不搜索枯腸尋覓罕見冷僻字眼。泰半時候，他只是繼承、使用既存字詞，也就是些尋常無奇的字眼——不花俏、不煽情、不拐彎抹角，也不故弄玄虛。舊瓶新裝，這些老字舊詞在他的重新排列組

合下，產生了新的意義和意境。

〈兒子〉生動刻劃了布列塔尼的女孩，她們「容貌豔麗、氣色鮮潤，穿著一件有如護胸甲的呢絨背心，衣服壓扁了她們的胸部，緊緊束縛住上半身，讓人簡直無法猜到她們有著豐滿卻飽受擠壓的胸脯」——沒有任何新奇字眼，但短短幾行已道出青春肉體的誘惑，誘惑中夾帶著抗拒，欲迎還拒。緊身衣像華麗的盔甲，一方面捍衛女孩貞操，另方面又吸引男人目光，勾起人無窮慾望。

〈復仇〉中海岸景觀的描繪，也同樣寫實而鮮活——「海邊無以數計的岩石穿刺著湧起的海浪，隨著海潮起落，一條條慘白的泡沫緊扣在岩石的黑色尖頂，彷若在水面上漂浮抖動的碎布條」，熟悉的詞語、常見的事物，但加以連結後，成功營造出黯淡、抑鬱、令人不安的情緒。

此外，如同其他小說家，譬喻，在莫泊桑的描繪中亦扮演一定重要性，使其增色不少。若說莫泊桑慣用平凡無奇的字，相較之下，他構思的譬喻卻往往別出新裁、不落俗套，具象烘托出人或物的特徵，相關例子不勝枚舉——

〈魔鬼〉中，年老的拉貝太太「皮膚皺得像顆放過年的蘋果」。〈女房東〉裡，卡爾佳隆太太「體格粗壯，非常強健，說話像負責軍事操練的上尉」，而她公寓的寄宿生則都「害怕她，有如偷農作物的竊賊害怕鄉村警察那樣」。在〈我的舅舅索斯坦納〉敘事者眼中，共濟會「唯一的功能就是愚弄善良的人民、拉攏百姓，像送士兵上火線一樣」。

在比較物方面，尤其不時出現各種動物，鳥獸虫魚皆有。比如，瓦爾特・施納夫斯「蜷縮著身體藏好自己，模樣像隻身處高高乾草叢中的野兔」、「他選擇進入城堡而不是到村莊，因爲他覺得村子活像有滿滿一窩老虎的巢穴，非常可怕」。〈受洗〉中，主持嬰孩洗禮儀式的神父「結結巴巴地誦讀經文，從他嘴裡吐出的拉丁語音節、音調不準，錯誤百出。他步履緩慢，慢得像隻爬行的神聖烏龜」。

這些譬喻大都取材自作者熟悉的人、事、物。譬喻，形成了具體的意象，讓人、物件或情境變得鮮活起來。

III

莫泊桑如何成功塑造筆下人物？

莫泊桑筆下人物，從事的職業涵蓋各行各業，有部長、國會議員、政府職員、軍官、律師、公證人、神父、醫生、看護、商人、小販、船員、車夫、工匠、農夫、園丁、漁夫、廚師及侍者等。

人物的形塑與故事的形構，全然密不可分，一舉一動、一顰一笑都有其意義，不僅支撐著故事的骨架，也供輸了前進的能量。大體說來，小說的主角以一般尋常小人物居多，當時的他們似乎見證了英雄逐漸退場時代的到來——〈瓦爾特・施納夫斯的奇遇〉敘述普法戰爭時，普魯士商人施納夫斯被迫參軍，前往法國諾曼第作戰。但他膽小如鼠，貪生怕死，一心只想保全性命。

從形貌、談吐到動作

莫泊桑描繪人物，寫法相當穠纖適度，三言兩語即生動勾勒出人物形貌與特徵，如〈小酒桶〉裡的農婦瑪格洛爾「已經七十二歲了，枯瘦、駝背、滿臉皺紋，但做起事來像年輕女孩似的從不知倦」。

此外，人物說話的方式，與其個性、職業、社會階級基本上也是一致的。〈在海上〉和〈魔鬼〉模擬了水手和農民說話的樣子，在原文中，縮寫形式的使用讓人覺得他們說話含糊，不見得每個字都發音清晰。莫泊桑還擅長表現人物的興奮、喜悅、哀傷、焦慮、恐懼、憤怒等情緒，尤擅藉字詞的重複，突顯情感的強度與轉折——

〈巧計〉中，少婦驚慌失措，趕赴醫生家，尋求協助：「快，快……趕快……醫生……跟我去。我的……我的情人在我房間裡死了……」

〈懺悔〉中，得知姊姊決定終身守寡，妹妹便對她說：「大姊，我絕不會離開你，絕不，絕不！我也一樣，我不會結婚，我要留在你身邊，永遠，永遠，永遠！」

莫泊桑還十分擅長刻劃——人物面對某些特定或極端情境時的反應（包括肢體動作和心理狀態），而且極爲合理，容易讓人信服。透過這些動態，人物變得更加有血有肉，活靈活現。

〈田園牧歌〉中，火車上的胖女人「因衣服緊貼得不舒服，便略略鬆開短上衣」，即使對面的男人注視著她，「她並未感到不安，繼續解連衣裙的鈕扣——乳房的重壓，撐開了衣服，在逐漸加大的縫隙裡，露出了一小截白色胸衣和一點點皮膚」。這位婦女爲何如此大膽？何以無視男人的目光？一直要到故事後半，我們才知道她的行徑何以如此脫軌。

刻板印象未必不妥，實富張力！

還有一點得特別提，那就是——莫泊桑作品中充斥著各種刻板印象與想法，而這點亦有助他成功刻劃人物。他不時流露出對性別、對民族、對某個地方的刻板印象。然而，刻板印象不等於謬誤的形象，也不全然是負面的偏見。至少它讓小說家便於構思人物、情節和故事，讓故事具有說服力，容易爲人理解與接受。

〈墓地裡的女人〉談到男人對一切都容易厭倦，尤其是對女人。〈巧計〉則透過憤世嫉俗的老醫生傳達對女人的看法——水性楊花、不可信賴，玩弄男人於股掌之間。

〈復仇〉中，堅韌的母親透露出對科西嘉島人的既定印象——性格激烈、愛恨分明。〈受洗〉

中的布列塔尼人，則嗜酒如命，為了喝酒不顧一切。

〈魔鬼〉則刻劃了斤斤計較的諾曼第人。故事中，農夫的老母親來日無多，但他一心只想著田裡小麥的收成，而瀕死老婦也同意兒子趕緊下田收成小麥，甘願獨自一人等死。

有關人物命名與姓氏

可以說，莫泊桑筆下的人物都很尋常，人物的名字也都很常見。如路易（〈在河上〉）、馬迪厄（〈一個諾曼第人〉）、弗朗索瓦（〈珂珂特小姐〉）、保羅（〈懊悔〉）、亞歷山大（〈獲得勛章了！〉）。

姓氏偶爾具有意義，直指人物性格，揚昇或貶抑其價值。〈脂肪球〉裡的佛朗維先生（M. Follenvie），姓名可拆解成「folle」和「envie」兩個字，直譯意思為「瘋狂的慾望」。

此外，這些人物的名字還可能迂迴指涉了其他文學作品。像是〈小酒桶〉裡的農婦名叫瑪格洛爾（Magloire），雨果《悲慘世界》中收留尙萬強的主教，其家中女僕也叫瑪格洛爾。〈小酒桶〉裡，瑪格洛爾努力看顧自己的農莊，不讓旅館主人奪走；《悲慘世界》中的瑪格洛爾，則在尙萬強投宿隔天一早便發現銀製餐具被竊，馬上出聲呼喊主教。

莫泊桑不愛隱藏或美化，他一層層掀開人和事物的眞相，沒有任何顧忌，沒有任何底限。〈巴蒂斯特太太〉和〈瞎子〉無不見證了人的自私、無情和殘酷。

〈瞎子〉中，失明男子生在農村，因不具生產力，遭眾人嘲笑、辱罵、作弄、虐待，最後不幸身亡。諷刺的是，「他可怕的死亡，竟使所有認識他的人全都鬆了口氣」。

莫泊桑不只成功塑造人物性格，更賦予了人物生命。他彷彿能輕易進到人物內心最深處，了解其喜樂、哀傷與愁悶——他同情筆下的人物，也認同他們。故事安排與發展也貼近人性，不悖常理，這讓他的故事得以超越時代和語言藩籬，引發廣大的共鳴。

IV

莫泊桑作品，隱隱有誰的影子？

這裡想稍微談談，莫泊桑作品中的多重複雜互文關係，這互文關係又混雜其個人色彩，糾纏不清，使他筆下的故事跳脫了篇幅侷限，讀者從而窺得作家生活、友誼、愛情、工作、旅行、閱讀與思想的軌跡。

評論家恩斯特（Gilles Ernst）認爲，莫泊桑師承福樓拜和左拉（Émile Zola）——〈首飾〉中的羅塞勒太太，簡直是福樓拜筆下愛瑪．包法利的翻版，她和愛瑪一樣都在修道院受的教育，幻想擁有很多情人、過著奢華生活。此外，羅塞勒太太亦神似左拉《小酒店》（*L'Assommoir*）的女主角綺爾維絲，儘管最後不像綺爾維絲那麼悲慘，但經濟狀況（由小康轉爲貧窮）和居所的改變（從寬敞公寓搬到狹小房間）皆很近似。

〈復仇〉中，殺死老寡婦之子的凶手，從科西嘉島逃亡至薩丁尼島。老寡婦誓言爲兒復仇，最終如願以償。這個故事很難不讓人聯想到梅里美（Prosper Mérimée）的《可倫巴》（*Colomba*）（1840）——同樣觸及了家族復仇，背景也是科西嘉島。

科西嘉島和諾曼第、布列塔尼一樣，常在莫泊桑的小說中出現，而這幾個地方有個共通點——靠海近水。莫泊桑熱愛水，是個划船好手，在塞納河畔度過許多美好時光；他也酷愛航行，擁有自己的船（名爲「俊友號」，與他某長篇小說同名）。他的許多長篇與短篇小說皆離不開水，大量描繪著水景。他筆下經常出現的城市如迪耶普（Dieppe）和艾特達（Étretat），都是他本身很熟悉的地方。

〈在海上〉，大部分場景都設定在一艘於英法之間海域作業的拖網漁船。故事中，兄弟間的愛恨情仇與金錢糾葛，都不禁讓人聯想到他的長篇小說《兩兄弟》（*Pierre et Jean*）。《兩兄弟》中的許多場景都發生在海濱或海上，故事背景主要坐落在巴黎西北的海港城市哈佛爾港（Le Havre）。而〈脂肪球〉、〈一個諾曼第人〉和〈珂珂特小姐〉三篇故事也都出現了哈佛爾港——

地緣關係左右了敘事地點的選擇，如盧昂曾在他的好幾篇小說出現，莫泊桑自己正是在盧昂完成了中學學業。

〈狼〉的敘事者高祖居住在洛林地區（Lorraine）的城堡，莫泊桑的家族原本也住這兒，十九世紀中葉後才遷至諾曼第一帶。《兩兄弟》末了，主人公皮耶登上一艘遠洋郵輪擔任隨船醫生，這艘船的名字也叫「洛林號」。

V

認識莫泊桑，窺看十九世紀法國社會縮影與切片

這本《莫泊桑短篇小說選集》收錄了廿七篇故事，數量雖不算多，已足可呈現十九世紀法國庶民生活樣貌，舉凡食、衣、住、行、休閒、藝術、醫療、政治、經濟、教育、傳播、宗教、家庭及婚姻，幾乎無所不包。

階級的差距，殖民的時代

這些作品也刻劃出新舊並存、變化劇烈的社會，就像〈一個諾曼第人〉開篇所提到，成千上百工廠的巨大煙囪，與舊城區的教堂尖塔、鐘塔遙遙相對。都市快速發展，休閒觀念也在改變（〈在鄉下〉一文，提及了十九世紀開始興起溫泉度假城市），鐵道開始大量修築，蒸汽輪船逐漸取代帆船。

然而，告別舊時代，不意味就能迎接新樂園到來。金錢依舊至上，不僅造就新興階層，也侵蝕了原有的道德觀與社會秩序。本書收錄的數篇故事皆觸及社會階級的差異與矛盾，尤其是〈首飾〉。故事中的女主人公羅塞勒太太因物質生活窘迫而受苦，她希望自己擁有無比魅力、成爲眾人焦點，但經濟情況和所處社會階層卻無法滿足她，這也造成了她日後的悲劇。

〈首飾〉還提到，女子結婚時帶到夫家的嫁妝和繼承的遺產。這兩者在當時婚姻關係的締結與維繫上十分重要，常常也是丈夫日後重要的收入來源。這點在喬治桑的《小法黛特》（*La Petite Fadette*）和福樓拜的《包法利夫人》皆可明顯看到。

十九世紀，也是殖民擴張的時代，西方列強在世界各地的利益爭奪日趨白熱化。法國當時爲世界第二大殖民強權（僅次於「日不落國」英國）。〈墓地裡的女人〉，那位長眠蒙馬特墓園的海軍陸戰隊上尉，正是喪生於越南；故事中的敘事者懷疑他在墓園偶遇的女子，是否眞是上尉的遺孀？或者只是經常出入墓園，把墓園當成街道攬客？

望向妓女，關注社會現實

妓女曾多次出現在莫泊桑的短篇小說裡。〈壁櫥〉中，孤單的敘事者出入聲色場所。〈聖誕夜〉（*Nuit de Noël*，本書未收錄）裡，寂寞難耐的作家亦走遍巴黎，找尋一個可共度良宵的歡場女子。從〈兒子〉一文，尤其可看出嫖妓在當時很普遍——許多男士都出入花街柳巷，不認為是道德的缺陷。

妓女這角色在不少十九世紀法國小說中舉足輕重，像是雨果的《悲慘世界》，左拉的《小酒店》、《娜娜》，莫泊桑亦對買春行業不陌生。他的小說一貫同情弱者、勇於揭發社會不公不義，而妓女正代表著受壓迫的社會邊緣人、社會的犧牲品（〈壁櫥〉中，妓女住在殉難者街，此街道的選擇明顯非偶然。透過這個路名，將妓女與「殉難者」一詞蘊含的受苦、犧牲意涵，加以連結）。究竟是誰將一個女人推入火坑？什麼原因讓她出賣身體？這難道不是社會無從規避的問題！從這點來看，莫泊桑似乎承襲了寫實主義、自然主義的傳統，實無愧於左拉門徒的稱號。

他筆下妓女最知名者，莫過於「脂肪球」。她善良、樂於助人、好惡分明；相較之下，〈脂肪球〉中的貴族和富商，個個自私、偽善而醜陋——從人物的營造，即可看出莫泊桑鮮明的立場。除了這一層，他在這篇一炮打響文壇名聲的作品中，「飲食呈現」亦頗有可觀。

飲食文學，告訴我們什麼？

故事開始不久，脂肪球即邀請同車乘客一塊兒享用她所帶的食物——兩隻全雞、鵝肝醬、肥雲雀肉糜、煙燻牛舌、醋漬的黃瓜和洋蔥、梨子、乾酪、奶油小點心及波爾多紅酒。所有食物一掃而空。食物的羅列、數量展現了脂肪球的慷慨大方。但最後啓程當天相當匆忙，她沒時間張羅食物，而當同車夥伴從容拿出預先備好的食物享用時，卻完全沒想到要和她分享，完全忘記她之前的慷慨解囊，完全無視因她的奉獻犧牲他們才得以成行……透過食物的分享，人性的前後對比更加強烈。

本書廿七篇故事中出現的食物、飲品種類繁多，功用也不盡相同。從〈在鄉下〉的農民日常飲食〈湯和馬鈴薯〉，可看出生活的窘迫，而使出讓兒子、換取年金的提議帶有極大誘惑。〈一個諾曼第人〉出現的蘋果酒，則是法國西北部諾曼第、布列塔尼一帶常見飲品；蘋果酒的出現，強化了地域色彩。而在〈復仇〉這個故事裡，豬血香腸則是老婦人復仇計畫重要環節，甚至可說是劇情樞紐所在。

交通工具，馬車上的愛與愁

不只是食物，書中故事亦頻繁出現各式交通工具。〈我的舅舅索斯坦納〉、〈巧計〉、〈首飾〉、〈小酒桶〉等出現了各式馬車、輕便馬車及公共馬車，大小不一，設備不同，馬匹數量也不等。

〈脂肪球〉許多場景都發生在公共馬車上，乘客在車上用餐、高談闊論，也暴露出自己的思維與私慾——一切都無所遁形。〈巧計〉中，偷情的少婦在故事初始和醫生共乘馬車，在狹窄車廂內猶善用肢體碰觸施展其女性魅力，這一點在此趟路上表露無遺。

除了飲食與交通兩個面向，報紙、新聞也在這些故事中占有一席之地，足見當時報端上的新聞，已開始源源不絕供應作家創作的材料與養分。

大眾傳播，報紙新聞成題材

十九世紀報業崛起，發展快速。莫泊桑對報業十分熟悉，畢竟他幫報紙撰寫報導。其筆下許多故事與短篇小說，剛開始也都先在報章、雜誌發表；長篇小說也曾於報紙連載（一八八五年出版的小說《俊友》（*Bel-Ami*），便刊登在《吉爾・布拉》（*Gil Blas*）日報），《俊友》一書正好見證了巴黎報業的興起和演變——小說中一名困頓不得志的年輕人，憑藉幾個女人得以在巴黎報界逐步往上爬，金錢、地位、榮耀亦隨之而來。

本書收錄的故事中，亦有好幾篇與新聞、報業有關。〈墓地裡的女人〉初始，五位好友每月固定相聚，「常把早晨在報紙上讀到的消息重新口頭談論一次」。《包法利夫人》亦有類似場景——查理・包法利和愛瑪・包法利遷居永維鎮後，藥劑師歐梅先生每每於晚飯時間來訪，閒聊報紙上發生的事，無論國內、外新聞幾乎如數家珍，倒背如流。

〈在海上〉也是由刊載在報端的一則船難消息開展。不過，小說中穿插新聞報導的手法，非莫泊桑首創。雨果的《悲慘世界》中，尚萬強再次入獄後，為救人而落海，他便藉機脫逃，眾人皆以為他葬身海底，這則意外消息翌日即刊登在土倫當地報紙上（土倫為法國南部港口城市，土倫監獄為當時法國規模最大監獄）。

新聞傳播的快速和影響力，亦可從〈保護人〉一文清楚窺看。故事中的律師尚・馬罕被任命為最高行政法院的國務委員，一時得意忘形，糊裡糊塗為密謀造反的桑度爾神父寫下數封介紹信，消息旋即刊載於激進派的報紙，弄得人盡皆知，讓他騎虎難下。

甚至，〈脂肪球〉中，眾人最後獲准離開時，也在馬車上享用著以報紙包裹的瑞士乾酪，而「報紙印著的《社會新聞》字眼在油膩膩的乾酪上仍清晰可見」。

VI

閱讀莫泊桑的短篇小說，有時會有種錯覺——他不是在寫故事，而是在說故事，對著我們說故事，專門講給我們聽。而我們也不由自主地任憑他牽著走。他從容不迫、不疾不徐，娓娓道來，一切都在他掌握之中。他清楚知道什麼該說，什麼不該說，什麼不要多說；在該開始的地方毅然啓動，在該結束的地方毫不猶豫劃下句點。

讀他的小說，總讓人覺得故事就該這麼進行，事件就該這麼發生，再沒有其他更好的方式。敘事學者布萊蒙（Claude Bremond）認爲，敘事的進展即是不斷選擇與取捨的歷程，每個階段與環節都要面臨抉擇。採行了一種方式、一條路徑，即表示捨棄了另一種方式、另一條路徑。而這些決定的結果，便構成敘事的整體。只是，面對莫泊桑，我們會覺得另一種可能性並不存在，眼前我們所見就是唯一的選擇，也就是最好的選擇。

儘管他筆下故事情節安排有時離奇荒誕，但經仔細咀嚼與思量，似乎又合情合理。儘管不斷使用同樣的技巧與模式，卻不讓人覺得千篇一律。

把故事好好講出來，說一個好故事，說好一個故事，看似是門過時的技藝，不足爲奇，但，其實不然。若說莫泊桑的作品能夠歷久彌新，超越語言和文化的隔閡，或許正是因爲他說故事的本事不斷帶給人們聽故事的愉悅。在這個眾聲喧譁、爭奇鬥豔，不斷推陳出新、讓人應接不暇的時代，此番古早的本事更顯難能可貴。

:: 目錄 ::

在鄉下

兩間茅屋並排坐落在離溫泉度假小城不遠處一座丘陵的山腳下，兩個莊稼人爲了撫養他們的小孩，在貧瘠的土地上辛勞耕作。每家各有四個孩子；這群小毛頭從早到晚在兩扇相鄰的門前吵吵嚷嚷，年紀較大的兩個六歲，兩個年紀較小的約一歲三個月大。結婚，接著孩子出生，這些事在兩家子裡幾乎同時發生。

兩個母親還能在一堆孩子裡勉強辨認誰是誰生的，兩個父親則完全混淆了孩子們。八個名字在他們腦袋裡飛舞，不停攪和著；必須呼喚其中一個孩子時，兩個男人經常得喊了三個名字之後，才能叫出眞正想找的那個。

從厚勒波溫泉站[1]過來，兩棟茅草房的第一間住著圖法許夫婦，他們有三個女孩一個男孩；瓦蘭夫婦住在另一間破屋子，他們有一個女孩三個男孩。

這些人生活艱困，靠著湯、馬鈴薯及田野上流動的新鮮空氣維生。早上七點、中午、晚上六點，兩位主婦像養鵝人家把鵝趕到一塊兒似的，召集她們的娃兒，給孩子湯喝。小朋友照年齡排行坐在一張用了五十年、磨得發亮的木桌前，最小男孩的嘴巴才剛搆得著桌面。他們面前擺放著內凹的湯盤，裡頭盛裝由馬鈴薯、半顆甘藍菜和三粒洋蔥煮成的湯，湯汁中滿是泡得發軟的麵包。坐成一排的孩子們個個吃得又飽又脹，做母親的親自填塞了這些年幼孩子的胃。星期天，蔬菜湯裡會放點肉，對所有人而言不啻是一頓盛宴；這天，做爸爸的會吃得特別慢，遲遲不肯離開，嘴裡頻頻說著：「這東西要我天天吃也沒關係。」

八月份的一個午後，有輛輕便馬車突然停在兩間茅屋前，駕車的是個年輕女人，她對坐在身旁的男士說：「噢，亨利，你看，這堆孩子！像這樣在灰塵裡嬉鬧玩耍，真是可愛！」

男子沒有回答，這些讚美對他來說是種痛苦，幾乎是一種責備，而他早已習慣了。

年輕女子接著說：「我得抱抱他們！啊，我真想要他們其中一個，就那個，最小的那個。」她從車上跳下來，跑向那群孩子，抓住兩個最小的其中之一，那是圖法許家的孩子。她把孩子抱在臂彎裡熱情地親吻，吻他骯髒的臉頰，吻他金黃色的鬈髮，吻他不斷揮動著欲擺脫這煩人愛撫的小手。

然後，女子又登車，駕馬快速離開。但是，下個星期她又回來了，她往地上一坐，將小男孩抓

---

1 厚勒波溫泉站（la station d'eaux de Rolleport）：十九世紀時，位於法國西北部上諾曼第區（Haute-Normandie）寇斯高地（le pays de Caux）的一個溫泉小鎮。

到懷裡硬是塞給他許多蛋糕，還拿糖果給其他孩子。她像個小女生一樣和他們玩，丈夫則坐在那輛單薄的輕型馬車裡耐心等待。

她又再回來了一次，結識了孩子的父母，然後每天都出現，口袋裝滿糖果和錢。

她是亨利・度比耶爾夫人。

有天早上，這對夫婦到了之後一塊兒下車，孩子們現在對度比耶爾夫人已很熟悉，但她未多逗留，直接走進了農人的住所。

他們正在劈柴準備生火煮湯，站了起來很是吃驚，搬椅子給客人，然後等著。

這時，度比耶爾夫人以斷斷續續的聲音，顫抖著開始說：「正直善良的朋友們，我來找你們，是因爲我想……我想把你們……你們的小男孩帶走……」

兩個鄉下人驚訝得愣住了，搞不清楚怎麼回事，沒有答腔。

度比耶爾夫人喘了口氣，繼續說：「我們沒有孩子，我的丈夫和我，我們很孤單……我們想把孩子帶在身邊……你們願意嗎？」

農婦開始弄懂了，問道：「你想帶走夏洛特？這可不行，絕對不行。」

度比耶爾先生出聲調停：「我太太沒能解釋清楚。我們想領養他，他以後會回來看你們。假如他將來品行端正有作爲（一切看來都讓人相信會是這樣），那麼他將成爲我們的繼承人。萬一我們有了孩子，他將可與他們平分財產。但假使他辜負了我們對他的照顧，我們還是會在他成年後給他兩萬法郎，這筆錢可立即以他的名義存放在公證人那裡。此外，我們也考慮到了你們，我們會給你們一筆每月一百法郎的終身年金。你們明白了嗎？」

農婦站起身來，怒不可抑：「你們是要我把夏洛特賣給你們？啊，不行！這種要求根本不該向一個母親提出。啊，不行，這簡直太可惡了！」

農夫一句話也沒說，表情嚴肅，陷入思索，只不斷點頭示意，贊同妻子的說法。

度比耶爾夫人十分激動，開始哭泣，轉頭看向丈夫，聲音嗚咽，以一種平常總有求必應的小孩才會發出的聲音，口齒含糊地說：「他們不要，亨利，他們不要！」

這對夫婦做了最後嘗試：「可是，我的朋友，想想你們小孩的未來、他的幸福，想想他……」

農婦惱火了，打斷他們的話：「不必再說了，一切都聽清楚了，也都考慮過了……你們走吧，還有，我不想再見到你們。誰允許可以就這樣帶走小孩的！」

度比耶爾夫人臨走時，發覺年紀相當的小男孩有兩個，這個被寵壞了的什麼事都不願多等的倔強女人，噙著淚水，以慣有的固執語氣問著：「那另外一個小孩也是你們的嗎？」

圖法許老爸答道：「不是，是鄰居的。你們想要的話，可以去他們家試試。」

他走進了屋裡，門後還迴響著妻子憤怒的聲音。

瓦蘭夫婦在吃飯，兩人中間擺著一個盤子，盤子裡放了幾片麵包，他們用小刀挑起一點奶油，節省地抹在麵包上，正慢條斯理吃著。

度比耶爾先生重述一遍自己的提議，但話語裡帶著較多暗示，較有技巧，留心不用可能冒犯人的字眼。

兩個鄉下人搖頭表示拒絕。但當聽到每個月可以拿到一百法郎時，他們考慮了，互瞄著彼此，用眼睛諮詢對方，很受震撼。

他們沉默了許久，苦惱猶豫著。最後，農婦問道：「老伴兒，你怎麼說？」

農夫以宣判式的說教語調講話了：「我說，這倒是一點兒也不算惡劣。」

度比耶爾夫人焦慮得全身發抖，向他們提到小孩的未來、他的幸福，還有他日後可爲他們帶來的財富。

農夫問：「這一千兩百法郎的年金，會當著公證人的面說定嗎？」

度比耶爾先生回答：「當然了，明天就去。」

農婦沉思半晌，接著說：「一百法郎一個月，叫我們沒了孩子，這補償怎麼夠。況且，這孩子幾年後就能工作了。我們該得一百二十法郎。」

度比耶爾夫人正急得頓足，立刻答應了他們。因爲她這就想帶走小孩，便在丈夫寫合約之際，給了瓦蘭夫婦一百法郎當禮物。當下即刻找來鎮長和一位鄰居，熱心地爲他們見證。

這名年輕女子笑逐顏開，像來到商店買到想要的擺飾品似的，抱走了哭號的小男孩。

圖法許夫婦站在自家門口看著他們離開，面容嚴肅，沉默不語，或許後悔拒絕了他們。

沒有人再提起小讓．瓦蘭。他的父母每個月到公證人那兒領取他們的一百二十法郎。他們和鄰居鬧翻了，因爲圖法許太太以醜惡的言語辱罵他們。她從一家走到另一家不斷反覆地對人說，一定是人性失常了才會賣自己的孩子，說他們的所做所爲卑鄙可怕、齷齪骯髒、腐敗墮落。

有時，圖法許太太會很炫耀地將夏洛特抱在懷裡，好像孩子聽得懂似的朝他喊道：「我沒有賣掉你，我可沒有賣掉你呀！我的小不點。我不會賣掉我的小孩喏。我窮，但不賣自己的小孩。」

許多年又許多年，在這段期間，天天如此。她每天都在門前以粗俗言語影射、漫天叫罵，爲的是讓隔壁屋子的人聽見。到後來，圖法許太太竟因沒有賣掉夏洛特，自以爲在地方上高人一等。那些談論她的人都說：「我知道，那條件眞讓人心動，但不管怎樣，她的行爲的確是個好母親。」

這些話被傳述著。夏洛特十八歲了，從小便聽著人家不斷重複這想法，長大後，也自覺比同伴更高尚些，因爲——人家沒有把他賣掉。

瓦蘭家則多虧有了年金，日子勉強過得還算愜意。而圖法許家仍舊生活貧苦，也因此，他們始終覺得忿憤難平。

瓦蘭家的長子出外當傭工，次子已不在人世；圖法許家的獨子夏洛特則留下來，與老父親一塊兒奔波操勞扶養母親和兩個妹妹。

二十一年過去了。有天早上，一輛閃亮的馬車在兩間茅屋前停下。一名戴著金錶鍊的男士下車，伸手攙扶一位年老的白髮貴婦。老夫人對他說：「就是那兒，我的孩子，在第二間房子裡。」

他像回到家一樣走進了瓦蘭夫婦的茅草屋。

老母親正在洗圍裙，行動不便的父親在壁爐邊打盹。兩人都抬起頭來，年輕人說道：「早安，爸爸。早安，媽媽。」

他們站起身，神色驚恐。老農婦激動得鬆開手裡肥皀，任它掉到水裡，結結巴巴地說：「是你嗎，我的孩子？是你嗎，我的孩子？」

他把她抱在懷裡，親吻她，一邊重複說：「早安，媽媽。」而老父親全身顫抖，以未曾慌張過的平靜聲調說：「你這是回來了嗎，讓？」彷彿一個月前才剛見過他似的。

他們相認了之後，這對父母立刻想帶兒子出門到鎮上炫耀一番。他們帶他去鎮長家，去鎮長助理家，去神父家，去小學老師家。

夏洛特站在茅草屋的門檻上，看著他走了過去。

晚上吃飯時，他對兩老說：「你們當初一定愚蠢透了，才會把帶走小孩的機會讓給瓦蘭家。」

母親頑固地回答：「我不想賣我們的小孩。」

父親一句話也沒說。

兒子接著又說了：「丟掉這樣的機會，難道不可惜？」

圖法許老爸生氣地說：「你這不會是怪我們把你留下來吧？」

年輕人口氣粗暴：「正是，我就是責怪你們，你們只不過是些很無知的人。做父母的像你們這樣，只會造成孩子的不幸。我若離開你們，是你們活該。」

這老實的女人哭著，眼淚流進眼前的盤子裡。她發出呻吟聲，一邊大口吞下好幾匙湯，一半的湯汁濺灑了出來：「拚死累活把孩子養大，竟落得這般下場！」

小伙子冷酷地說道：「早知道是現在這樣子，我寧可不要出生。我剛才看到另外那一位，簡直叫我火冒三丈。我對自己說：『我現在本來該是這樣的。』」

他站起身，「喂，我覺得我還是不要待在這裡的好，因爲我會從早到晚罵你們，我會讓你們活在不幸中。要知道，這事兒，我永遠也不會原諒你們！」

兩個老人家不再說話，嚇得沒了反應，眼淚簌簌地流著。

他接著說：「不，想到這件事，我實在太痛苦了。最好還是離開這兒到別處討生活去。」

他打開門。喧鬧人聲傳了進來。瓦蘭夫婦正和返家的孩子吃喝慶祝著。

夏洛特跺了一下腳，回頭朝自己父母大喊：「鄉巴佬！」

他的身影消失在黑夜裡。

——〈在鄉下〉（Aux champs），原刊於一八八二年十月三十一日《吉爾・布拉》（Gil Blas）日報[2]

2《吉爾・布拉》日報：一八七九年創刊於巴黎，報紙名稱源自一部極受歡迎的流浪冒險小說《吉爾・布拉的故事》（Histoire de Gil Blas de Santillane）。創辦人期許該報能如小說主人翁吉爾・布拉那樣快活、真切、仗義執言，且富人道精神……

莫泊桑曾在該報發表過多篇作品。報紙亦曾連載左拉的長篇小說，如《婦女樂園》（Au Bonheur des Dames）和《萌芽》（Germinal）等。該報於一九四〇年停刊。

女房東

我那時住在聖父街一棟帶家具出租的房子裡，喬治・卡爾弗朗說道。

父母決定送我到巴黎修習法律時，為安排我出門在外大小事商議許久。我的生活費最初定為兩千五百法郎，但我可憐的母親忽然一陣恐慌，將擔憂的事告訴了我父親：「要是他把所有的錢隨便亂花掉，三餐吃得不夠飽，健康會大受影響。這些年輕人什麼事都做得出來。」

於是，他們決定替我找一家膳宿公寓，簡樸又舒適的膳宿公寓，由家裡每個月直接支付費用。

我從沒離開過坎佩爾[1]，因此希冀著我這個年紀的年輕人所有渴望的東西，而且隨時準備好盡一切方式來快樂生活。

我們詢問了一些鄰居的意見，他們建議找卡爾佳隆太太這位同鄉，她那裡接受寄宿生。於是父

---

1 坎佩爾（Quimper）：法國西北部布列塔尼區（Bretagne）菲尼斯泰爾省（Finistère）的省會。是座充滿歷史與藝術氣息的古城，擁有羅馬式和哥德式教堂，及為數不少的各式博物館。其陶器工藝亦相當有名。

親與這位可敬的人物幾次書信往來、商量妥當後，某天晚上我便拎著一只行李箱來到她的住處。

卡爾佳隆太太年約四十歲，體格粗壯，非常強健，說話像負責軍事操練的上尉，對所有問題都以直接乾脆的字眼決斷，且說一不二。她的住宅十分狹窄，每層樓只有一個面向街道的通風口，外觀看起來活似條以窗戶組成的樓梯，又或者像一塊薄片被包夾在兩棟房子之間。

房東太太和女傭安奈特住在二樓，三樓是廚房及用餐的地方，四五樓分別住著四位來自布列塔尼的寄宿生。我則住在六樓的兩個房間裡。

一道狹小的黑色樓梯如螺絲開瓶器般盤旋而上，直通屋頂的兩間閣樓。卡爾佳隆太太整天不斷在螺旋階梯間爬上爬下，忙碌照管這宅子裡抽屜般的房間，彷彿一名在船上指揮作業的船長。每間套房她都要連續進去十次，帶著超大的驚人嗓音，數落監督著種種細節，看看床鋪是否整理好，衣服是否刷乾淨，服務是否樣樣令人滿意。總之，她就像個母親那樣照料著房客，甚至做得比母親還好。

不久，我便結識了那四位同鄉寄宿生，兩位研讀醫學，兩位學法律，大家都忍受著房東太太的專制約束。他們害怕她，有如偷農作物的竊賊害怕鄉村警察那樣。

至於我呢，由於生性叛逆，馬上就希望可以自由行事，不受管束。我首先宣布自己高興什麼時間回家就什麼時候回，儘管卡爾佳隆太太規定午夜是門禁時間。聽見我的要求，她用明亮的眼睛盯著我看了幾秒鐘，然後聲明：「這不可能。我不能容忍有人整夜隨時吵醒安奈特。況且過了某個時間，您在外頭沒什麼事可做的。」

我堅定地答稱：「太太，根據法律，您在任何時候都必須爲我開門。假如您拒絕，我就找警察來作證，然後到旅館過夜，由您付費，因爲這是我的權利。您不得不替我開門或讓我離開。開門或者走人，由您選擇。」

我提出這些公然藐視她威權的條件，她先是一愣，想再和我商量，但我表明毫無妥協餘地，她才讓了步。我們約定，我可以擁有一把萬能鑰匙，但確切條件是不得讓任何人知道。

我堅強的意志留給了她一個好印象，從此以後，她對我明顯優待有加。她關心我，體貼我，對我關懷備至，甚至突然朝我表露某種溫情，這點我倒也不討厭。有時，我心情快活時，會出其不意地擁抱她，不爲別的，專等她即刻回擊，等她朝我甩來一記強而有力的耳光。我會及時低下頭去成功躲過，她那像子彈般快速揮起的手，只能從我的頭上空掠過。我於是一邊逃，一邊像瘋子般狂笑，而她則叫嚷著：「啊，下流痞子！這筆帳，我會和你算的。」

我們成了一對朋友。

可是，就在這時，我認識了一位在河畔街道商店工作的女孩。

您知道在巴黎發生的這種輕佻短暫愛情插曲是怎麼回事——有天，我去學校的路上，遇見一位沒戴帽子的年輕女子，她在上班前挽著一名女性朋友的手臂散步。我們互看了一眼，我心頭微微震動，那是某些女人的眼神才能引發的心動。這類因一次邂逅所迅速萌生的肉體感應，以及與生來爲取悅我們、被我們所愛的人擦肩而過時，所突然感受到的一陣輕細微妙誘惑，都是生活中十分令人喜悅的事。愛得多或少又有什麼關係呢？這個人兒很自然地與隱藏在您本性裡的情愛慾望相呼應。當第一次看到這張臉、這嘴巴、這頭髮、這微笑，您感覺它們的魅力直入心坎，帶來了溫柔甜美的歡愉，有種快樂的舒適感傳遍全身。尙處朦朧狀態的柔情剎時甦醒，將您推向了這位陌生女子。她身上似乎存著一聲要您予以回應的呼喚，一種撩撥您情思的吸引力。彷彿您很久以前就認識她、早已見過她，知道她心裡想些什麼。

第二天，相同的時間，我走過同樣的街道，又再見到她。然後，第三天，接著第四天，我們不斷相遇。終於，我們交談了。愛情小故事循著它的正常路徑於焉展開，規律如生病的進程一般。

因此，三個星期後，我和愛瑪正處於愛情攻防戰最後一道關卡前。假如我能知道從哪個地方進攻，她的堡壘原本會早些淪陷。我的女友和家人同住，她十分堅決，執意不肯跨進那帶家具出租旅館的門檻。我絞盡腦汁想找一個方法，一個計謀，一個時機。最後，選擇不顧一切放手一搏，決定某個晚上近十一點時，以喝杯茶爲藉口，帶她到我住的地方。卡爾佳隆太太每晚十點就寢，我可以用那把萬能鑰匙無聲無息地進到家裡，不吵醒任何人。一兩個小時後，我們再以同樣方式下樓離開。

經我幾番懇求，愛瑪答應了邀請。

我度過了一個相當惡劣的白天，心情無法平靜片刻。我害怕發生糾紛，闖下大禍，鬧出可怕醜聞。夜晚來臨，我出門，進到一家啤酒店，喝下兩杯咖啡和四五小杯酒，替自己壯壯膽。接著，在聖米歇爾林蔭大道逛了一圈。我聽見十點的鐘聲響起，然後十點半。我緩緩步往約會地點，她已在那兒等我。她親熱地挽起我手臂，我們便慢慢朝我住處走去。離家門越近，我內心越焦慮不安，我想著：「但願卡爾佳隆太太睡覺了！」

我三番兩次囑咐愛瑪：「千萬別在樓梯間發出聲音。」

她笑起來：「所以，您很怕被人聽見嘍？」

「不是的，我鄰居病得很重，我不想吵醒他。」

聖父街到了。我走近所住的宅子，心情憂慮得像要去看牙醫似的。所有窗戶都是暗的，大夥毫無疑問都睡了。我吸了口氣，像小偷一樣小心翼翼打開門，讓女伴進來，然後重新關上門。我屏住呼吸，踮著腳尖爬上樓梯，點燃蠟繩，以免年輕女孩失腳踩空。

經過房東太太臥室門口時，我感覺心跳劇烈。終於，我們到了三樓，然後四樓，接著，五樓、六樓。我進到自己房間。成功了！

然而，我只敢低聲說話，我把靴子脫掉，以免發出任何聲響。我以酒精燈煮好了茶，我們就在五斗櫥的角落上喝。然後，我變得心急難耐……心急難耐……

漸漸的，像玩一場遊戲似的，我一件件脫下女友的衣服，她屈服時帶著點抵抗，羞得滿臉通紅，一直拖延那決定命運的美妙時刻。

她身上確實只剩一件白色短襯裙了，就在此時，房門突然一下子被打開——卡爾佳隆太太出現在門口，手裡拿著一支蠟燭，身上的穿著和愛瑪一模一樣，也是短襯裙。

我一個箭步跳開遠離她，站到旁邊，驚慌失措，望著這兩個女人盯著彼此看。會發生什麼事呢？

房東太太以一種我認不出的傲慢語氣說：「我不允許有妓女到我房子裡來，卡爾弗朗先生。」我結結巴巴地辯解：「可是，卡爾佳隆太太，這位小姐是我的朋友。她只不過來喝杯茶。」這個胖女人繼續說道：「沒有人會穿著襯衣喝茶。您馬上讓她離開。」

愛瑪既錯愕又沮喪，把臉埋在裙子裡哭了起來。而我，腦袋一時失去推想能力，不知該做或該說些什麼。女房東接著又以一種不可違抗的權威口吻補充道：「幫這位小姐穿好衣服，然後立刻送她走。」我確實沒其他事能做，裙子掉在地板上呈圈形，像顆爆裂的氣球。我拾起衣服，套進女孩的頭，極其費勁地努力想扣好它，調整它。她一邊不停哭泣，一邊幫我，十分慌亂著急，卻總出各式各樣的差錯，老找不到繫帶和鈕扣眼。卡爾佳隆太太面無表情地站著，手持蠟燭，為我們照明，姿態嚴肅，彷彿在伸張正義。

這會兒，愛瑪被一股迫不及待想逃離的念頭糾纏著，她加緊動作，發瘋一般將衣服裹在身上，打結，扣別針，繫帶子，狂怒似地重新綁緊衣帶；甚至連靴子也沒扣好，便從女房東面前跑走，衝向樓梯。我趿著舊拖鞋，跟在她後面，自己身上也衣衫不整衣服脫了一半，口中反覆叫道：「小姐！小姐！」

我覺得必須對她說點什麼，卻想不出任何一句話。我在臨街的門口才追上她，想抓住她胳臂，卻被用力推開，她語帶激動、結結巴巴低聲說：「放開我……放開我，不要碰我。」

她甩上背後的門，跑到街上走了。我轉身回屋裡。卡爾佳隆太太高站在二樓上，我慢慢爬上樓梯，心裡什麼都預想了，也準備好承擔一切。

房東太太的房門開著，她讓我進去，語氣嚴肅地說：「卡爾弗朗先生，我有話對您說。」

我低頭從她面前走過。她把蠟燭擺在壁爐上，然後雙臂交叉，擱在那對精緻白色短上衣遮掩不住的巨大胸脯上，開口說道：「好啊，卡爾弗朗先生，您可把我的房子當成妓院了！」

我並不爲此得意，只喃喃地說：「沒這回事，卡爾佳隆太太，您不該生氣。噢，您知道年輕男生是怎麼來著。」

她回答：「您聽清楚了，我只知道，我不允許品行不端的女人出現在我家。我知道，我要使我的家受人尊敬，我要維護我房子的名譽，您明白嗎？我知道……」

她滔滔不絕地至少說了二十分鐘，條條羅列她憤怒的理由，以她住屋的良好信譽攻訐我，用尖刻的責難譏諷我。

而我呢，我沒聽她說話，只盯著她看（男人是種奇怪的動物），我再也聽不見一個字，真的，一個字也沒聽進去——這個不害臊的女人有對漂亮的胸脯，結實、白皙、肥碩，或許有點過大，但非常有誘惑力，會讓人背脊打顫。我實在沒料到房東太太的羊毛裙裝底下，有這麼樣個東西。穿著女便衣的她，看起來年輕了十歲。我有種非常異樣的感覺，非常……該怎麼說呢？……我內心很騷亂。在她面前，我突然重新找回方才的心境……那個一刻鐘之前在自己房裡被打斷的心境。

我望著她背後凹室裡放的那張床。它半開著，壓得扁平，從床單塌陷的窟窿形狀，可以看出曾睡在那上面的身體重量。我心想，躺在裡頭一定非常舒適、非常溫暖，比其他床鋪溫暖。爲什麼更暖和呢？我不知道，無疑是因爲那裡睡過一個豐滿的肉體。

有什麼能比一張凌亂的床更撩動情慾、更令人著迷呢？眼前那張床讓我心醉神馳，距離那麼遠，卻讓人皮膚流竄起陣陣戰慄。

她仍然一直說話，但現在，語氣變柔和了，說話的樣子像個充滿善意的粗魯友人，一心只想求得原諒。

我支支吾吾：「好啦……可以了，卡爾佳隆太太……可以了……」正當她沉默下來等我回應時，我一把抱住了她，開始吻她，實實在在地吻，像個對此等待許久、餓慌了的男人。

她掙扎著，轉過頭去，並不是很生氣，而像往常一樣機械般地反覆說著：「噢，下流痞子！……下流痞子！……下……」

她沒能把話說完，我便一個使力抱起了她，緊緊抱著她邁步——來吧，有些時候，人的力氣眞是大得嚇人！

我碰到了床沿，倒在上面，仍摟著她沒鬆手……

她那張床的確舒適又暖和。

一個小時後，蠟燭熄滅了，房東太太起床點燃另一支。她回來溜到我身邊，將滾圓粗壯的腿伸進被窩時，以一種溫存、滿足，或許還帶著感激的語氣對我說：「噢……你這下流痞子！……下流痞子！……」

——〈女房東〉（La patronne），原刊於一八八四年四月一日《吉爾・布拉》日報

巴蒂斯特太太

走進魯班[1]火車站旅客候車室時，我首先看了一眼車站大鐘——還需等待兩小時又十分鐘，才能搭上前往巴黎的快車。

突然覺得很疲倦，好像剛步行了十法里[2]的路。接著環顧周圍，彷彿想從四面牆上找出消磨時間的方法；隨後走出了候車室，停佇在車站門前，腦海尋思著，希望能想些什麼事做做。

眼前這條街有點類似林蔭大道，種著細瘦的洋槐，旁邊兩側各有一排房屋，高高低低，式樣不同，是小城鎮的那種住宅。道路順著一座小山丘往上延伸，盡頭可瞧見有片林木，模樣像是個公園。

時而有隻貓靈巧地跨過路邊水溝，穿越馬路。一條哈巴狗急急忙忙在每棵樹的樹根下東聞西嗅，尋找從廚房倒掉的殘羹剩菜。除此之外，見不到一個人。

一股陰鬱氣餒的情緒盤踞上心頭。做什麼好呢？做什麼好呢？我已經可以想見，不得不在一家鐵路小咖啡館，面對一大杯難以入口的啤酒和一份不堪卒讀的當地報紙，那種沒完沒了的等待場景。這時，我瞧見有列送殯隊伍從側邊的一條街道轉了過來，走進我所在的這條路上。

看見這輛靈柩車，我鬆了口氣，至少能讓我打發十分鐘時間。

但是突然間，我對這個行列的注意力增加了。跟隨在死者靈車後面的，只有八位先生，其中一位在哭。其餘的人則親切地交談著。沒有神父陪行。我心想：「這是個非宗教的葬禮。」既而又想到，像魯班這樣的城市少說也有一百個以上的自由思想家[3]，他們或許會想示點威。那麼，接下來會怎樣呢？送葬隊伍走得相當快，這說明他們埋葬死者是沒有儀式的，因此，也不會有宗教祭儀。

無所事事的我在好奇心驅使下，做出種種最複雜的推測。但正當靈車從我面前經過時，忽然有了個古怪的想法——跟著這八位先生一起走，這樣我至少還可以消磨一小時。我於是上路，做出神情悲戚的模樣，跟在其他人後面走著。

走在最後面的兩位，吃驚地回過頭來看我，然後便低聲交談起來。他們肯定相互詢問著，看看

1魯班（Loubain）：此為莫泊桑虛構的地名。作家想藉這篇故事描寫法蘭西第三共和時期（La Troisième République, 1870～1940）法國外省的社會景況，尤其是婦女處境。

2法里（lieue）：法國古時測量距離的單位，一法里，約等同於現代的四公里。

3自由思想家（libre-penseur）：乃依據英文「free thinker」一詞而來。法文中，專指在宗教信仰方面，只相信理性、拒絕接受任何既定教條束縛的人。

我是不是當地人。接著，他們又請問前面的兩位，對方也轉頭仔細打量我。這種探究審視的目光讓人很尷尬，爲打消他們的注視，我走近前方的兩位。在行禮招呼後，我說：「先生，請原諒我打斷您們的談話。我看見這是個沒有宗教儀式的葬禮，便趕忙跟了上來，卻並不認識您們送行的這位去世的先生。」其中一位先生說：「死去的是一位女士。」我感到訝異，便問：「可是，這當眞是個非宗教的葬禮，不是嗎？」

另一位先生顯然希望把事情告訴我，他開口發言：「可以說是，也可以說不是，因爲教士拒絕讓我們進教堂。」這次，我驚得呆住了，發出一聲「啊」，完全弄不清怎麼回事。

我身旁這個熱心的人放低聲量，對我說：「噢，這件事說來話長。這個年輕女子是自殺死的，這就是我們無法以宗教儀式將她下葬的原因。您看那兒，走在最前面、哭著的那位先生，就是她丈夫。」

我猶豫著，說道：「先生，您的話讓我驚奇，也引起我莫大興趣。如若請求您爲我講述這個事故，會不會太冒昧？我的要求若惹您煩，就請您當我什麼也沒說。」

這位先生親熱地挽起我的手臂，說：「這可絕對不會，一點兒也不會。這樣吧，我們稍微走在後面一點，我來說給您聽，這件事非常悲慘。您看見前面的樹林了，墓地就在那兒。這條坡道很陡，在到達墓地之前，我們還有時間把故事講完。」

他開始敘述了：「您想想，這個年輕的女子保羅・哈默太太，是本地富商封丹奈爾先生的女兒。在她十一歲還是個小孩時，遭遇了一件可怕意外——有個僕役玷污了她。她受到這個壞蛋嚴重的摧殘，差點喪命。僕役的暴行被揭發，於是開始了一場駭人聽聞的訴訟，揭露出三個月以來，可憐的受害者一直是這畜生無恥行徑的犧牲品。犯人被判處終身苦役。

「小女孩長大了，帶著恥辱的烙印，孤零零的，沒有朋友，大人很少擁抱親吻她，都怕碰觸到她的前額，會弄髒他們的嘴唇。

「她變成了城裡的人心中一種妖魔、一個怪物，人們小聲地說著：『您知道吧！那個小封丹奈爾。』當她從大街走過，所有人都掉過頭去。甚至雇不到一個女僕帶她散步，別人家的女傭看到她都避得遠遠的，彷彿這孩子得了傳染病，凡是接近她的人都會被感染。

「城裡的孩子每天下午都到林蔭大道玩耍，看到這不幸小女孩在林蔭道上的情況，那真是可憐。她總是獨自一人站在女僕身邊，神色憂傷地看著其他孩子遊戲。有時實在抗拒不了和其他人一起玩的強烈渴望，便畏縮地往前移動，姿勢十分膽怯，彷彿意識到自己的不光彩似的，偷偷摸摸地加入一群孩子之中。這時，坐在周圍長椅上的母親、女僕、姑母、阿姨們立刻紛紛跑上前，抓起她們各家小姑娘的手，粗暴地拉走她們。留下小封丹奈爾孤單一人驚慌失措，不明白怎麼會這樣，傷心難過地哭了起來。接著，她嗚咽著跑向女僕，把臉藏在女僕的圍裙裡。

「她長大後，情況變得更糟。人們要年輕女孩像躲避鼠疫患者一樣竭力遠離她。請您想想，這個年輕女子已經不需要學些什麼了，什麼都不用學了，她再也沒有權利佩戴象徵貞節的甜橙花——

幾乎在學會識字之前，她就已懂得這個令人生畏的祕密，這是個唯有在女兒新婚夜晚，母親們才會心驚膽戰、隱隱約約向女兒透露的祕密。

「到街上去時，她始終有女家庭教師陪伴著，彷彿時時刻刻深怕她再遭受什麼可怕意外，須得嚴密看管似的。上街時，總感覺有種隱密的恥辱壓著她，她因而低垂著雙眼。其他一些年輕女孩不像人們以爲的那樣天眞，她們不懷好意地看著她，竊竊私語，暗地裡冷笑。若她偶爾注視著她們，這些女孩便一副漫不經心的樣子，很快地別過頭去。

「人們幾乎不跟她打招呼。只有幾位男士脫帽致意。做母親的假裝沒看見她，幾個小混混叫她『巴蒂斯特太太』——巴蒂斯特，是那個姦污她、毀了她一生的僕役的名字。

「沒有人知曉隱藏在她內心的痛苦，因爲她很少說話，從來不笑。而父母在她面前似乎也顯得很不自在，好像她犯下某個無法彌補的錯誤、必須永遠責怪她似的。

「有教養的正派人士，絕無可能樂意伸手牽住一個剛被釋放的苦役犯，即便那是他的親生兒子，不是嗎？封丹奈爾夫婦對待女兒，就如同對待一個從苦役犯監獄裡放出來的兒子一樣。

「她長得很漂亮，皮膚蒼白、高䠷、纖細、優雅脫俗。要不是有那樁事件，我是會很喜歡她的，先生。

「後來，我們這裡來了一位新的專區區長[4]，還帶來一位私人祕書。這位祕書是個很奇特的年輕人，據說曾在拉丁區生活過。

「他一見到封丹奈爾小姐，就愛上她了。有人把從前發生的事全都告訴了他，他僅僅回答：『唔，這點正是對未來的一項保障。我寧願這種事發生在之前而不是以後，和這樣的女人在一起，我大可高枕無憂了。』

「他追求她，向她求婚，然後娶了她。他膽量大，什麼都不在乎，帶著新婚妻子四處拜訪親友，好像什麼事也沒發生過一樣。有一些人回訪了，其他人則沒有。最後，大家開始遺忘過去的往事，她在社會上有了地位。

「必須跟您說的是，她像崇敬神一樣崇敬著丈夫。請您想想，他恢復了她的名譽，使她重新回歸公共法律的規範中。他對抗，並贏得輿論、迎擊種種侮辱。總之，他完成了一件很少有人能完成的英勇行爲。因此，她對他的愛戀，既激烈又疑心重重。

「她懷孕了，當大家得知她有身孕時，連那些最敏感計較的人都爲她敞開大門，彷彿她即將爲人母這件事，一下子洗滌殆盡了她的罪惡。這說來奇怪，但事實的確如此……

「一切都朝最好的面向發展，直到慶祝本地主保聖人節那天。專區區長在幕僚和一些官方人士

---

4 專區區長（sous-préfet）：十九世紀時，法國主要的地方行政單位是「省」（département），省之下再設多個「行政專區」（arrondissement）。省的最高長官為省長（préfet），而行政專區首長即是專區區長。這兩種層級的地方首長均由國家任命赴任，代表中央政府在地方行使司法及行政權。

陪同下，主持地方上的樂隊競賽。他剛完成演說，之後開始頒獎，由他的私人祕書保羅・哈默分發獎牌給每位得獎人。

「您是知道的，在這類比賽情事裡，總有一些嫉妒猜疑和敵對競爭，使某些人行爲失去分寸。

「城裡所有的夫人小姐都在看臺上。

「輪到莫爾米隆鎮的樂隊隊長上前領獎。這個樂團只獲得了一個二等獎牌。總不能讓所有人都得一等獎吧，是不是？

「當祕書把徽章遞給得獎人時，那人居然把獎章扔到他臉上，一邊叫嚷：『你可以把你的獎牌留給巴蒂斯特。你甚至該發給他一面一等獎牌，就像你也該給我一等才對。』

「那時在場的大批民眾都笑了起來。一般的平民大眾，是不仁慈、也不懂體會他人感受的。所有的眼睛都轉向了這位可憐的太太。

「噢，先生，您曾經見過一個女人發瘋嗎？沒見過。那麼，我們當時就目睹了這樣的情景！她接連三次站起來又倒回座椅上，像是想要逃走，卻又明白沒法穿越圍繞在她周圍這一大群人。

「群眾裡某個角落，有個聲音高喊：『喂，巴蒂斯特太太！』這時，響起一片鬧哄哄的喧譁，有歡笑聲，也有怒罵聲。

「人潮如波浪般湧動，嘈雜叫囂聲四起，萬頭攢動。大家都在重複那句話。人們踮起腳，想看看這個不幸女人臉上的表情。丈夫們以雙手舉高他們的妻子，好讓她們看清楚。還有些人詢問著：

『是哪一個？是穿藍衣服那位嗎？』孩子們發出公雞般的啼叫聲，場上到處爆出狂笑聲。

「她不再有任何舉動，只神色驚狂地呆坐在華麗靠背椅上，如節日市集中被擺在架上供人觀賞的陳列品一般。她既無法逃開、不能移動，也不能掩蓋自己的臉。她的眼皮急速眨動，像有道強光刺痛了雙眼。她像匹爬高坡的馬一樣喘著氣。

「看她那個模樣，叫人心都碎了。

「那時，哈默先生早已掐住這粗暴無禮傢伙的脖子，他們在一片混亂之中，倒在地上滾來滾去。

「頒獎典禮因此中斷。

「一個小時後，哈默夫婦正要返家；年輕的哈默太太自從遭到侮辱後，再沒說過一句話，只渾身不住顫抖，彷彿有根彈簧牽動了她身上所有神經似的。這時，她突然跨過橋的欄杆，做丈夫的來不及抓住，她就這麼縱身跳進了河裡。

「橋拱下的水很深，過了兩個小時才把她打撈上來。她自然已經死了。」

說故事的人停頓下來，沉默不語，過一會兒，又接著說：「以她的處境來說，這或許是最好的解決辦法。有些事是抹滅不了的。現在，您了解爲什麼教士不讓她進教堂了。噢，倘若葬禮以宗教方式舉行，全城的人或許都會來參加。可是，您也明白，有了過往那件事，再加上她自殺，有些人就不願意來了；況且在這個地方，要參加沒有神父主持的葬禮，是相當困難的。」

我們通過了公墓大門。我內心十分激動，待棺材放入墓穴後，我走近那位啜泣著的可憐年輕人身旁，使勁地和他握手。

他眼裡含著淚水，驚奇地看看我，然後說：「先生，謝謝。」而我沒有後悔跟著靈車走這一趟。

——〈巴蒂斯特太太〉（Madame Baptiste），原刊於一八八二年十一月二十八日《吉爾．布拉》日報

首飾

有些女孩長得迷人又漂亮，卻像命運的錯誤安排般出生在小職員家庭——她，就是其中之一。她沒有嫁妝，沒有財產可繼承，沒有任何方法讓地位顯貴又有錢的男人來結識她、了解她、愛她、娶她。只得任人作主，和國民教育部的一名小辦事員結了婚。

她穿著樸素，沒有多餘的錢打扮，一直悶悶不樂，覺得自己活像社會地位被降了級。因爲，女人既沒有階級、也沒有門第之分，她們的美貌、優雅和嫵媚就代表了出身與家世。女人天生的細膩、對高雅事物的敏銳本能，以及性情上的柔韌度，是區分她們的唯一量尺；憑著這些，平民人家的女孩也可以和上流貴婦等同而論。

她覺得，自己生來就該享受所有精緻和奢侈的事物，因此無時無刻不感到痛苦。住屋的簡陋、牆壁的老舊、磨損的椅子、醜陋的布疋，樣樣使她難過。她爲另一個同樣出身環境女人甚至察覺不到的這所有事，感到苦惱和憤怒。看到前來幫傭的布列塔尼小女孩，處理著卑微瑣碎的家事，她內心引起一陣遺憾和惋惜，並勾起她狂熱的幻想。她想像，靜悄悄的候見室、牆面垂掛滿來自東方的帷幔、照明用的銅製高燭臺，以及兩名穿著短褲的高級僕役，被暖爐吹拂出的沉濁熱氣烤得昏沉沉，倒在大沙發上睡著了。她想像，有間覆著古絲綢的大客廳，精巧家具上擺著珍貴無比的小飾品，以及散發著香氣的雅致小沙龍，那是傍晚五點與最親密異性友人閒談的最佳場所，能在小沙龍被接待的男人知名且受歡迎，所有女人無不渴慕受他們青睞。

當坐下來晚餐，眼前圓桌鋪著一張三天才換一次的桌布，坐在對面的丈夫揭開大湯碗的蓋子，一臉高興地說：「哇，是好吃的蔬菜肉湯！我沒嘗過比這更美味的了……」此時，她腦中浮現的是精美的晚餐、發亮的銀器，還有掛毯，上面繡滿身處森林仙境的古代人物與珍奇異鳥；她夢想以豪華餐具盛裝精美佳餚，賓客一邊吃著粉紅鱒魚肉和松雞翅，臉上一邊帶著神祕淺笑輕聲調情。

她沒有好看的服裝、沒有珠寶，什麼都沒有。但她只愛這些，她覺得自己是爲打扮而生的。她是如此地想取悅別人、被人羨慕，吸引人，且被人追求。

她有位富有的女性朋友，是寄宿學校的同學，但她並不想前去拜訪，因爲回來後總感到痛苦——由於悲傷遺憾，由於絕望哀痛，她會一連好幾天整天哭泣。

然而有天晚上，她丈夫回到家，神色得意，手裡拎著一個大信封，說：「喏，這個給你。」

她快速撕開信封，抽出一張印刷卡片，上面寫著一些字——

國民教育部部長喬治韓波諾暨夫人

榮幸邀請羅塞勒先生及其夫人，參加一月十八日星期一於本部大樓所舉辦晚會

她的反應不像丈夫預期的那樣高興，反倒傷心又生氣地把邀請卡丟在桌上，低聲埋怨道：「你給我這東西做什麼？」

「可是，親愛的，我以爲你會開心的。你從沒出門玩過，這是個機會，一個絕佳的機會呀！我費了好大一番功夫才拿到，大家都想要，這可是非常搶手的，部裡也才發幾份給職員而已。到時候，你看到的全都是官員政要。」

她惱怒地看了丈夫一眼，不耐煩地說：「你叫我穿什麼去？」

他沒有想到這點，囁嚅道：「你穿去劇院的那套禮服就很恰當，我是這麼認爲……」

看見妻子流淚，他不再往下說了，只是驚訝，心煩意亂。兩顆斗大的淚珠，從妻子眼角朝著嘴邊慢慢滑下，他口吃了：「你這是怎麼了？怎麼了？」

她則使勁抑下傷痛，擦拭濡濕的臉頰，一面平靜以對：「我沒事。只不過我沒有像樣的衣服可穿，所以無法參加這個晚會。你若有同事的太太比我穿得體面些，就把邀請卡給他。」

他感到惋惜，接著說：「這樣吧，瑪蒂爾，一件得體的衣裳，式樣最平常的那種，你以後還有其他機會能穿的，這樣一套禮服，大概要多少錢？」

她思索了幾秒鐘，盤算了一下，想著該如何說出一個價錢，既不會被斷然拒絕，也不會引起這

省吃儉用的小職員驚恐呼叫。

末了，她遲疑地答道：「我說不上確實的數目，但我覺得四百法郎應該夠了。」

他臉色有點蒼白，因為他恰巧存了這數目的一筆錢，要用來買支槍，準備今年夏天的星期日裡，和幾個朋友到南岱爾平原一帶獵雲雀去。

然而他卻說：「好吧，就給你四百法郎。但你得用心找件漂亮的禮服。」

晚會的日子近了，羅塞勒夫人看起來憂鬱、著急且焦慮。然而，她已準備好晚宴要穿的衣裳了。一晚，丈夫問她：「怎麼回事？這三天你怪怪的，好像有什麼心事。」

她回答：「我沒有首飾、沒有寶石，身上連個可戴的飾品也沒有，真叫人心煩。我看起來會很寒酸、很可憐，我寧願不去參加宴會為好。」

他接著說：「你可以戴幾朵鮮花，這個時節這樣穿相當別致。十個法郎就可以買到兩三朵鮮豔的玫瑰花。」

她沒有被說服：「不……在有錢的貴婦之間，展露出一副窮模樣，還有什麼比這更丟臉的。」

可是，他高聲喊了起來：「你真傻！去找你朋友佛瑞斯提爾夫人，要她借你一些首飾。你和她的交情夠好，這麼做沒問題的。」

她愉快地喊道：「的確。我怎麼沒想到這一點。」

第二天，她來到朋友的住處，訴說自己的苦楚。

佛瑞斯提爾夫人走到嵌有鏡子的衣櫥前，取出一個大匣子，拿了過來，打開，對羅塞勒夫人說：「親愛的，你自個兒挑選吧。」

她先是看到手環，然後一串珍珠項鍊，隨後是一個威尼斯款式[2]的金十字架，鑲著寶石，做工巧妙。她在鏡子前試戴這些首飾，猶豫不決，捨不得放下這些東西，將它們歸還。她老是問著：「你還有沒有其他的？」

「怎麼沒有！找找看。我不曉得你喜歡哪一類的。」

突然，她在一只黑緞子做成的盒子裡發現一條極美的鑽石項鍊，內心因著一股無法扼抑的慾望而撲撲跳動。她顫抖著手拿起項鍊，身穿高領長禮服的她，把鍊子繞在頸項周圍，貼近胸脯，望著鏡子裡自己的模樣出神。

---

1 南岱爾平原（la plaine de Nanterre）：巴黎西部郊區的一片沙質平原，塞納河流經其上，現為上塞納省（Hauts-de-Seine）省會南岱爾市（Nanterre）市區所在。

2 威尼斯款式（style vénitien）：威尼斯是義大利東北部海港大城，歷史上先後受羅馬帝國、拜占庭帝國和伊斯蘭國家統治，藝術風格由此深受這些文化的影響。威尼斯工匠在製作十字架珠寶時，擅長採用鏤空及馬賽克鑲嵌技法，寶石組合色彩豐富、色澤飽滿。

然後，她帶著滿腔不安，遲疑地問：「可以把這個借我嗎？只這一樣就好。」

「當然可以。」

她跳起來，抱住朋友的脖子熱情親吻，然後帶著珍寶一溜煙走了。

晚宴的日子來臨。羅塞勒夫人大受歡迎，她比所有女賓客都漂亮──高貴、優雅，面帶微笑，欣喜若狂。所有在場男士都在看她、詢問其名，找機會被引介來認識她。教育部辦公室所有專員都想和她跳舞，就連部長也留意到她。

美貌的勝利、受到歡迎帶來的榮耀感，讓她陶醉地跳著舞，興奮忘我，快樂得飄飄然。人們對她頷首致意、百般讚美，勾起男性心中的想望，女性內心想要的完整而甜美的成功，這所有的一切形成一片幸福雲朵包圍著她──她什麼也不想。

她在清晨近四點時離開。丈夫打從午夜就和其他三位男士睡在冷清的小客廳裡，這三人的妻子也在晚會上玩得很起勁。

做丈夫的在妻子肩膀披上他帶來的衣服，準備離開晚宴時禦寒用。那是平常日子穿的樸素衣裳，流露出的寒傖味和舞會服裝的高貴極不搭襯。她察覺到了，想要躲開，以免被裹著昂貴毛皮的其他女賓瞧見。

丈夫拉住她：「等等。你到外頭會著涼。我來叫輛馬車。」

但她根本不聽，快速走下了樓梯。當他們來到街上，竟找不到一輛車。於是開始尋覓，見到遠遠駛過的馬車，便追喊著車夫。

他們沿著塞納河往下走，不抱一絲希望，冷得直發抖。終於，在河岸邊找到一輛公共馬車。這種夢遊者般的老舊馬車，只在巴黎夜晚降臨後才看得到，彷彿在白天會因自身貧破的外觀而感慚愧。

車子載他們回到殉難者街的家門前，他們鬱鬱地上樓。對她而言，一切都結束了。而他，則想著明早十點必須到達教育部辦公室。

她脫掉包住肩膀的衣服，站在鏡子前，想再一次端詳自己光榮的模樣。突然，她發出一聲尖叫——圍在頸項上的鑽石項鍊不見了！

丈夫已經更衣到一半，問道：「你怎麼了？」

她轉身朝向他，神色十分慌亂：「我……我……我向佛瑞斯提爾夫人借的項鍊不見了。」

他站起身來，倉皇失措：「什麼！……怎麼會！……這不可能！」

他們在長禮服與大衣褶縫裡、口袋裡，到處找遍了，就是找不到項鍊。

他詢問著：「你確定，離開舞會時還戴著它嗎？」

「是，我在教育部的前廳時，還伸手摸過它。」

「可是，假如你是在街上弄丟的，我們應該聽得見它掉下去的聲音。它大概在馬車裡。」

「對，很有可能。你記得馬車的車號嗎？」

「沒有。那你呢，你沒有留意嗎？」

「沒有。」

他們互望著彼此，嚇得目瞪口呆。最後，羅塞勒重新穿上衣服，說道：「我出去，把我們徒步走過的那段路再走一遍，看看能不能找到。」

他出門了。她沒有力氣上床睡覺，倒在椅子上，始終沒換下晚宴服裝，屋裡沒有升火，她腦袋空空的沒有想法。

丈夫約莫七點回到家，他沒有找到任何東西。

他到警察局、報社提出懸賞，去了小馬車的出租公司，所有可能找到項鍊的地方都去了。

面對這場可怕大禍，她和丈夫一樣，心中充滿恐懼和錯愕，在家整整等了一天。

羅塞勒晚上回到家，雙頰凹陷、臉色蒼白，他什麼也沒發現。他說：「應當寫封信給你朋友，就說你弄斷了項鍊的鎖頭，拿去讓人修理。這樣可以讓我們多些時間來想想對策。」

她在丈夫的口述下寫了信。

一星期後，他們失去了所有希望。

羅塞勒看起來老了五歲，他開口說道：「得想辦法找一條同樣的項鍊來替換。」

項鍊盒子裡標有牌名。第二天，他們帶了盒子、依照住址，來到珠寶商的店鋪。老闆查看了一下帳冊：「夫人，項鍊不是從我這兒賣出的，我不過是提供首飾盒。」

於是他們進出一家家珠寶店，憑著印象，找尋和弄丟那條相同的項鍊，憂傷和焦慮快把他倆逼出病來。

他們在皇家宮殿[3]旁的珠寶店，找到一條鑽石串成的念珠，看起來和他們要找的項鍊十分相似。它要價四萬法郎，店家說可以算他們三萬六千。

他們請求珠寶商三天內不要賣掉項鍊，還與對方談了條件——倘若他們在二月底前找到原有的鍊子，店裡可用三萬四千法郎的價錢買回鑽石念珠。

羅塞勒存有他父親所留下的一萬八千法郎。剩下的錢他必須去借。

他向某人借得一萬法郎，向另一位借五百，這裡借五枚金路易[4]，那兒借三枚。他簽下借據，

---

3 皇家宮殿（Le Palais-Royal）：位於巴黎羅浮宮（Le Louvre）北邊的一系列宮殿和庭園。原興建於一六三四年，曾為法國紅衣主教及歷代皇室貴族宅第，今有一部分成為法國文化部辦公處，一部分改置為劇場和餐廳。園區內古典建築、現代雕塑兼具，園區外圍高級時尚服飾店櫛比鱗次，是巴黎人和觀光客喜愛的知名歷史景點。

4 金路易（louis）：法國舊金幣，因印有法王路易十三等人的頭像而得名。十九世紀時，金幣上的頭像改成拿破崙三世（Charles-Louis Napoléon Bonaparte , Napoléon III, 1808～1873），而當時一枚金路易的價值等於二十法郎。

訂下足以讓他破產的契約，和放高利貸的人、來自不同種族的放款人打交道。他損及了自己下半輩子的生活，在甚至不曉得將來能否履行約定的情況下，冒險在文件上簽名。他害怕未來生活中的煩惱，害怕將要壓垮他的暗黑貧窮，害怕將來所有物質的匱乏與精神上的折磨……帶著這樣的心情，他來到珠寶店，在櫃檯擱下三萬六千法郎，取走了新的鑽石項鍊。

羅塞勒夫人歸還首飾給佛瑞斯提爾夫人時，佛瑞斯提爾夫人不怎麼高興地說：「你該早點兒拿來還的，因爲，我或許會需要它。」

佛瑞斯提爾夫人沒打開首飾盒，這正是羅塞勒夫人所擔心的事——假使自己的朋友發現那是替代品會怎麼想呢？會怎麼說呢？難道不會把她當成小偷嗎？

羅塞勒夫人嘗到了窮苦人的窘迫生活，畢竟，她很突然地以英雄壯烈犧牲之姿打定了主意——這筆駭人的債務是必須償還的，她會償還它。他們辭退女傭，搬了家，改租位在頂樓的一間閣樓。

她做過粗重的家庭雜務，幹過令人厭惡的廚房活計。她洗餐盤，油膩的器皿和鍋子底部磨損了她粉紅色的指甲。她用肥皂洗滌骯髒的衣物、襯衫和抹布，再放到繩子上晾乾。每天早上搬垃圾下樓、提水上樓，每走完一層樓，便停下來喘息。她做平民婦人打扮，手臂挽著籃子，到水果店、食品雜貨店、肉店討價還價，挨販商的罵，一個銅板一個銅板護守著她可憐的零錢。

他們每個月都要繳付借款，簽新的借據，請求緩期。

做丈夫的，晚上替一個商人謄清帳目。夜裡，還經常得抄寫每頁五毛錢的文章。

這樣的生活，他們過了十年。

十年之後，他們的債全都還清了——全部，包括高利貸的利錢，和層層利息加利息堆疊上去的龐大數目。

如今，羅塞勒夫人似乎變老了，她變成貧困人家的婦人——強健、粗魯，能吃苦。頭髮隨便亂梳，裙子繫得歪歪斜斜，雙手發紅，高聲說話，用大盆子的水沖洗地板。但有時候，丈夫上班不在家時，她會在窗戶旁坐著，想著從前的那次晚宴，在那場舞會裡她曾經那麼美、那麼受榮寵。

假若沒有弄丟首飾，她將變得如何呢？誰曉得？誰曉得？生活眞是古怪又變化無常啊，只要少少的東西就能毀掉你或拯救你！

然而，有個星期天，羅塞勒夫人忙完一整個禮拜的勞務，來到香榭里榭大道走走，藉以消解疲勞。忽然，她瞥見一名婦人牽著孩子散步——是佛瑞斯提爾夫人，她依舊年輕，依舊美麗，依舊有魅力。

羅塞勒夫人激動極了——她要去找她說話嗎？是的，當然。現在，她債務已然還清，可以把事情全盤托出了。爲什麼不？

她走近。

「你好啊，簡妮。」

對方一點兒沒認出她來，很訝異被一個平民婦女這般親熱地叫喚。她支支吾吾：「可是……這位太太……我不知道……您應該是認錯人了。」

「不。我是瑪蒂爾・羅塞勒。」

她的朋友尖叫一聲：「噢！……我可憐的瑪蒂爾，你變好多呀！」

「是啊，自從上次見你之後，我過了許多艱困的日子，吃了不少苦……而這全都因爲你！」

「因爲我……怎麼回事？」

「你可記得那條鑽石項鍊，你借我戴去參加教育部宴會的那條。」

「記得。出了什麼事？」

「事情是，我把它弄丟了。」

「怎麼可能！你不是早就拿來還我了。」

「我還給你的是另一條一模一樣的，我們花了十年時間來償還買它的錢。你要知道，對我們這些什麼都沒有的人來說，這並不容易……但終於結束了，錢都還清了，我徹徹底底的滿意。」

佛瑞斯提爾夫人停下腳步。

「你說，你買了一條鑽石項鍊來取代我那一條？」

「對呀……你沒有發現，是嗎？它們可眞像。」

她帶著驕傲而天眞的喜悅微笑。

佛瑞斯提爾夫人非常激動地握住她的雙手。

「噢，可憐的瑪蒂爾，我那一串是假的，它至多只值五百法郎！」

——〈首飾〉（La Parure），原刊於一八八四年二月十七日《高盧人》（Le Gaulois）日報[5]

5《高盧人》日報：一份文學與政治性刊物。政治立場傾向保守，在長達六十多年（一八六八～一九二九）的出刊期間，延攬了不少文學新秀和法蘭西學院院士擔任編輯，其文章品味高尚，深受上層社會菁英分子喜愛。莫泊桑除了經常在報上發表作品，還曾任該報專欄作家。

一個諾曼第人

我們剛出盧昂市區，馬匹循著瑞米耶日大路快步前進。輕快的馬車筆直疾行，穿越一片又一片的草原，然後馬兒才以平常走路的步伐，慢慢地爬康特勒山坡。

那個地方，應可說擁有世上最優美的其中一片景色。盧昂就在我們背後，是座林立了許多教堂的城市，一幢幢哥德式鐘樓精心雕琢如象牙製小玩具；正前方的聖瑟韋，則是以工業工廠為主的郊區，那些朝廣袤天空豎起的成千上百支冒煙煙囪，與古老城區裡無以數計的神聖小鐘塔遙遙相望。

這裡，盧昂主教座堂的鐘樓尖塔，是人類古蹟建築的最高頂峰[1]；那邊，福德爾「霹靂」紡織廠燃煤幫浦的巨大煙囪，在體積、高度上幾乎和它的對手大教堂尖塔，同樣異常巨大，甚至比最龐大的埃及金字塔還要再高上一公尺。

展現在我們眼前的塞納河，蜿蜒曲折，河中布滿島嶼。右側岸邊有處白色懸崖，為一片森林所環繞；河的左岸是遼闊草原，延伸到很遠很遠處，才以另一座森林作為盡頭。

好幾條大船沿著寬敞河流堤岸分別停泊。三艘巨大汽輪魚貫接連排列，朝哈佛爾港駛去。一艘三桅船、兩艘雙桅縱帆帆船，以及一艘雙桅橫帆帆船，組成一串船隊，在吐著團團雲狀黑煙的小拖輪拉曳下，溯河而上，開往盧昂。

我的同車夥伴是本地人，眼睛並不望著這片叫人驚嘆的風景，只是不停地微笑，似乎心裡暗自高興著。忽然間，他高聲說道：「啊，您就要看到一件有趣的東西了——馬迪厄老爹的小教堂。我的好友，這東西眞是妙不可喻。」

我訝異地看著他。

他又續道：「我將帶您體驗一種諾曼第的芳香，它將讓您一輩子忘不了。馬迪厄老爹是本省最妙的諾曼第人，他的小教堂則是世上最不可思議的景致之一，這樣的讚譽不多不少，十分貼切。不過，我要先向您略微做點說明。」

馬迪厄老爹，也有人稱他「酒品」老爹，是一位從軍中退役、回歸故里的上士。他將老兵愛說笑的吹牛大話，以及諾曼第人狡猾的戲弄言行，調和出令人激賞的比例，形成了一套絕佳作風。返鄉後，多虧了來自各方的許多保護，加上難以置信的機靈手腕，他，當上了一座顯聖蹟的小教堂管理員。保護這座小教堂的神祇是聖母瑪利亞，而經常前來膜拜的主要是未婚懷孕的女孩。馬迪厄老

1盧昂主教座堂（la cathédrale de Rouen），其鐘樓尖塔有一百五十一公尺高，一八七六～一八八〇年間為世界最高，現今仍是法國最高的教堂尖塔。

爹爲他的神奇雕像取了個名字叫做「大肚子的聖母」，他以某種嘲弄又不失尊重的親熱態度，來對待聖像。他爲他的「仁慈聖母」親自撰寫、並請人付印了一篇特別的文章。這篇祈禱文是一件無意識的諷刺傑作，充滿了諾曼第精神，意即在開玩笑的言語中摻有對聖徒的畏懼，對深具神祕影響力的某種事物帶有迷信般的害怕。他不是很相信他的守護女神，然而，出於謹愼，他還是有點相信，基於策略上的考量，他仍小心應付祂。

以下是這篇卓越禱告詞的開端——我們仁慈的夫人聖母瑪利亞，本地及人世間所有未婚媽媽的當然守護女神，請您保佑您那因一時疏忽而失足的信女。

祈禱文是這麼結束的——請您在您神聖的配偶身邊尤其別忘記我，並請代我在天主身旁求情，好讓祂賜予我一個像您丈夫一樣的好丈夫。

這篇祈禱文被當地神職人員所禁止，馬迪厄老爹卻私下販售，而那些熱情誦讀的女信徒都認爲文章對她們大有助益。

總之，他談到仁慈的聖母，就像威嚴王子的貼身僕從談及主人一般，對王子所有私人的小祕密都瞭若指掌。他知道一大堆關於聖母的趣味故事，在朋友間、喝酒後，他會低聲地說出來。

不過，您待會兒親自看看就明白了。

由於從守護女神那兒得來的各項收入對他似乎不夠，他便在主要聖母外，附加一樁販售聖徒雕像的小生意。任何一名聖徒、或說所有聖徒像，他都有。小教堂裡沒地方擺放，他便把它們儲藏在堆柴的房間；若有信徒詢問，他會立刻取出它們來。這些滑稽得出奇的木頭小神像，均由他本人製作；有一年粉刷房屋時，他乾脆將所有神像全身都漆成綠色。您知道，聖徒們有治癒疾病的功效，但每位都各有專長，不能混淆，也不可以搞錯——它們會像蹩腳的喜劇演員一樣，互相嫉妒。

爲了不出錯，善良的老婦人們會來徵詢馬迪厄的意見。

「醫治耳朵痛的，哪位聖徒最好？」

「有個聖徒歐西姆頗好，聖徒龐菲勒也不錯。」

還不只這些。

馬迪厄空閒時間很多，他都用來喝酒，不過，他是以藝術家的態度、以眞誠信服的態度喝酒——正因如此，他每晚必喝醉。他喝醉，心裡卻也明白自己的情況，他的腦袋還這麼清楚，因此每天他都能記下自己酒醉的確切程度——這可說是他主要工作，至於小教堂只能算是其次。

而且，他發明了（您聽清楚了，請仔細留意），他還發明了——酒醉測量計。

儀器不存在，可是馬迪厄的觀察數據，就和數學家的資料一樣精確。

您會聽見他老是不停地說：「自星期一起，我已經超過了四十五公分。」

或者：「我當時在五十二和五十八公分之間。」

或者是：「我那時當眞處於六十二到七十公分之間。」

又或者：「眞是見鬼，我原本以爲自己在五十度左右，這會兒才發覺自己到七十五度了！」

他從來沒弄錯過。

他表明不曾達到過一公尺，但他坦承，超過九十公分後，所觀察到的數目就不再準確了，因此也就不能絕對相信他斷定的度數。

當馬迪厄自認已超過九十度時，您可以放心，他鐵定是很醉了。在這樣的情況下，他的妻子梅莉（也是號不同凡響的人物），便會發了狂似地生氣。她在門口等他，見他回家，便大聲吼道：「你可回來了，你這個混蛋，豬玀，該死的酒鬼！」

這時，馬迪厄不笑了，穩穩站立在她面前，口吻嚴厲地說：「閉嘴，梅莉，現在不是胡扯的時候。等明天再說。」

假若她繼續叫嚷，他會靠過來顫抖地說：「別再喊了。我已經有九十度了，我不測量度數了。我要揍人了，當心點！」

於是，梅莉，只好退讓。

如果第二天她想舊事重提，他就當面嘲笑她，答道：「好啦，得了吧！談夠了。都過去了。只要我還沒達到一公尺，就不礙事。不過，假若我破了一公尺，我就准許你糾正我，我保證！」

我們來到山坡頂上。大路彎進讓人讚賞不已的盧馬爾森林深處。

秋天，絢爛的秋天，將它的金黃和火紅摻入到最後殘存的鮮豔綠意裡，彷彿陽光融化成點點滴滴，從天上流瀉到茂密的樹林裡。

我們穿越迪克萊爾鎮，然而我的朋友並未繼續行駛瑞米耶日大路，反倒將馬車左轉，走上一條斜向道路，鑽入一座矮樹林裡。沒多久，從一個大山坡的頂端，我們再度望見壯麗的塞納河谷地，迂迴曲折的河流在腳下延展。

右側有座很小的建築物，覆蓋著石板瓦，屋頂上豎立著像女式小洋傘那麼高的鐘樓。緊貼在建築背後的，是一棟開了多扇綠色百葉窗的漂亮房子，牆上爬滿金銀花和薔薇的藤蔓。

一個粗大的嗓音叫道：「朋友們來了！」馬迪厄出現在門口。這是個年紀約六十歲的男子，身形瘦削，下巴蓄著一撮山羊鬍，唇邊有兩撇白色的長髭鬚。

我的同伴和他握手，向他介紹了我，馬迪厄請我們進到一處也兼做客廳用的涼快廚房。他說：「我嘛！先生，我沒有高雅出眾的住所。我喜歡和家常燴肉在一塊兒。這些平底鍋，您瞧，全都在陪伴我。」

接著，他轉身對我朋友說：「您爲什麼偏選在星期四來呢？您明明知道今天是我守護女神給人諮詢的日子。下午，我是沒法出門的。」

他跑到門口，發出像牛一樣的可怕響亮叫聲：「梅莉……！」餘音繚繞，大概連遠方、凹陷的河谷底部，在大河中上上下下航行的水手都會抬起頭來張望。

梅莉沒有回答。

馬迪厄於是調皮地眨了一下眼睛。

「她對我不高興了，您可明白，因爲昨天我喝到了九十度。」

身旁的友人笑了起來：「到九十度！馬迪厄，您是如何辦到的？」

馬迪厄回答：「我來告訴您。去年，我只找到二十哈謝爾[2]的杏子蘋果，再也沒有了。不過，只有這個種類才能釀蘋果酒。所以，我用那些做了一桶，昨天才鑽孔取酒。當它是瓊漿玉液，還真是瓊漿玉液，您們也一定會讚不絕口。波立特剛好在我這兒，我們喝了一杯，然後又一杯，都覺得不過癮（大家可以一直喝到明天），就這樣，一杯接一杯，我感覺胃裡有股涼意。我跟波立特說：『要不，咱們喝一杯白蘭地來暖暖身子！』他同意了。可是，這白蘭地喝下去，就像在您體內放把火似的，因此不得不再喝點兒蘋果酒。但是，這麼由涼到熱，由熱到涼，我察覺自己已經到九十度了。波立特也離一公尺不遠了。」

才說完，門就開了。梅莉走進來，還沒和我們道早安之前，她便嚷道：「……豬玀，你們倆那時都已經到一公尺了。」

這時，馬迪厄惱火了：「不要這麼說，梅莉，不可以這麼說。我從來沒有到達過一公尺。」

我們被招待了一頓極其美味的午餐。大夥坐在門口的兩棵椴樹下，旁邊是「大肚子聖母」小教堂，眼前朝著一片一望無際的風景。馬迪厄述說了好些有關神蹟的離奇故事，語氣除了嘲弄，還夾雜信以為眞的態度，這點頗出乎我們意料。

大家喝了很多那令人激賞的蘋果酒，有刺激的勁道且帶甜味，涼爽又使人微醺，馬迪厄偏愛這飲料勝過任何一種酒類。我們跨坐在椅子上，抽著菸斗，這時，來了兩位老實的婦人。她們都老了，乾瘦且駝背，打過招呼後，她們問起聖徒布朗。馬迪厄朝我們眨了眨眼睛，答道：「我這就給您拿來。」

他的身影消失在柴房裡。

他在裡頭停留了整整五分鐘，然後一臉懊喪地走回來，舉起兩隻手臂，說：「我不曉得它在哪裡，我找不著了；不過，我確實是有一個的。」

於是，他把雙手圈成傳聲筒，再度像牛一般飆吼：「梅莉……！」他的妻子在院子另一頭回道：「有什麼事？」

「聖徒布朗在哪裡？我在柴房裡找不到。」

這時，梅莉拋出了這樣的解釋：「可不是上星期，你拿去堵住兔子小間破洞的那一尊？」

馬迪厄打了個哆嗦：「天殺的，這很有可能！」

於是，他對兩位婦人說：「您們請跟我來。」

2 哈謝爾（rasière）：昔時法國的乾物容量單位，約合五十公升。

她們跟了上去。我們同樣跟隨在後，因強忍住不笑而有點難受。果然，聖徒布朗像根簡單的木樁一樣插在地上，全身被污泥和穢物弄得髒兮兮的，用來當作兔子籠的一個角柱。

兩名老實的婦人一看到聖徒雕像，便屈膝跪下，在胸前劃了十字，開始低聲誦念祈禱文。可是馬迪厄趕緊上前，說：「請等等，您們這會兒是在爛泥裡，我給您拿一綑麥桿來。」

他找來麥桿，爲她們做了一塊祈禱用的跪墊。接著，自己打量著那沾滿泥巴的聖徒，無疑擔心他的交易會喪失信用，便又補充道：「我來爲您稍微清理一下祂。」

他提了一桶水和一把刷子，著手使勁地刷洗這尊木製聖徒像，而兩位老婦人從頭到尾始終不停禱告。

隨後，當工作完成時，他又接著說：「現在，再沒什麼不妥的了。」他才又領我們去喝一杯。

他把玻璃杯端到嘴邊，又停住，神色有些尷尬：「這還不都一樣，我把聖徒布朗擺到兔子那邊時，我以爲它再也不能賣錢了。兩年來，沒人詢問過它。可是，您兩位可瞧見了，聖徒們，是從來不會過時的。」

他把酒喝下，又說道：「來吧，咱們再喝一杯。和朋友一起喝酒，至少都要喝到五十度，而我們都才只到三十八度呢！」

——〈一個諾曼第人〉（Un Normand），原刊於一八八二年十月十日《吉爾・布拉》日報

受洗

「嘿，醫生，來點科涅克的白蘭地[1]如何？」

「十分樂意。」

年老的海軍軍醫把他的小玻璃杯遞了過來，注視這帶有金黃色光澤的漂亮液體，逐漸上升到杯口。

接著，他將酒杯舉至眼睛的高度，讓燈光透進杯子裡，嗅了一嗅，啜飲幾滴，使液體在舌頭上、在濕潤且感覺靈敏的顎部肌肉上來回移動，品嘗良久，然後他說：「噢，這迷人的毒藥！或者，還不如說是充滿誘惑力的殺手，滋味甜美的民族毀滅者！

「你們這些人，你們不懂這東西。沒錯，你們都讀過那本名叫《小酒店》的書[2]，那是本令人讚賞的書，但是，你們和我一樣，還沒看過酒精把一個野蠻人的部落、一個黑人小王國給滅絕了。這些裝在圓胖小木桶裡的酒精，是由蓄著紅鬍子的英國水手平靜淡漠地搬上岸交卸的。

「不過，請你們聽著，我親眼見過一個因酒精而造成的悲劇。這故事很奇特，也很激動人心，它發生在離這裡很近的布列塔尼，位於蓬拉貝附近的一個小村莊裡。」

當時，我有一年的休假，住在父親留給我的一棟鄉間住宅裡。你們知道那片平坦的山坡地，那兒的風日夜都在荊豆叢中呼嘯。山坡上橫七豎八的巨大石塊隨處可見，這些石頭曾是神像，它們的姿勢、神態和形狀依然保留了某種令人不安的東西。我總覺得石塊將獲得生命，我將看見它們踏著花崗岩巨人般緩慢沉重的步伐，朝田野出發；再不然，就是展開它們寬廣的石頭翅膀，飛向德魯伊們的天堂[3]。

大海遼闊無邊，一直延伸到天際，海水波濤洶湧，不斷晃蕩，裡頭布滿頂端呈黑色的礁石，礁石周圍始終圍繞著一圈圈如唾液般的泡沫，像極了一群等待漁夫到來的狗兒。

這些人，這些男人們，他們到這可怕的大海上，而大海，它暗綠色的背脊只消一個抖動就能掀

---

1 科涅克的白蘭地（cognac）：因音譯不同，又稱「干邑白蘭地」。出產於法國科涅克（cognac）或其周邊地區，酒精含量為百分之四十。該酒品的製造控管十分嚴格，必須採摘特定品種葡萄，經雙重蒸餾，並在橡木桶中密封釀製至少兩年，才可稱作干邑白蘭地。

2《小酒店》（L'Assommoir）：法國寫實主義作家埃米爾・左拉（Émile Zola, 1840～1902）的長篇小說，描寫第二帝國時期巴黎下層人的生活，並藉以研究酗酒的後果。

3 德魯伊（druid）：古代塞爾特人和高盧人所信仰的德魯伊教（Druidism）裡的祭司，他們具有與神對話的超能力，相信靈魂不滅與輪迴轉世，社會地位僅次於君王或部族首領。

翻他們的小艇，像吞嚥藥丸一樣吞噬掉把他們。可是他們，無論白天或黑夜，仍照舊坐上小船，他們喝得醉醺醺的，大膽堅定，卻也難免憂慮不安。喝醉酒，在他們是經常的事，他們說：「當酒瓶滿的時候，看得到礁石，可是酒瓶一空，就再也看不見礁石了。」

走進這些茅屋，你們永遠找不到孩子的父親。假如你們詢問做妻子的，丈夫上哪兒去了，她會伸直手臂指向那片沿著岸邊噴吐白色唾液、正在咆哮的陰沉大海。有天晚上，他酒喝得太多了些，便留在那裡頭沒回來了。大兒子也是同樣遭遇。她還有四個男孩，四個高大健壯的金髮小伙子，不用多久就會輪到他們了。

所以，我是住在靠近蓬拉貝的一棟鄉間住宅裡。我獨自一人住在那兒，還有我的僕人（從前是個船員），以及一個布列塔尼家庭（當我不住這裡時，房子由他們看管）。這戶人家有三個成員——一對姊妹和一個男人，男的娶了姊妹其中一位，他也耕種我的花園。

那年，接近聖誕節的時候，我家園丁的妻子產下一個男孩。

丈夫請求我做他兒子的教父，我實在難以拒絕，他向我借了十法郎，說是付給教堂的費用。

受洗典禮預定在一月二日舉行。一個星期以來，這塊地勢低平的區域蓋滿積雪，地面像鋪了一條堅硬且寬闊、看似無邊無際的青灰色地毯。遠處白色平原後方，是那黝黑的大海，它抬高背脊，翻轉波浪，搖擺起伏，彷彿想撲向它那模樣如死了般的蒼白平原鄰居，這鄰居是如此平靜、冰冷，死氣沉沉。

上午九點，已當上父親的凱宏岱克，和身材高大的小姨子凱爾瑪岡，以及抱著小孩的保母，一起來到我家門口。孩子包裹在一條毯子裡。

我們便朝教堂出發。這天氣，冷得足以凍裂史前巨型石桌，是種叫人心痛欲裂的酷寒，它破壞皮膚、產生傷口，凍傷會引發燒灼感，痛起來非常厲害。我心裡想著那個被人抱在懷中走在前頭的可憐小生命，思忖著這個布列塔尼種族的人確實是鐵打的，因此他們的小孩才剛生下來就能承受如此艱難的戶外散步。

我們抵達了教堂，但門還關著。神父先生遲到了。

這時，保母坐在門檻處一塊牆角石上，開始脫孩子的衣服。我起初以為是孩子尿布濕了，可是我看見他們把孩子的衣服脫得一件不剩、全身光溜溜的——可憐的孩子，一絲不掛地裸露在刺骨寒風中。

對於這番缺乏考慮的冒失舉動，我很氣憤，便走向前去：「你是瘋了不成！你這會要了他的命！」

那女人心平氣和地答道：「噢，不，我們的主子老爺，孩子必須脫光身子來等待仁慈的天主。」

孩子的父親和阿姨對這一切平靜以對。這是習俗，假如他們不照規矩來做，孩子就會遭到不幸。

我發怒了，我咒罵那個男人，威脅著說要離開，我想強行替這脆弱的小生命蓋上衣物。但沒有用。保母當著我的面逃走，跑到雪地裡，小娃娃的身體正轉成紫色。

正準備離開這些野蠻人之際，此時我瞥見神父從田野間走過來，後面跟著聖器室管理員和一個當地孩童。

我朝他跑去，強烈表達我的憤慨。他聽了並不驚奇，也沒加快腳步，仍不慌不忙。他回答：「您想怎麼辦呢，先生，這是這裡的習俗。他們全都這樣做，我們阻止不了的。」我叫道：「但至少，請您趕快一點吧！」他接著說：「但是我沒辦法走得更快了。」

他走進聖器室，而我們仍留在教堂門口。在那兒，我當眞比那個因凍傷而哭號的可憐小嬰兒還痛苦。

大門終於打開，我們走進教堂。可是，在整個儀式的進行中，孩子還是得光著身子。宗教禮儀過程漫長得沒完沒了。神父結結巴巴地誦讀經文，從他嘴裡吐出的拉丁語音節、音調不準，錯誤百出。他步履緩慢，慢得像隻爬行的神聖烏龜。他穿的白色寬袖法衣讓我心寒不已，這件教袍彷彿裹在他身上的另一種雪，用來以嚴酷野蠻的天主之名，令遭到寒冷折磨的幼小人類飽受痛苦。

受洗典禮總算按規定儀式完成。我看見保母把凍僵了的孩子重新包在長毯子裡，小孩正痛苦地尖聲呻吟著。

神父對我說：「您可願意在記錄簿上簽個名？」

我轉身對我的園丁說：「現在快點回家，馬上給我替這小孩暖暖身體。」我另外建議了他幾個注意事項，如果時間還來得及，就可避免一場胸腔的炎症。

那男人答應照我叮囑去做，他和他的小姨子，以及保母一起走了。我則隨神父進到聖器室。簽完名後，神父向我收取五法郎的費用。

我已經給了那個父親十法郎，所以拒絕再付錢。神父威脅著要撕掉文件，並宣告典禮無效。我這邊也以向法蘭西共和國的檢察官提告來威脅他。爭吵持續了很久，最後我還是付了錢。

我一回到家，便想知道有沒有發生什麼不幸的事。我跑到凱宏岱克的家，可是那個父親、他的小姨子和保母都還沒回來。只有產婦一人獨自留在家中，躺在床上冷得直發抖。她肚子餓，因爲打從昨天起就沒吃過一點東西。

我問道：「他們究竟去什麼鬼地方了？」

她既不訝異也不惱怒，回答：「他們應該是去喝酒慶祝了。」這也是習俗。此時，我想起借給園丁的十法郎，這筆錢本該用來支付給教堂，但顯然拿去付酒錢了。

我派人送湯給那位母親，還吩咐要在她的壁爐裡生火，並且把火燒得旺盛些。我又焦慮又生氣萬分，下定決心要趕走這些不明事理的野蠻人。同時，心懷恐懼地思索著這個可憐小娃兒的狀況，不知它會不會有什麼事。

到了晚間六點鐘，他們還沒回來。我吩咐僕人等他們，自己便去睡覺。我很快睡著了，因爲我睡起覺來就像個眞正的水手。

天剛亮，就被我的僕人叫醒，他爲我端來刮鬍子用的熱水。一睜開眼睛，我就問：「凱宏岱克怎麼樣了？」

僕人猶豫半晌，然後才呑呑吐吐地說：「噢，先生，他過了午夜才回來，醉到連路也沒法走，大個子凱爾瑪岡也是，那個保母也一樣。我很確信他們是在一條溝渠裡睡著了，所以連小孩死了也沒察覺。」

我一下子跳了起來，叫道：「孩子死了！」

僕人答：「是的，先生。他們把孩子抱回來給小凱宏岱克的母親，她看到孩子就哭了。結果，他們爲了安慰她，就讓她喝酒。」

「怎麼！他們讓她喝酒？」

「是的，先生。不過，我是到了清晨，也就是剛剛，才知道這一切的。凱宏岱克因爲沒有燒酒、也沒有錢了，就拿先生您給他點燈用的煤油，四個人一起喝了起來。把剩下的一升煤油全喝光了。所以，凱宏岱克太太現在病得很厲害。」

我連忙穿好衣服，抓起一把手杖，決意要把這些沒人性的畜生全都痛打一頓。我朝園丁家中奔了過去。

產婦被灌飽了煤油，奄奄一息，瀕臨死亡邊緣，身旁放著她孩子的藍紫色屍體。而凱宏岱克、保母和高個兒凱爾瑪岡則睡在地上，鼾聲隆隆。我不得不照料產婦——她在將近中午時死了。

老醫生沉默了下來。後又重新拿起酒瓶，往玻璃杯中又倒了一杯。他讓幾盞燈的亮光再次穿透金黃色液體，來回反射，光線似乎將他杯中的酒變成了如熔化黃玉般的清澈流質。然後，他一口吞下這凶險惡毒、卻又溫熱暖和的液體。

——〈受洗〉（Le baptême），原刊於一八八四年一月十五日《高盧人》日報

在海上

最近在多家報紙都可讀到如下幾行文字——

一月二十二日，來自濱海布洛涅的報導

近兩年來，本市的沿海居民一直十分多災多難，一起剛發生的可怕不幸在人們慘淡的心中再添驚愕。一艘由佳維勒船長指揮的漁船，駛入港口之際，被海浪沖向西部，撞上港邊防波堤的岩石，船身由此破裂。

救生船立即展開救援，射纜槍也發射繩索協助，儘管如此，四名船員和一名見習的少年水手仍在這起事故中喪生。

天候持續惡化，當局擔心恐再發生船難意外。

這位佳維勒船長是誰呢？是斷臂人的哥哥嗎？

這個可憐的人被海浪席捲，或許因此葬身在他破碎船隻的殘骸下，假如他眞是我想的那一位，那麼他在距今十八年前也曾親身目睹另一樁慘劇，情節既恐怖又單純——當然，那些在波濤中發生的悲慘事件向來如此。

佳維勒老大，當時是一艘拖網漁船的船長。

拖網漁船是捕魚船隻中最好的一種。船體堅固，不怕任何惡劣天候，船的腹部圓凸，像個浮子一樣任海浪不停翻打，一向經得起風吹日曬，承受住英吉利海峽帶有鹹味的狂風拍擊。這類漁船專向海裡搜尋，毫不疲倦，風鼓脹起船帆，船側拖曳著一大片漁網，網子刮過大西洋深處，所有沉睡在礁岩中的海洋生物、平貼在海底沙地的比目魚、長著鉤形鉗腳的沉重大螃蟹、觸鬚尖銳的螯龍蝦，無不被剝離生長地，遭到捕撈。

當微風清爽、波浪短小時，漁船便開始捕魚。漁網固定在一根包著鐵皮的大木棍上，船的頭尾兩端各裝有一個滾輪，木棍藉著滾軸上滑動的兩條繩索被慢慢放置下去。船隨著風勢和水流漂移，拉著這項裝備對海底進行掠劫和破壞。

佳維勒的船上，有他弟弟、四位船員，和一名見習的少年水手。在一個晴朗的好天氣裡，他從布洛涅出發，預備拋下拖網捕魚。

可是，沒多久就起風了，一陣突如其來的狂風迫使漁船往西部逃。船來到英國的海岸，但洶湧海浪拍打著岸邊峭壁，衝撞陸地，使船無法進入港口。小船於是又開向外海，回到法國的海岸。暴風雨持續不斷，船隻無法通過防波堤，海浪的泡沫、衝擊的聲響及所帶來的危險，從四面八方包圍港口。

拖網漁船重又出海，行駛在浪頭上，搖晃、顛簸，濕淋淋地滴著水，被大浪鞭笞著，卻顯得堅固穩健——不管怎麼說，它早已習慣了這種大風大浪。惡劣的情況使船不時得在海上停留個五到六天，徘徊在兩個國家之間，卻無法在任一邊靠岸。

終於，暴風雨平緩了，而船正好位在大海中，儘管海浪還很強勁，船長仍下令撒下拖網。

於是，龐大的漁具從船的另一側被抬上來，兩人在船的前端，兩人在後端準備鬆開滾輪上綁住漁具的纜繩。頃刻間，拖網便觸及海底。但一波高起的海浪導致船身傾斜，站在船頭指揮下網的佳維勒老二踉蹌了一下，手臂被夾住，夾在因船身晃動而彈開片刻的繩索，及繩索下滑時倚著的木頭空隙之間。他拚命使力，想用另一隻手抬高纜繩，可是拖網已往下拉行，繃緊的繩索根本扳不動。

他痛苦得肌肉蜷縮，大聲呼喊。所有人都跑來，他哥哥也離開了駕駛舵。他們撲過去抓住繩索，盡一切力量將那隻被繩索輾壓的胳臂救出來，卻沒能成功。有個水手說：「必須割斷繩子。」他從口袋取出了一把寬口的刀子，只消砍兩下便能解救佳維勒老二的手臂。

但割斷繩子就是失掉拖網，而這個漁網很值錢，值一千五百法郎這麼一大筆錢。而網子歸佳維勒老大所有，他很珍惜自己的財產。

他內心痛苦地糾結著，大叫一聲：「不，別割繩子，等等，我來調轉船首。」

他跑到船舵前，將整個舵柄往下按壓。

船身幾乎不聽從船舵的指揮，漁網阻止了船的推進，使船動彈不得。再者，船也受到潮流和風向的牽制。

佳維勒老二癱下身子，跪倒在船板上，緊咬著牙，眼神驚慌。他沒說一句話。他哥哥跑回來，始終擔心船員手上那把刀：「等等、等等，別割，現在必須把錨拋下去。」

船錨拋下了，整條錨鍊都被放開，接著，大夥捲絞盤試圖放鬆拖網的纜繩。繩索終於鬆懈下來，大夥移出那隻軟弱無力的胳臂，羊毛袖子上滿滿是血。

佳維勒老二似乎變傻了。眾人幫他脫下工作服，看見嚇人的景象——從一團糊爛的肌肉裡，像有幫浦推壓似的不斷湧出大量鮮血。受傷的男人看看自己的手臂，低聲說：「完了。」

眼看著大量出血正在甲板上形成一片血泊，其中一個水手大叫：「他的血會流光，必須把血管紮起來。」

他們因此拿來一條繩子，一條塗著柏油的棕色粗繩，纏繞在傷口上方的手臂處，眾人使盡全力拉緊。血流逐漸停止噴出，最後終於完全止住血。

佳維勒老二站起來，他受傷的手臂垂在身邊。他用另一隻手抓住它，抬起來，轉一轉，搖一搖——全都斷了，骨頭碎了，只剩肌肉把這隻胳臂和他的身體連接在一起。他目光陰鬱地瞧著它，思索著。之後，他找了張折疊的帆布坐下，同伴建議他拿水不斷弄濕傷口，免得它變成壞疽。

大夥在他身旁放了一個水桶，每隔幾分鐘，他便用杯子從桶子裡舀水，淋在可怕的傷口處，讓少量清水在上方流動以保濕潤。

他哥哥對他說：「進去底下船艙，你會舒服些。」他走下去，過了一個小時又走上來，因爲獨自一人，感覺沒意思。再說，他比較偏愛待在戶外。他又回來坐在帆布上，重新在手臂上灑水。

這次捕魚，成果豐碩。不少尾白肚大魚橫躺在他身邊，牠們正處於臨死前的抽搐而上下抖動著。他望著魚，一邊不停用清水澆灑他那被壓碎的肉塊。

返回布洛涅之際，忽又颳起一陣強風，小船重新展開無法控制的瘋狂航程——船身跳躍、翻滾，搖晃著這位不幸的傷者。

夜晚來臨，大風大浪直持續到黎明。太陽升起時，英國的海岸再次清晰可見，但大海風浪稍緩，因此漁船便調頭逆風朝向法國行駛。

近傍晚，佳維勒老二叫了同伴過來，讓他們看看他手臂上的黑色斑點——在這隻與他身體不再關聯密切的胳臂上，的確出現了嚴重腐爛跡象。

水手們觀察它，紛紛表示意見。

有人認爲：「很可能是生壞疽了。」

另一人主張：「應該用鹽水清洗一下傷口。」

大夥拿來鹽水澆在發黑部位。傷者臉色變得慘白，牙齒咬得咯咯作響，痛得身體微微扭曲。可是，他沒叫出聲來。

當燒灼的疼痛感減輕後，他對哥哥說：「把你的刀子給我。」哥哥把小刀遞過去。

「把我的胳臂抬起來，扳平，拉直。」

大家照他的話做。

他於是開始動手割斷自己的胳臂。他小心翼翼地慢慢割著，用這把剃刀般銳利的刀片切斷最後幾條肌腱，不一會工夫，僅僅成了條斷了的殘肢。他深深嘆了口氣，說道：「必須這麼做，否則我就完蛋了。」

他似乎獲得解脫，用力深呼吸了幾次。然後，又開始在他剩下的一截胳臂上澆水。

夜裡，風浪依舊強勁，他們無法靠岸。

天亮時，佳維勒老二拿起自己那斷掉的胳臂，端詳許久。上頭的組織已開始腐敗。同船的夥伴也都湊過來查看手臂，他們一個接一個傳遞著手臂，摸摸它，把它翻來翻去，還嗅一嗅它。

佳維勒老大說：「該把它扔到海裡了。」

但佳維勒老二生氣了：「啊，這可不成。啊，這怎麼行！我不要。它是我的，可不是？它就是我的手臂。」

他把它拿起來，放在兩腿中間。

老大哥說：「反正它還是會爛掉的。」傷者有了個主意——長時間出海時，爲了保存魚類，都會把魚放在桶子裡用鹽醃起來。

他問道：「我不是也可以把它浸泡在鹽鹵裡嗎？」

「這倒是眞的。」其他人都表示贊同。

於是，大夥清空了其中一個原本裝滿近日漁貨的桶子，把斷了的手臂放在桶子底部，再倒進許多鹽，然後，把一條條魚重新擺回去。

當中，有個水手開玩笑：「但願它不會被我給拿到魚市上拍賣！」所有人都笑了，佳維勒兩兄弟除外。

海上一直颳著風。船始終朝布洛涅的方向逆風前進，直航行到隔天早上十點。佳維勒老二持續不停地在傷口上澆水。

他不時站起身，從船的這一頭走到另一頭。

他哥哥掌著舵，眼睛隨著他移動，一邊搖頭。

船終於返回港口。

醫生檢查了傷口，說狀況良好可望復原。他完整包紮了傷口，囑咐傷患要休息。但佳維勒老二在未取回手臂前不願上床休息，於是迅速回到港口找尋那個被他畫上了十字記號的桶子。

眾人當他的面把桶子倒空，他撿拾起自己的斷臂——它在鹽鹵裡保存得很好，表皮因縮水而起皺紋，但看起來仍然新鮮。佳維勒老二把手臂裹在特地準備好的毛巾裡，然後返家。

妻兒久久審視著這殘肢，觸摸它的手指，除去遺留在指甲縫裡的鹽屑。之後，他們請來木匠，為胳臂量製了一副小棺材。

第二天，拖網漁船全體船員都來參加這隻斷臂的葬禮。佳維勒兄弟肩並肩走在送葬行列最前面，教區的聖器管理人則將「屍體」脅在腋下。

佳維勒老二不再出海捕魚了，他在港口找到一份小職務。日後，當談起這次意外遭遇，他總是偷偷告訴聽的人：「假若當時哥哥願意砍掉拖網，我就能保有手臂，這點是肯定的。但，他把他的財產看得太重了。」

——〈在海上〉（En mer），原刊於一八八三年二月十二日《吉爾・布拉》日報

我的舅舅索斯坦納

我的舅舅索斯坦納和許多人一樣，是個自由思想家，一個出於愚蠢無知而成爲的自由思想家——人們也常因相同的理由修道出家。他一看見神父，就會出現難以理解的憤怒舉動，像是朝神父揮舞拳頭、用手在頭上做犄角嘲笑人家、背對人家摸摸鐵器[1]……這些行徑其實已經表達一種信仰，一種對惡毒心眼的信仰。然而，說到各類缺乏理性的信仰，我們應當這樣——要不全盤接受，要不通通否決。我呢，我也是個自由思想家，也就是說，我對藉著死亡的恐懼所編造出的任何教條一概反對，然而我並不討厭寺廟教堂，無論它們屬於天主教、使徒教派、羅馬教會、新教、俄羅斯教派、希臘正教、佛教、猶太教，還是伊斯蘭教。再者，我自有一套看待與解釋它們的方法——宗教會堂之所以存在，代表人們對未知帶有崇敬。思想的領域越拓寬，未知的範圍就越縮減，寺院教堂因而越容易崩解。不過，與其在裡頭擺放香爐，我倒要安置此望遠鏡、顯微鏡和電動機器。就是如此！

1看到神父時，必須趕緊觸摸鐵器，否則會帶來厄運；此為法國的民間迷信。

舅舅和我幾乎在所有問題上意見都不一致。他是個愛國主義者，而我呢，我不是，因爲愛國主義也是一種宗教，它是引發戰爭的根源。

舅舅是共濟會會員，我呢，公開聲稱共濟會會員比篤信宗教的老女人還要愚蠢。這是我個人的意見，而且我堅持這個看法。假使非得有個宗教不可，那些舊有的宗教對我而言就夠了。

這些愣頭愣腦的傻瓜只不過是模仿神父罷了。他們以三角形代替十字架作爲象徵標誌；他們也有教堂，稱其爲會所；還有一大堆各式各樣的崇拜儀式如蘇格蘭禮拜模式、法蘭西禮拜模式、共濟總會模式等一連串笑死人的無聊空洞事情。

再說，他們想要什麼呢？搔搔手掌心，彼此互相幫忙。我不覺得這是什麼壞事。他們實踐了基督教「你們要相互幫助」的訓誡，唯一的不同在於——是不是互搔手心。但爲了借一百蘇[2]給一個窮傢伙，有必要執行這麼多儀式嗎？施捨和救濟，對修士修女們而言是一種義務，也是一項職責，他們在書信開頭寫上「ＪＭＪ」三個字母，共濟會會員則在他們名字的末尾加上三個點；兩者實際上是同一回事！

舅舅回答我：「正是如此，我們創立宗教來反對宗教。我們以自由思想作爲武器，來毀滅教條主義。共濟會是一座堡壘，所有想推翻神靈論的人都可以加入。」

我反駁道：「我的好舅舅（在心裡，我其實叫他：『老笨蛋』），我責備你們的正是這一點。你們不去進行摧毀，卻來製造競爭，這樣做，不過是在調低價格罷了。而且，假如你們只允許自由思想家加入你們的行列，我還可以理解；但是，你們什麼人都吸收。你們當中有一大批天主教徒，甚至還有黨派的首領。丕厄九世[3]在當上教皇之前，也是你們之中的一分子。假如你們把這樣組成的社團稱作對抗教條主義的堡壘，我覺得你們的堡壘未免太薄弱了。」

而舅舅會眨眨眼睛，補充道：「我們眞正的行動、最了不起的行動是在政治方面。我們以穩當的手法，持續地逐步破壞君主政治的精神。」這次，我忍不住叫嚷起來：「啊！沒錯，你們這些狡猾的人！若您對我說共濟會是選舉工廠，我同意。您說它是一部控制選票的機器，把票分別投給各種色彩的候選人，我從不否認。說它唯一的功能就是愚弄善良的人民、拉攏百姓，像送士兵上火線一樣推他們去投票，我贊同你的意見。您說，它對一切有政治野心的人是有用的，甚至是不可或缺的，因爲它把每一個會員都變成一個選舉代理人，那麼我會朝您喊一聲：『這事兒再清楚不過了！』但，如果您硬是對我聲稱，它是用來毀滅君主政治的精神，那我可要公開嘲笑您了。

「請您稍微仔細想想，這個龐大而神祕的民主聯盟，在德國的大首領是王子繼承人，在俄國的

2 蘇（sou）：法國早期貨幣之一。一法郎（franc）等於二十蘇，而五法郎等於一百蘇，被稱為一埃居（écu）。

3 丕厄九世（Pie IX）：羅馬天主教會教宗。是天主教史上在位最久的教宗，長達卅一年（一八四六～一八七八）。

大首領是沙皇的兄弟，杭貝爾國王、威爾斯親王，以及世上所有戴皇冠的腦袋全都是它的成員！」

這一回，舅舅在我耳邊悄悄地說：「的確如此，但所有這些王侯都在毫無察覺的情況下爲我們的計劃服務。」

「應該是彼此服務，對吧？」

我在心裡加上一句：「一堆傻瓜！」應當來看看，舅舅是如何邀請一位共濟會會員吃晚餐的。他們先是見面，然後以一種很可笑的神祕模樣碰觸彼此的手，他們用手按壓戳捏，交換一整套祕密訊號。我若想讓舅舅大發脾氣，只消提醒他，狗也有一套全然共濟會式的方法來相互認識。

接著，舅舅會把他的朋友帶到角落，彷彿有什麼重要事情要對傾吐似的。然後，他們面對面坐下來用餐，無論是互相觀察、交換眼神，還是喝酒，都有獨特方式。他們瞥了瞥眼睛，彷彿不斷重複地說著：「我們是自家人，對吧？」

試想，這世上居然有好幾百萬人在玩這種裝腔作勢的把戲，而且引以爲樂！我倒還寧願做個耶穌會的會士。

而在我們城裡就有一位年老的耶穌會會士，他是舅舅的眼中釘。每次遇見他，或僅僅遠遠瞧見他，舅舅都會低聲嘟噥：「壞蛋，滾開！」然後抓著我的手臂，在我耳邊輕聲說：「你看著好了，這個卑鄙的傢伙總有一天會來害我。我可以感覺得到。」

舅舅說的話應驗了。以下是因我過失、造成意外事件的經過。

聖週即將到來[4]。舅舅打算在禮拜五舉行一場有葷腥的晚宴，一次眞正的晚餐，有昂杜耶灌腸和粗短的思華力香腸。我竭力反對：「我在那天，也像往常一樣吃葷食，只不過是自己一人在家吃。您這種示威活動很愚蠢。爲什麼要示威呢？那些不吃肉的人，妨礙您什麼了？」

可是，舅舅十分堅持。他邀請了三位友人到城裡一家上等餐館吃飯；由於是他出錢付帳，所以我沒拒絕參與這場示威。

才四點鐘，我們就在人潮最洶湧的佩內洛普咖啡館占據了顯眼的位子，舅舅以宏亮的嗓音大聲談論他點選的菜單。

六點開始用餐，到十點了，大家還沒吃完。我們五個人喝了十八瓶優質葡萄酒，外加四瓶香檳酒。這時，舅舅提議一種叫做「總主教巡迴」的喝酒儀式——大家各自拿六個小酒杯，在面前放成一排，裡頭倒滿不同的甜燒酒。然後，其中一位參加者在一數到二十的時間裡，必須把酒一杯接一杯快速喝光。這實在愚蠢，舅舅卻覺得很「應時對景」。

十一點時，他已然爛醉如泥。還必須叫一輛馬車送他回家，將他安置到床上。可以預見，他的

4 聖週（la semaine sainte）：復活節前一週。依據基督教傳統，須行齋戒，用以紀念耶穌受難。聖週裡的禮拜五，為耶穌受難日。

反教會示威活動將轉變成一場嚴重的消化不良症。

我自己也喝得半醉，卻有種愉快的醺然醉意；返回住所途中，腦子裡忽然閃過一個狡詐的念頭，它完全滿足了我懷疑主義的本能需求。

我整理了一下領帶，裝出一副絕望著急的表情，來到老耶穌會會士家門口發瘋似地狂按門鈴。他耳朵聾，讓我等了很久。可是，我用腳拚命踢門，幾乎要撼動整棟房子，他才終於戴著棉質睡帽，出現在窗口，問：「找我有什麼事？」

我大聲喊：「快點、快點，敬愛的神父，請快開門，有位毫無希望的病人要求您去行聖事！」

這可憐的老好人立刻套上長褲，教袍也沒穿，便跑下樓來。我氣喘吁吁地訴說著我那位自由思想家的舅舅，突然感到身體很不舒服，極可能患了一場相當嚴重的疾病。他因而對死亡產生極大恐懼，希望能見到神父，與之談談，聽聽建議，好好地多加認識信仰，親近教會。無疑也希望能告解、領聖體，讓自己在跨越這道可怕門檻時，內心能夠平靜無愧。

我以嘲弄口吻補充道：「他希望如此；總之，這麼做，若不能為他帶來益處，也絕不會造成什麼傷害。」

老耶穌會會士驚慌失措，卻又感到歡喜，他激動地顫抖著：「您等我一分鐘，孩子，我就來。」但我接著又說：「對不起，敬愛的神父，我不能陪您前去，我的信仰不允許我這麼做，方才我甚至拒絕前來找您。所以，我請求您，別說您見到了我，就說，有某種上天的啟示告知您，舅舅生了病。」

老好人同意了，便快步離去，到舅舅家門口按鈴。照顧病人的女僕立刻來開門，我看見穿著黑色教袍的神父身影，消失在這座自由思想的碉堡中。

我躲在鄰近的一處門廊下，等著看好戲。身體狀況良好時，舅舅一定會把耶穌會會士痛毆一頓，但我知道他現在就連胳臂也沒辦法動一下。我興奮快樂極了，思忖著這兩個互相敵對的人碰面時，將上演怎樣一齣令人難以置信的劇碼？他們會怎樣爭鬥？怎樣彼此解釋？會有怎樣的驚愕？怎樣的混亂？舅舅一旦發怒，將使原本毫無轉圜的情境越發不可收拾。這一切又將如何收場呢？

我獨自一人在那兒笑得直不起腰來，一遍遍低聲地說：「啊！好個成功的玩笑，好個成功的玩笑！」

然而，天氣很冷，我察覺到，耶穌會會士在舅舅家待了許久沒出來。我對自己說：「他們在互相解釋呢！」

一小時過去了，接著兩小時、三個小時過去了，敬愛的神父還是沒有出來。發生什麼事了？難道舅舅看到他，突然心頭一驚，氣死了？或者他把這個穿教袍的人殺了？又或者他倆正在相互吞噬對方？最後這個假想，對我而言，可能性很小；依我看，舅舅這種時候根本沒法再多吃進一克的食物。天亮了。

我焦急不安，又不敢進去，想起有位朋友恰巧住在舅舅家對面。我去了他家，告知事情原委。

他先是驚奇，繼而發笑，我於是守在他家窗口窺視。

九點時，他來接我的位子，我去睡了一會兒。下午兩點時，換我代替他。我們兩人的心緒都極端不寧。

六點鐘時，耶穌會會士出來了，態度祥和而滿足，我們看著他步伐平靜地走了遠去。

這時，我才既慚愧又膽怯地前去按舅舅家的門鈴。女僕來開門，我不敢問她，一句話也沒說，默默走上了樓。

舅舅躺在床上，臉色蒼白、虛弱，萎靡不振、眼神黯淡，手臂無力。一張小聖像用別針釘在床簾上。

房間裡可以聞到一股強烈的消化不良氣味。

我說：「哎呀！舅舅，您還沒起床？哪兒不舒服嗎？」

他聲音疲憊地答道：「噢，我可憐的孩子，我病得很厲害，差點就死了。」

「怎麼回事，舅舅？」

「我不曉得，這眞是叫人訝異。但最奇怪的是，剛從這裡走出去的耶穌會神父，你知道的，就是那個我過去一直無法容忍的正直人。嘿嘿，他居然得到一個啓示，說我病了，前來看我。」

我有股好想笑出來的衝動：「啊！眞的嗎？」

「眞的，他來了。他聽到有個聲音要他起床，到這邊來，因爲我快死了。這是一個啓示。」

我假裝打噴嚏，才不至於笑出聲來。眞想躺到地上打滾。

一分鐘後，儘管樂不可支，我還是用氣憤的口吻說：「而舅舅，您接見他了？您這個自由思想家、共濟會會員，竟然沒有把他趕出門？」他顯得有些尷尬，支支吾吾地說：「你聽我說，這件事實在太讓人驚奇了，這完全是天意！而且，他還跟我提到我父親，他從前認識我父親。」

「您的父親？」

「是啊，看來他認識我父親。」

「但，這也不能成爲接見一個耶穌會會士的理由。」

「我知道，可是我生病了，病得很嚴重！而他盡心盡力照顧了我整整一夜。他眞是無可挑剔，是他救了我一命。他們這些人多少懂得一點醫術。」

「啊！他照顧您一整夜，但您方才跟我說，他剛從這裡出去？」

「對，沒錯。他待我這麼好，所以我留他下來吃午餐。他就在我床旁邊的小桌子用餐，而我也跟著喝了一杯茶。」

「那……他也吃葷食？」

舅舅一臉受到冒犯的模樣，彷彿我剛才說了極失禮的話似的。他補充說道：「別開玩笑，加斯東，有些玩笑實在不恰當。這個人在這場病中，對我關切有加，勝過任何一個親人，我希望別人也能尊重他的信仰。」

這樣一來，我覺得十分懊喪，不過還是回答：「您說得對，舅舅。那麼午餐過後，您們又做了些什麼？」

「我們打了一局貝西格牌[5]，然後他念他的日課經，我讀一本他隨身攜帶的小書，那本書寫得相當不賴。」

「是一本虔誠信教的書嗎？舅舅。」

「可以說是，也可以說不是，相較之下，或者應該說不是，它敘述他們在非洲中部傳教的歷史。倒不如說它是一本驚險的遊記。這些人，在那邊做的事，非常了不起。」

我開始發覺整件事正朝壞的方向發展。我站起身：「好吧！再會了，舅舅。我看您準備離開共濟會，轉信宗教了。您是個叛徒。」

他的神情還是有些羞愧，口中喃喃說道：「可是，宗教也是一種共濟會呀。」

我問：「您的耶穌會會士，他什麼時候還會再來？」舅舅結結巴巴地說：「我……我不知道，或許明天吧？……還不確定。」

我走出門，滿心錯愕與茫然。

我的玩笑搞砸了，舅舅徹底改變了信仰。截至如此，我倒不甚在乎。天主教或共濟會，對我而言，是半斤八兩。但最糟糕的是，他新近立下遺囑，是的，他立了遺囑，而爲了那位耶穌會神父的利益，先生，他居然剝奪了我的繼承權。

——〈我的舅舅索斯坦納〉（Mon oncle Sosthène），原刊於一八八二年八月十二日《吉爾・布拉》日報

5 貝西格牌（bésigue）：此紙牌遊戲源自中世紀，十九世紀相當流行，目前在中美洲國家海地（Haïti）仍很受歡迎。玩法類似「橋牌」與「大老二」兩種牌戲的綜合，可由二至四人玩。每張牌代表的分數不同，得分最多的玩家獲勝。

懺悔

瑪格麗特・德・泰瑞勒快死了。年僅五十六歲，看起來卻至少有七十五歲。她喘著氣，臉色比身上蓋的被單還蒼白，全身顫抖得很厲害，臉部抽搐、眼神驚恐，彷彿面前出現了什麼可怕的東西。

姊姊蘇珊，比她大六歲，跪在床邊哭泣。臨終之人床鋪旁的小圓桌上有一塊餐巾，上面點著兩支蠟燭，正等待神父前來爲她行臨終敷油禮，以及最後一次領聖體。

寓所裡帶有垂死之人房間的陰沉不祥景象，彌漫著死別前夕的絕望氣息。細頸的玻璃小藥瓶七零八落地散置在家具上，牆角處零亂堆放著被人用腳一踢、或掃帚一掃的床單和內衣。座椅東倒西歪，彷彿也感到慌亂害怕，曾在房裡四處奔跑過似的。令人畏懼的死神就在那兒躲著，靜靜等待。

兩姊妹的經歷讓人鼻酸。故事流傳得很遠，多少人無不爲之流下眼淚。

老大蘇珊從前曾被一名年輕男子瘋狂愛著，而她也愛他。他們訂婚了，就只等敲定日期舉行婚禮，然而，這位名叫亨利・德・尚皮爾的年輕人卻突然死了。

年輕的蘇珊傷心欲絕、萬念俱灰，發誓不再結婚。她信守諾言，從此穿上了寡婦的衣服，再沒有脫下來過。

她的小妹妹瑪格麗特當時才十二歲，有天早上跑來投入姐姐懷裡，說：「大姊，我不願意看你這般受苦。我不要你一輩子流淚。我絕不會離開你，絕不，絕不！我也一樣，我不會結婚，我要留在你身邊，永遠，永遠，永遠！」

蘇珊擁抱住妹妹，爲這孩子的忠誠深深感動，但並未當眞。

可是，小姑娘也堅持承諾，儘管父母再三懇求，姊姊百般勸說，她絕不結婚。她人長得漂亮，如花似玉，不少年輕人似乎都愛著她，但她全都拒絕了，絕不離開姊姊身邊。

她們每天都生活在一起，從未分開。她們到哪兒都出雙入對，形影不離。但瑪格麗特看起來總是十分憂愁、疲憊沮喪，比姊姊還要沉悶抑鬱，彷彿這崇高的犧牲或許摧毀了她自己。相較之下，她老得更快，剛三十歲時就頭髮發白，經常感覺身體不適，似乎患了原因不明的怪病，疾病正一點一點啃噬著她。

如今她就要先死去了。

她已經一天一夜沒說話，只在清晨天剛亮時，才說：「去找神父來吧，時候到了。」

接著，她便仰臥平躺著，陣陣痙攣晃動全身，她的嘴唇顫抖，像有些可怕的話從心底湧上來，卻又無法說出口。目光驚駭而狂亂，讓人看了害怕。

她的姊姊悲痛萬分，額頭靠在床沿，哭得肝腸寸斷，口中不斷重複說著：「瑪格，我可憐的瑪格，我的小妹！」

她總是稱她：「我的小妹。」正如老二也始終叫她：「大姊。」

樓梯間傳來腳步聲。房門被打開，出現一個唱詩班的孩童，後面跟著身穿寬袖白色教袍的老神父。瀕死之人一見神父，便抖動身子坐了起來，張嘴含糊說了兩三句話，然後開始搔扒指甲，彷彿想在指甲面上摳出洞來。

西蒙教士走近她，拉起她的手，親吻一下她的前額，柔聲說：「上帝會寬恕您的，我的孩子，拿出勇氣來，時候已經到了，您說吧。」

這時，瑪格麗特全身上下不住地顫抖，整張床都因她的亢奮之舉而搖晃起來，她結結巴巴地說：「大姊，你坐下，聽我說。」

神父俯身，朝向一直趴在床腳邊的蘇珊，扶她起來，讓她坐在扶手椅上，然後兩手分別握著姊妹倆各一隻手，說道：「主啊，我的上帝！請賜予她們力量，在她們身上散布您的慈悲。」

瑪格麗特開始說話了。字句一個個從她喉嚨發出，聲音嘶啞、忽重忽輕，像耗盡力氣、疲乏至極，「對不起、對不起，大姊，原諒我吧！噢，要是你知道我這一生有多麼害怕這一刻！……」

蘇珊淚眼汪汪，含糊地說：「要我原諒你什麼呢，小妹？你把一切都給了我，爲我這樣犧牲，你是個天使……」

但瑪格麗特打斷她的話：「別說了，別說了！你讓我講完……別打斷我……這件事很恐怖……讓我把一切說出來……說徹底。別動……聽著……你記得……你還記得……亨利……」

蘇珊一陣顫慄，瞧了妹妹一眼。

妹妹繼續往下說：「你必須全部聽完才會明白。那年，我十二歲，僅僅十二歲，你記得很清楚，不是嗎？我當時很受寵，愛做什麼就做什麼！……你記得大家是如何溺愛我的？……聽著……他第一次來我們家，穿著一雙光亮的漆皮長統靴，他在臺階前下馬，對自己的服裝感到抱歉，但他有個消息要捎給爸爸。你記得這些的，對嗎？……什麼都別說……你聽著。我一看到他，整個人就被吸引住了，我覺得他很英俊，他說話的那段時間，我都一直站在客廳角落。小孩是很奇怪的……也很可怕……噢，是的……我還曾夢見過他！

「他又來過好幾次……我全心全意深情注視著他……以我的年紀，我算是早熟的……而且比一般人以爲的要更詭計多端。他經常到家裡來……我心裡只想著他。我用極輕的聲音呼喚著：『亨利……亨利．德．尚皮爾！』

「後來，大人們說他要娶你。我非常傷心……噢，大姊……我很傷心……很傷心！我哭了三夜，睡不著覺。他每天下午吃完午餐，都會來家裡……你還記得的，是不是！什麼都別開口……只管聽我說。你用麵粉、奶油和牛奶做糕點給他吃，他非常喜歡……噢，我也知道怎麼做……如果他需要，我也會做的。他將蛋糕一口吞下，然後喝一杯葡萄酒……然後說：『眞是美味。』你還記得他是怎麼說這話的呀？

「我嫉妒你，非常嫉妒！……你結婚的日子近了。只剩半個月。我幾乎要瘋了。我對自己說：『他不可以娶蘇珊，不行。我不允許！……他要娶的人是我，等我長大以後他就娶我。我永遠也找不到一個讓我這麼愛的人……』可是，有天晚上，距離你婚禮還有十天的時間，你和他在城堡前，在月光下散步……而就在那裡，在一棵冷杉樹，在那棵高大的冷杉樹下……他吻了你……他吻你……將你擁在懷裡……吻了很久……你記得的，對不對！這可能是第一次……是的……你回到客廳時，臉色是那樣蒼白！

「我看見你們了。我就在那兒，在樹叢裡。我勃然大怒！如果那時有辦法，我會把你們都殺了！

「我心裡想：『他娶不到蘇珊的，永遠娶不到！他別想娶任何人。那我就太不幸了……』突然，我開始極度痛恨他。

「那麼，你知道我怎麼做嗎？……聽著。我看見園丁準備了丸子要毒殺流浪狗。他拿石頭把一個瓶子壓碎，再將搗碎的玻璃摻入一顆肉丸子裡。

「我到媽媽房裡拿了一個藥師裝藥的小瓶子，用榔頭細細敲碎，然後把玻璃屑藏在口袋裡。玻璃粉末亮晶晶的……隔天，你剛做了一些小蛋糕，我用刀子剖開蛋糕，把玻璃粉末倒進去……他吃了三個……我也吃，我吃了一個……我把另外六個丟到池塘裡……三天後有兩隻天鵝死了……你記得嗎?……噢,什麼都別說!……聽著,聽著……唯獨我沒死……但我當時一直生病……聽著……他死了……你知道的……聽著……這沒有什麼……而是之後,到了後來……永無止盡……那才是最可怕的……你聽著……

「我的一生,我這整個一生……多麼痛苦啊!我告訴自己:『我再也不離開姊姊。臨死前,我會把一切告訴她……』這就是事情的原委。而從那時候起,我一直想著這個時刻,這個我要向你全盤托出的時刻……如今它來臨了……這眞可怕……噢……我的大姊啊!

「我時時都在想,早晨晚上、白天、黑夜都在想:『我必須把這些告訴她,說一回……』我等著……這是何等折磨啊!……如今,事情完成了……什麼也別說……現在,我好害怕……我害怕……啊,我太害怕了!如果等一下我死了,我會再見到他,……再見他……你能想得到嗎?……第一個去見他!……我不敢……卻又不得不……我就要死了……我希望你能原諒我。我眞心期望……沒有這個,我無法就這麼離開去面對他。噢,神父先生,叫她寬恕我,告訴她……我求求您。我不能沒有她的原諒就死了……」

她不說話了,呼吸很急促,蜷縮的手指甲一直刮弄著被單……

蘇珊把臉埋在手裡,一動也不動。她想著亨利,她原本可以長長久久地愛戀他!他們會過著多麼美好的生活啊!在那消逝的時光裡,在那永遠絕滅的陳舊過往中,她又再度看見了他。死去的心愛之人啊,他們如此讓人痛徹心扉!噢,這一吻,這唯一的一吻!她早已把它珍藏在靈魂深處。在這之後什麼也沒有，她的一生再也沒有任何別的了！……

神父突然站起身，用響亮有力的聲音，叫道：「蘇珊小姐，您的妹妹就要斷氣了！」

這時，蘇珊移開雙手，露出滿是淚水的臉龐，趕忙來到妹妹身邊，用盡全身力氣親吻她，一邊結結巴巴地說：「我原諒你，我原諒你，我的小妹……」

——〈懺悔〉（La confession），原刊於一八八四年八月十二日《吉爾．布拉》日報

保護人

尚・馬罕從未想過能有這麼好的機運！他來自外省，是一名執達員[1]的兒子，像許多其他人一樣，他來到巴黎拉丁區修習法律。尚・馬罕光顧過各式各樣的啤酒館，成了不少饒舌大學生的朋友，這些人一邊喝著大杯啤酒，一邊高談闊論政治議題。他打從心底讚賞這些大學生，執意追隨他們從一家咖啡館到另一家咖啡館，有錢時，他甚至還會替他們付帳。

之後，他當上律師，爲幾個案件辯護卻都敗訴。然而某天早上，他從報端得知，過去在拉丁區結識的一名舊夥伴新近當上了眾議員。

他再度成爲夥伴身邊一條忠實的狗——這種朋友專做苦差事、到處奔波活動，需要他時，就臨時派人把他找來，和他相處也不必拘束。而後由於國會政局意外波動，這位眾議員成了部長；半年

1 執達員（huissier）：司法助理人員。主要工作為：傳達訴訟通知、製作筆錄，以及執行某些法庭決議等。

後，尙・馬罕被任命爲行政法院的國務委員[2]。

起初，他簡直驕傲到得意忘形。他來到街上，爲的是享受在大眾面前露臉的樂趣，彷彿旁人只要看見他，就能猜出他身分似的。對上門買東西的商家、對賣報紙的小販，甚至對駕駛出租馬車的車夫，在提及種種瑣碎不已的事情時，他都能找出法子對他們說：「我本身是國務委員……」

之後，像是想展現身居顯職的尊嚴、也像是職務上的迫不得已，又像是出自一名無比寬厚的權力人士義務，他自然而然升起了一股不可推卻的需要，想去保護別人。帶著用之不竭的慷慨態度，他時時刻刻到處帶給人們支持。

當在大馬路上遇見一個熟識面孔時，他會笑容可掬地迎上前去。和對方握手，問候對方健康狀況，然後，不等對方發問，便宣稱：「您知道的，我本身是國務委員，隨時聽候指教。假如有什麼能幫忙的地方，別客氣，交給我來辦。在我的職位，影響力是有的。」

於是，便和這位巧遇的友人進到咖啡館，他要來一枝筆、墨水，還有信紙，「服務生，只要一張紙，是寫介紹信用的。」

他就這麼寫下了好些介紹信，每天十封、二十封、五十封不等。他到處寫信，在巴黎熱鬧街道的著名咖啡館「美國人咖啡館」、「畢紐翁餐館」、「托爾托尼餐館」、「朵瑞之家」、「麗池咖啡館」、「英國人咖啡館」、「拿坡里人」——到處寫。共和國的所有官員，上達治安法官，下至各部會首長，他全都寫過信給他們。他很高興，樂不可支。

有天早上，他從家裡出門，準備前往行政法院，天空開始下起雨來。他猶豫著是否要搭出租馬車，但最後沒叫車，徒步跑過幾條街道。

這場驟雨越下越大，淹沒道路，漫及人行道。馬罕先生不得不來到一處住屋的門廊下躲雨。那兒早站著一位白髮老神父。在成為國務委員以前，馬罕先生並不喜歡教士。但自從有位樞機主教曾就一件難事禮貌地向他請益以來，現在，他看待這些人時，有了幾分尊重。大雨如洪水般傾盆直下，迫使這兩個人必須逃到住宅的門房那兒，才能躲開四濺的泥水。馬罕先生一向渴望藉著說話自我炫耀，這時，他高聲說道：「這天氣眞是太惡劣了，長老先生。」

老神父鞠躬了一下：「噢，是呀！先生，對只來巴黎住幾天的人來說，碰到這種情況，實在令人不快。」

「啊，您是從外省來的？」

「是的，先生，我只在此短暫停留。」

2國務委員（conseiller d'Etat）：隸屬於法國最高「行政法院」（conseil d'Etat）的高級公務員，將照個人專長組成專門委員會，如內政、財政、社會事務和公共工程委員會等，然後負責在政府內閣向國會提出法案、或頒布公共行政法規前，提供諮詢。此外，法國行政法院還擁有獨立於政府權力之外的行政訴訟裁判權。

「在首都待幾天，卻遇上下雨，的確非常討厭。我們，這些官員，一整年住在這裡，倒沒想到這一點。」

長老沒有回答。他望著大街，雨勢正趨緩和。突然，他下了決心，準備如婦女撩起衣裙、跨過路邊水溝般，掀高了他的長袍。

馬罕先生見他要離開，連忙大聲喊道：「您會把衣服弄濕的，長老先生。再稍微等一等，雨就快停了。」

老人拿不定主意，停下腳步，接著說：「我來不及了。我得趕赴一個緊急的約會。」

馬罕先生似乎有點懊惱。

「可是，您一定會淋得全身濕透的。我能請問您要去哪一區嗎？」

神父顯得遲疑，隨後才說：「我要往皇家宮殿那邊去。」

「既是如此，長老先生，若您允許的話，請您和我共用這把傘一起遮雨。我呢，我要到行政法院。我是國務委員。」

老神父抬頭，瞧了身旁之人一眼，然後說：「非常感謝您，先生，我很樂意接受您的邀請！」

於是，馬罕先生挽起神父的手臂，帶著他同行。他引導他，留意他的安全，給他忠告：「當心這條小水道，長老先生。尤其注意馬車的輪子，這東西有時會濺得您從頭到腳全是泥漿。提防行人撐的傘。對於眼睛，沒有什麼比傘骨末端更危險的了。婦女尤其叫人受不了，絲毫不懂得留心，她們的陽傘或雨傘尖端老衝著你的臉扎過來。她們從不會爲了誰把傘偏斜一下，好像市區是她們的一樣。人行道上、街坊間，全是她們的天下。依我看，我覺得婦女的教育一直以來極度受到了忽略。」

說完，馬罕先生笑了起來。

神父沒有答腔。他稍微駝著背走路，小心翼翼地選擇落腳處，好讓鞋子和長袍不至於沾上泥巴。

馬罕先生繼續說道：「您到巴黎來，想必是爲了散散心、調劑一下吧？」

老人回答：「不，我有件業務要辦。」

「啊，這業務重要嗎？我能冒昧地請問是什麼事嗎？如果有我幫得上忙之處，我隨願意爲您效勞。」

神父顯得侷促不安，喃喃地說：「噢，是一件私人小事！是我和……我的主教之間發生的一點小麻煩。這種事您不會感興趣的。那是……是……教會的……內部行政業務。」

馬罕先生急忙熱心地說：「但那些事情，恰好都是由行政法院處理的。既然這樣，請您吩咐我吧！」

「是的，先生，我也是要到行政法院。您對人實在太好了。我需要去見萊爾貝爾先生和薩法先生，而且，可能也要見佩提特帕先生。」

馬罕先生一下子停住，「這些人全是我的朋友呀，長老先生，我最要好的朋友，也是優秀的同事，都是些十分親切的人。我要向他們三位推薦您，熱烈地介紹一番。這包在我身上。」

神父向他道謝，並連聲致歉，結結巴巴地說了無數感恩的話。

馬罕先生歡喜得陶陶然，「啊，您可以誇口遇上了少有的好運氣，長老先生。您就要看見，多虧我的關係，您會發現，您的事情將進行得像轉輪一樣順利。」

他們到達行政法院。馬罕先生帶神父上樓來到自己辦公室。搬來一張椅子，請神父坐在火爐前，然後，自己坐在桌前開始提筆寫信——

親愛的同事，請容我以最熱忱的方式向您介紹，最高尚暨最值得讚賞的人物之一，一位可敬的教士、長老……

他停下筆，問道：「請教您貴姓？」

「桑度爾。」

馬罕先生繼續寫道：

長老桑度爾先生，此君有小事請求您的援助，事件內容待他當面詳述。

本人很高興能藉此機會，向您，我親愛的同僚，致上……

他以幾句慣用的信尾客套話作結。

寫完三封信後，他把書簡交給神父，這位受他保護的人道謝再三之後，便離開了。

馬罕先生辦妥公務，回到家中。平靜地度過了白天，他夜晚睡得相當安穩，第二天一覺醒來，心情非常愉快。他叫人把報紙拿來，第一份打開的是激進派的日報。他讀到——

我們的教士和官員

教士為非作歹的行徑，我們說也說不完。某個名叫桑度爾的神父，被證實曾經密謀反叛當前的政府，而且因犯下種種我們在此不指明的可恥行為而遭起訴。此外，還有人懷疑他乃舊時耶耶穌會會士化身成普通神父，某主教因他一些經確認為不可告人的動機，而將他免職，教會召他到巴黎要他對自身行為提出說明。桑度爾找到一位名為馬罕的國務委員做他的熱烈辯護者，此人無所顧忌地替此披著教袍的惡人寫下多封心意堅決的介紹信，分送給共和國的所有官員，意即他的同事。

我們要特別提請部長留意，這名國務委員態度之卑劣實無可形容……

馬罕先生一躍而起，穿好衣服，直奔同事佩提特帕先生的家。這位先生對他說：「啊，您這是瘋了才會向我薦舉這謀反的老頭。」

馬罕先生驚狂失措，口吃起來：「噢，不！……您想想看……我是上當了……他看起來太像正人君子……他騙了我……卑鄙地玩弄了我。我請求您，讓有關單位嚴厲、要極其嚴厲地懲辦他。我來寫信。請您告訴我，應當寫信給誰，才會使他受到懲處。我要去找總檢察長和巴黎大主教，對，找大主教……」

他倏地坐到佩提特帕先生的書桌前，寫起信來——

> 總主教大人，虔敬地告知您閣下，敝人新近被某位名爲桑度爾長老的陰謀和謊言所欺騙，此人濫用在下的眞誠，使敝人深受其害。
>
> 由於誤信該教士不實的言論和行爲，敝人因而……

隨後，馬罕先生簽了名，在信上蓋封印，接著，轉身向同事大方地聲明：「您看見了吧，我親愛的朋友，這件事算是對您的一次教誨，絕不要輕易替任何人作介紹了。」

——〈保護人〉（Le protecteur），原刊於一八八四年二月五日《吉爾・布拉》日報

魔鬼

農夫奧諾雷面朝醫生站著，前方床上躺著垂死的婦人。老婦人很平靜，聽天由命，意識清醒，她看著兩個男人，聽他們交談。她就快死了，但並不抱怨，她的天年已到，今年九十二歲。

七月的陽光從敞開的門窗大量照射進來，火焰般炙熱的陽光，傾瀉在被四代莊稼漢木鞋踩實了的高低不平棕色泥土地上。田野的氣味、正午烈日烘烤下的青草小麥樹葉味道，在灼人熱風的吹動下也飄進屋子裡來。蚱蜢群聲嘶力竭地叫著，原野上充斥著牠們清脆連續的鳴叫，聽起來好似市集裡賣給孩子的木製蝗蟲發出的聲音。

醫生提高了嗓門：「奧諾雷，你不能就這樣把你母親單獨留在家裡。她隨時可能去世！」

農夫顯得苦惱，反覆地說：「可是我必須把小麥搬回來，它們已經留在田裡太久了。正巧，天氣又這麼好。你的意思如何，母親？」

瀕死的老婦從來都爲諾曼第人的吝嗇心態所苦，她以眼睛和額頭做了個同意的表情，敦促兒子收回小麥，她願意獨自一人面對死亡。

但醫生發火了，跺著腳說：「你簡直就是畜生，聽著，我不會允許你這麼做，你可聽清楚了！假如你非得今天把小麥運回來不可，就去把拉貝太太找來。當然要！讓她來看護你母親。我堅持這麼做，你聽清楚沒！要是不照我的話做，那麼等到你生病時，我會讓你像條狗一樣死掉，懂了嗎？」

這個高大瘦削、動作遲緩的農夫，無法做下決定，他既害怕醫生，又對節儉之事錙銖必較，種種思緒苦苦折磨著他。他猶豫了半天，盤算許久，最後結結巴巴地說：「這位拉貝太太，請她看護一次，要花多少錢？」

醫生叫了起來：「我怎麼會知道？依你請她看護的時間決定。你得和她商量，眞是見鬼……！不過，我要她一個小時之後就在這裡，你聽見了嗎？」

男人終於下了決定：「我去、我去，您別生氣，醫生大人。」

醫生走出門，一面叮囑：「你要知道、而且要明白，我這個人生氣時，從不開玩笑，所以你可得當心！」

等醫生一走，農人便轉過身無可奈何地對母親說：「既然這個人一定要我去找，我就得把拉貝太太找來，別擔心，我去去就回來。」

他也跟著出門去了。

拉貝太太是名年老的燙衣女工，還附帶看顧鎮上及附近死人、垂死之人。她把主顧們縫進再也出不來的被單，工作一旦完成，她就回家拿起熨斗整燙活人衣物。她的皮膚皺得像顆放過年的蘋果，心腸惡毒、善猜忌，貪嗜錢財的程度無人可比；背部佝僂，彷彿熨斗在布料上永無休止的來回動作使她的腰斷成了兩截。大家都說，她對人的臨終有種殘酷、無恥的喜愛。終日只談些她看著死去的人，說自己親身目睹的各形各色死狀，鉅細靡遺反覆描述相同細節，就像獵人講述槍擊獵物的經過那樣。

當奧諾雷・邦唐走進她家時，發現她正在為村中婦女的細布皺領準備藍藥水。他開口道：

「哎，晚安，拉貝大媽，您這一向可如意？」

她轉頭朝他說道：「還是老樣子、老樣子，您呢？」

「啊！我還不錯，倒是我母親，她不行了。」

「您的母親？」

「對，我的母親！」

「您母親怎麼了？」

「她快斷氣了！」

老婦人的雙手從水裡提起來，青藍色透明的水滴滑到指尖，落進小木桶裡。

她突然關懷地問道：「情況這麼糟嗎？」

「醫生說她活不過今天。」

「那麼一定很嚴重了！」

奧諾雷遲疑了一下。在講述要求之前，總得有個開場白。但他找不到什麼可說的，於是突然下定決心開口：「看顧她一直到過世要多少錢？您知道我不是有錢人。我連個女傭也付不起。就因爲這緣故，我可憐的母親才會走到今天的地步，太操勞、太疲倦！已經九十二歲了，幹起活兒來倒像才十歲似的。沒有誰比她更能幹！……」

拉貝太太嚴肅地回答道：「有兩種價格：有錢人白天四十蘇，夜晚三法郎。其餘的人白天二十蘇，晚上四十蘇。您就給我二十和四十蘇。」

但農夫內心考慮著。他很了解自己母親，知道她有多強韌、多健壯、多有耐力。儘管醫生說她活不久，但說不定還可以撐個八天。

他果斷地說：「不成。您給我開個價，照顧她到去世的一個固定價錢。我就碰碰運氣。醫生說她不久會死，若眞是如此，算您走運，我倒楣。但要是她拖到明天或者更久，那麼算我幸運，您倒楣！」

做看護的拉貝太太驚奇地看著他。她從沒用過承包的方式照護病人到死，她猶豫著，對試運氣的想法很心動。接著，又懷疑別人想要弄她，答道：「在沒看到您母親之前，我沒辦法說什麼。」

「那麼，您就來我家看看她。」

她把手擦乾，立刻跟農夫走了。

路上，他們沒說一句話。她腳步快又急，而奧諾雷則伸長腿大步邁進，好像每一步都能跨越一條河流似的。

躺在田野上的母牛熱得難過地喘氣，抬起沉重的腦袋，有氣無力地朝兩個過路人哞叫，向他們要新鮮草料吃。

快到家時，奧諾雷・邦唐低聲嘟噥道：「會不會已經結束了呢？」

他說話的聲調表露出這個不自覺的希望。

可是老婦人還沒死。她在簡陋的病床上仰臥平躺著，兩隻手擺在紫色印花棉布的被蓋上，那是一雙關節長滿了結節的手，瘦削得可怕，模樣像奇形怪狀的野獸，又像有螯爪的螃蟹。做了近百年的農事，再加上勞累與風濕病，使她的十隻手指僵硬地閉攏在一塊兒伸張不開來。

拉貝太太走近床邊，仔細端詳垂死的老人。按按婦人的脈搏，摸摸她的胸脯，傾聽她呼吸，問她問題聽聽她說話的聲音。接著又察看了許久，才走出房間，後頭跟著奧諾雷。拉貝太太已有了穩當的看法——老婦人今晚死不了。

奧諾雷問：「怎麼樣？」

做看護的回道：「看情況還可以維持個兩天，也可能三天。這樣吧，您給我六法郎，全部費用都包括在內。」

他大聲嚷道：「六法郎！六法郎！您瘋了嗎？我跟您說過，她只會撐個五到六小時，不會再多！」

他們爭論了好久，兩人爭得面紅耳赤。眼看拉貝太太要離開，時間一分一秒流逝，而他的小麥又沒法自己收回來，到最後，農夫同意了：「好吧，就說定，六法郎，全包，一直到抬走屍體。」

「說定了，六法郎。」

農夫於是跨著長步伐，朝他那橫躺在泥土地上、曝曬在烈日下的小麥走去，陽光把田裡的收成都給催熟了。

看護人進到屋子裡。

她已把手頭工作帶來了。即便陪伴在臨終者和死者身邊，她仍不斷工作，有時是爲自己做的活兒，有時是替雇用她照護的家庭兼差，人家會支付她一份額外報酬。

忽然，她詢問起垂死的老人：「人家總該爲您行過聖事了吧，邦唐大媽？」

老農婦動了一下頭，表示沒有。

拉貝太太是個虔誠的教徒，情緒激昂地站起身來，「天主上帝，這怎麼可以呢？我去把神父找來。」

她急忙往本堂神父的住所趕去，她速度極快，廣場上的孩童看她那樣奔跑而過，都以爲發生了什麼災禍。

神父穿上寬袖白色法衣，立即前來，走在他前面的唱詩班孩童搖著鈴鐺，向大家通報上帝即將經過這片寧靜炙熱的原野。遠處勞動的男人摘下大帽子，站著不動，等待白色法衣消失在農莊後頭；而在田裡收拾麥綑的女人則挺起身來在胸前劃十字。受到驚嚇的黑母雞沿著田間溝渠逃竄，雞爪子左搖右擺一直晃到牠們熟悉的坑洞裡，一下子消失不見。一匹拴在牧場上的小馬，看到白色法衣害怕了起來，扯著繩子的一端繞圈子，後腿還一邊跳踢著。穿紅裙子的唱詩班孩子快步行走。神父戴著方形的四角黑帽，腦袋歪向一側肩膀跟隨在後，口中喃喃念經。拉貝太太走在最後面，整個身子向前傾，從腰部彎成兩截，好像要匍匐著前進，她就像在教堂裡一樣，雙手合十。

奧諾雷從遠方看他們經過，問道：「我們的神父要去那兒呀？」

他的雇工腦子較機靈，回道：「當然是把天主捧到你母親那兒去！」

農夫並不意外：「可能是這麼回事！」他又繼續幹活。

邦唐大媽做了告解，接受赦罪，領了聖體。神父回去了，留下兩個女人在悶熱的茅草屋裡。

這時，拉貝太太開始打量垂死的老婦人，一面思忖情況會不會拖太久。

天色逐漸暗下來，風勢稍稍增強，氣流將較爲清爽的空氣送進屋內，牆上一張用兩根大頭針釘住的埃皮納勒版畫[1]隨風舞動。從前是白色、現在已然發黃又沾滿蒼蠅屎的幾片小窗簾，看似掙扎著要飛起來，如老婦人的靈魂一樣想飛離這裡。

1 埃皮納勒（Épinal）：位於法國東北部，是十八、九世紀歐洲版畫印刷中心。初期，版畫內容以聖經故事和聖像為主，信徒懸掛圖片於家中祈求保護；後來，也用以描繪法國傳統民間生活或歷史故事。

瀕死之人動也不動，睜大了眼睛，似無動於衷等待著如此迫近、卻又遲遲不到的死亡。她呼吸短促，緊縮的喉嚨發出微微嘶哮聲。這樣的喘息聲一會兒就會停止，塵世即將少掉一個女人，而沒有人會惋惜。

夜幕低垂，奧諾雷回到家。走近床邊，看見母親還活著，便問了一聲：「感覺還好嗎？」就像過往她身體不適時，他經常問候的那樣。

然後他打發拉貝太太回家，一面囑咐她：「明天，五點來，可別晚了。」

她回答：「明天，五點。」

隔日，她果然天一亮就來了。

奧諾雷下田之前，喝著他自己做的湯。

拉貝太太問：「怎樣，您母親過世了嗎？」

他擠擠眼，眼角浮現一條狡黠的紋路，答道：「她看起來反倒好多了。」之後，便出門了。

拉貝太太擔心起來，湊近垂死的老人，看她依然是老樣子——面無表情，透不過氣地喘息，睜著眼睛，雙手蜷縮著放在被蓋上。

看護人意識到這種狀況可能維持個兩天、四天、八天，她吝嗇的心因驚恐而糾結。同時有股怒火往上升，這個耍弄她的狡猾傢伙和這個不肯死的老女人，讓人怒不可抑。

然而她照舊工作，目光盯著邦唐大媽滿布皺紋的臉，靜靜等待。

奧諾雷回家吃午餐，他看來相當高興，表情近乎嘲弄，吃完飯後又走了。顯然，這是個收運小麥的絕佳時機，他在田裡來回忙碌著。

拉貝太太越來越惱火，現在每過去一分鐘對她來說都如同被偷走的時間、被偷走的錢。她有種渴望、瘋狂的渴望，想掐住這個母驢般固執的老太婆脖子，這個老頑固，這個頑強的老女人——只要再多用點力，就能讓這個偷了她時間、金錢的輕微急促呼吸停止。

後來，她考慮到這麼做會帶來危險，而另外又有幾個主意從她腦中閃過。她於是靠近老婦人床邊，問道：「您曾經看過魔鬼嗎？」

邦唐大媽喃喃地說：「沒有。」

看護人開始說了起來，她向老婦人講述幾則故事，要為這垂死之人的衰弱心智引發恐懼。她說，所有臨死之人嚥下最後一口氣前幾分鐘，魔鬼都會出現在他們面前。魔鬼手持一把掃帚，頭上戴著一只鍋子，高聲尖叫。人一旦看到魔鬼，就表示沒救了，僅片刻可活。拉貝太太還列舉了今年曾看過魔鬼出現的所有女人名字——約瑟芬．盧瓦塞勒、厄拉莉．哈提爾、索菲．帕達尼歐、塞拉菲娜．格羅斯皮耶。

邦唐大媽聽到後來，情緒大受刺激，雙手不停抖動，試圖轉頭看看房間深處。

突然間，拉貝太太消失在床腳下。她從大櫥拿出一條被單，把自己包裹起來，然後在頭上套了一只鍋子，鍋底彎曲的短腳朝上豎起活像三支犄角。她右手抓住一把掃帚，左手舉起一個馬口鐵製的水桶，猛地將桶子往空中一拋，好讓它落地時發出巨大聲響。

果然，水桶碰撞到地面，響起一陣可怕轟隆聲。這時，拉貝太太爬上一張椅子，掀起垂掛在床尾的簾子，出現在病人面前，張牙舞抓地擺弄四肢，從遮蓋她臉部的鐵鍋中發出尖聲叫喊，像木偶劇中的魔鬼那樣高舉掃帚，威脅生命垂危的老農婦。

將死的老婦嚇得魂不附體，露出發狂的眼神，使出超乎尋常的氣力想起身逃跑。肩膀和胸脯甚至都離開了床，接著又跌落床上，長長嘆了口氣——她死了。

拉貝太太平靜地將所有東西歸回原處——掃帚擺在大櫥的一角，被單放櫥子裡，鍋子擱在火爐上，水桶放地上，椅子靠牆邊。然後，以熟練的職業動作，闔上死者睜大的雙眼，在床邊放一個盆子，倒了些聖水在盆裡，把釘掛在五斗櫥上的黃楊木取下浸泡在聖水裡。她屈膝跪著，開始虔誠誦讀追悼亡者的經文，因工作的關係，她已把祈禱詞全都背了下來。

夜晚來臨，當奧諾雷回到家，看見拉貝太太在禱告，立即算出她從自己身上多賺了二十蘇，因為——她僅待了三天一夜，總共是五法郎，而他必須按約定付她六法郎。

——〈魔鬼〉（Le diable），原刊於一八八六年八月五日《高盧人》日報

瞎子

初生朝陽帶來的喜悅到底是何景況？爲什麼這從天而降、照耀大地的光芒，會使我們如此充滿活著的幸福感？天空一片蔚藍，原野碧綠，房屋雪白；我們的雙眼陶醉其中，暢飲著這些鮮豔色彩，將它們化爲心靈的歡愉欣喜。我們心中生出渴望，想要跳舞、奔跑、歌唱，思緒快樂而輕鬆，有種溫情正逐漸擴散，我們想擁抱太陽。

門廊下的瞎子們，面朝永恆的黑暗，臉上毫無表情，一如往常地安靜置身在這片乍現的快活氛圍中。他們一無所知，只頻頻安撫身旁極力活蹦亂跳的狗兒。

每當日暮時分，年輕的弟弟或妹妹牽他們回家時，如果孩子說：「今天天氣可眞好！」瞎子就會回答：「我早感覺到了，天氣一好，魯魯就不肯老老實實地待著。」

在這樣的人之中，我認識過一位，他在生活中受到的殘酷折磨，實在是我們難以想像的。

他是個鄉下人，諾曼第某個農莊主人的兒子。只要父母還活著，總有人多少照料著他；令他痛苦的，只是那可怕的殘廢；可一旦兩個老人離世後，殘酷的生活就開始了。他被家中一個姊姊收留，但農莊裡所有的人都看待他是個白吃別人麵包的乞丐。每次吃飯時，眾人會指責他吃太多，叫他懶惰蟲、粗俗鬼；姊夫侵占了屬於他的那份遺產，卻連湯也不情願供他喝，只給他不至於餓死的一點點東西。

他的臉色很蒼白，一雙看不見瞳仁的白色大眼像兩顆封信箋用的小麵糰；對於別人辱罵他，絲毫沒有反應，封閉地活在自己的世界，不知他是否感覺得到有人在罵他。況且，他從沒得到過溫情愛撫，母親不怎麼喜歡他，待他始終有些粗暴——畢竟在農村裡，沒有用的人就是有害的人，正如母雞會殺掉生理殘缺的同類，鄉下人也有此理所當然的想法。

喝完湯以後，夏天他會去坐在屋門前，冬天則倚在壁爐邊，動也不動地坐到天黑。他不做任何手勢，也沒有任何舉動，唯獨眼皮神經質般痛楚地翻動著，時而垂下來蓋在眼睛的白色區塊上。他有沒有靈魂？有沒有思想？能否清楚意識到自己生命的處境？沒有人思索過這個問題。

有幾年的時間，日子就這樣過了。可是，他什麼事都沒法做的無能狀態，還有他那副無動於衷的模樣，最終仍惹惱了一眾親戚。他變成大家的出氣筒、一個受人虐待的小丑——當周遭這群粗人發洩他們天性中的殘忍和野蠻時，他成了一個用來取樂的犧牲品。

凡是與他失明有關的種種冷酷惡作劇都被拿出來使用。為了讓他對吃下肚的食物付出點代價，他用餐的時間，成為鄰居們找樂子、他受磨難的時刻。

這成了附近屋舍農夫的消遣。他們挨家挨戶相互通知，農莊的廚房因而每天都擠滿人。有時，當他開始喝湯汁，人們便在他盤子前方放隻貓或狗。動物憑直覺嗅得出眼前這人是個殘障，便慢慢靠近湯盤，輕輕地舔、無聲無息地喝。時而，動物的舌頭拍打湯汁發出些許聲響，引來這可憐人的注意，他便舉起湯匙朝前方胡亂揮趕，貓狗這才小心躲開，以免挨打。

此時，沿著牆邊聚集的觀眾，你推我擠、跺腳頓足，哈哈大笑。而瞎子從不說一句話，右手執著湯匙繼續喝湯，左手則伸向前方護守自己的盤子。

有時，他們讓他嚼瓶塞、木塊、樹葉，甚至是骯髒的垃圾……這些東西他根本分辨不出來。後來，大家厭倦了這類玩笑。他姊夫因爲得一直養他而發怒，便開始打他，不停地甩他耳光，而見他無能爲力閃躲或回擊，便嘲笑他。這又因此成了一種新遊戲——賞耳光的遊戲。犁田的長工、水泥匠短期學徒、女僕，眾人隨時隨地會朝他揮巴掌，打得他眼皮急速眨動，不知往哪兒躲，只能時時伸直手臂，以防有人靠近。

最後，家人逼他去乞討。趕集的日子裡，他們把他帶到大路上，一聽見腳步聲或車輛車輪滾動聲，他便伸出帽子，結結巴巴地說：「求求您，發發慈悲，行行好。」但鄉下人不會亂花錢，整整好幾個星期，他都討不到一分錢。於是，他遭到了狂暴無情的憎恨。以下是他死去的經過。

有個冬天，地面覆蓋著積雪，氣候極爲寒凍。然而某天早晨，姊夫帶他到十分遙遠的大路上，要他乞求施捨。他讓瞎子一整天留在那兒；夜晚來臨時，姊夫在家人面前矢口堅稱怎麼也找不到他。隨後，又加上幾句：「算了吧！不必管他了，一定是因為他會冷，有人就把他帶走了。當然啦！他丟不了的。他明天就會回來喝湯。」

第二天，他沒有回來。

原來，瞎子在當地等了很久，陣陣寒氣襲來，他覺得自己快死了，便起身行走。他沒辦法辨認埋在冰雪下的大路，只能胡亂往前行；幾次掉進溝渠裡，又再爬起來，始終沉默不語，一心只想尋找一間房舍。

可是，大雪逐漸麻木了他全身，他兩腿虛弱，再也無法支撐，便在原野中坐下，再不曾站起來。

白色雪花不斷飄下，埋葬了他。他僵硬的身子消失在層層疊疊不斷堆積的無盡雪片裡，沒有任何痕跡標示出屍體所在地。

家人假裝四處詢問他的下落，找了一星期。他們甚至還因此哭泣。

那年冬天極為酷寒，雪融得很慢。一個星期天，農人們前往教堂做彌撒途中，發現一大群烏鴉在原野上空不斷盤旋，然後像陣黑雨似地撲落到同一處，再飛走，又飛回來，始終在原地。

接下來一個星期，烏黑的鳥群仍然在那兒。牠們像朵懸浮在天空的烏雲，彷彿四面八方的烏鴉全都聚集了過來。烏鴉大聲聒噪著落到白亮雪地上，形成一個個奇異斑點，並且一面在雪地裡固執地東翻西尋。

有個小伙子走過去看看牠們在做什麼，這才發現瞎子的屍體已然碎裂不堪，被吃掉了一半。他灰白的眼睛不見了，被貪婪烏鴉的長喙給啄食了。

現在，每逢天氣晴朗的日子，我感受著歡暢喜悅之餘，總會想起這個可憐人，心中便滿懷悲傷回憶與無盡淒涼——他在世時活得這般不幸，而他可怕的死亡，竟使所有認識他的人全都鬆了口氣。

——〈瞎子〉（L'aveugle），原刊於一八八二年三月三十一日《高盧人》日報

田園牧歌

火車剛離開義大利的熱那亞，正駛向法國馬賽。沿著綿長起伏的岩岸前進，像條鐵蛇般滑行在高山與大海之間。爬上金黃色沙灘，細碎海浪在沙灘邊緣鑲出一道網格狀銀色花邊，而後突然開進隧道黑色入口，活像頭鑽進巢穴的野獸。

火車最後一節車廂裡，胖女人和年輕男子對坐著，他們沒有交談，時而互看一眼。她年約二十五歲，坐在靠車門邊，出神地望著車外風景。這位來自義大利北部皮艾蒙特區的肥胖農婦，有雙烏黑的眼睛、豐碩的胸脯，與肉嘟嘟的臉頰。她把好幾個包裹推放到軟墊長木椅底下，膝上只留一只籃子。

他呢，約莫二十歲上下，身形瘦削，皮膚呈風吹日曬後的深褐色，有張在大太陽下耕作的男人慣有的黝黑臉孔。身旁一塊布巾包著他所有家當——一雙鞋、一件襯衫、一條短褲和一件外套。他也在長椅子下藏了些東西，一把鏟子和一把十字鎬，並用繩子綁在一塊兒。他要到法國找工作。

太陽升上天空，在海岸灑下一大片如火的光與熱。近五月底了，芬芳的氣味迴盪在空氣中，透過搖下來的車窗飄進車廂裡。香橙樹和檸檬樹正在開花，寧靜的天空散發著甘甜的花香，聞起來如此舒服、濃郁，且撩人。果樹的香氣裡甚至混著玫瑰花香。玫瑰像草一樣到處生長，順著道路兩旁、富人的花園、破屋的門前與田野，無不見其蹤。

這些玫瑰！這片海岸就是它們的家。花朵濃濃的清香彌漫著整個地區，使空氣變得甜甜的，那滋味似乎比酒更美味可口，卻又和酒一樣令人陶醉。

火車緩慢地行駛著，彷彿想在這柔和的玫瑰花園多逗留些時候。它時時停下，在小車站的幾棟白色房子前稍作停留，然後在長長的鳴笛過後，不疾不徐地平穩啓動。沒有乘客上車。彷彿全世界都處於半睡半醒間，在這暖洋洋的春日上午誰也下不了決心到別的地方去。

胖女人不時地閉起眼睛，接著突然睜開，而籃子就在她膝上滑動，將要掉落。她動作敏捷地抓住它，朝窗外望了幾分鐘，重又昏昏入睡。她額頭沁出汗珠，呼吸費力，似乎悶得透不過氣來，十分難受。

年輕男子低垂著頭，睡得很熟，那是莊稼漢式的沉睡。

火車開離某個小站之際，農婦似乎突然醒了。她打開籃子，從裡取出一塊麵包、幾顆煮熟的雞蛋、一小瓶酒和一些李子、漂亮的紅李子——她開始吃了起來。

男人也忽然睡醒了，他看著女子，看她把食物從腿上往嘴巴送，一口接著一口。他坐在那兒雙臂交叉，兩眼筆直地呆視，臉頰凹陷，嘴唇緊閉。

她像個貪吃的女人般進食，隨時喝口酒以呑嚥雞蛋，還停下來歇歇氣。

她把一切吃個精光，麵包、雞蛋、李子和酒。她一吃完飯，男子就又闔上眼睛。她因衣服緊貼得很不舒服，便略略鬆開短上衣，男人這時突又睜開眼看她。

她並未感到不安，繼續解連衣裙的鈕扣——乳房的重壓，撐開了衣服，在逐漸加大的縫隙裡，露出了一小截白色胸衣和一點點皮膚。

農婦覺得舒坦多了，用義大利語說：「天氣太熱了，簡直叫人無法呼吸。」

年輕男子以同樣的語言、相同的口音回答：「這種好天氣最適合出門旅行。」

她問道：「您也是皮艾蒙特人？」

「我從亞斯提來的。」

「我，卡薩勒。」

他們的村莊鄰近，兩人於是聊了起來。

他們談論著一般老百姓總不斷重複再重複的平庸冗長事物，這些足可調劑他們遲緩無邊的心智——他們談起家鄉。他們有幾個共同熟悉的舊識。他們提到那些名字，每當又多了一個認識的熟人，就多添一份親切感，漸漸地，他們變成了朋友。從他們嘴裡說出的字句又快又急促，帶著響亮的尾音，及義大利語特有的抑揚頓挫。之後，他們探聽對方的情況。

她已婚，有三個小孩，留在家鄉託姊妹照顧，因爲她找到了一份好工作，準備到馬賽一位法國貴婦家中當奶媽。

他則正在找工作。有人告訴他，可以在馬賽找到事做，因為當地要興建許多房子。

然後，他們便不說話了。

天氣炎熱得讓人受不了，熱浪像下雨一樣落在車廂頂上。大片塵土在列車後方飛揚，湧進車箱裡；香橙樹與玫瑰的香氣更濃烈了，而且似乎變得又厚又沉。

兩名旅客再度睡著。

他們幾乎在同一時間重新睜開了眼睛。太陽朝大海的方向落下，在藍色海面照耀出一陣光亮。空氣變得較為涼爽，也顯得比較輕盈。

奶媽喘著氣，短上衣開敞著。她雙頰軟塌，眼神黯淡呆滯，以一種不堪負荷的聲音說：「打從昨天起，我就沒有再餵奶了。現在我頭昏眼花，好像快暈過去了。」

男子沒有回答，因為不知該說什麼。

她繼續說道：「像我奶水這麼充足的人，一天一定要餵三次奶，否則就會覺得難受，好像心口有個重量壓著，壓得我呼吸困難，都快把我四肢給壓斷了。有這麼多奶水，眞是不幸。」

他發言了：「是。眞是不幸。這一定讓您很困擾。」

她的模樣的確像是生病了——過度煎熬，有氣無力。她喃喃低語：「只需在上面輕輕一壓，奶水就會像噴泉一樣流出來。這看上去眞的挺奇怪的，一般人大概不會相信。在卡薩勒，鄰居們統統都跑來看我。」

他說：「啊！眞的是這樣？」

「是，是眞的。我可以讓您瞧瞧，但這對我一點幫助也沒有。用這種方法，擠也擠不出多少奶來。」說完後，她沉默了下來。

列車在一個小站停下。柵欄邊站著一名婦人，臂上抱著一個哭啼的幼兒。婦人身體瘦弱且衣衫襤褸。

奶媽望著婦人，語帶同情地說：「眼前又有一位我可以幫她減輕痛苦，而那個孩子也可以幫我減輕痛苦。您瞧，我並不富有，所以才會離開家，離開親人和我的寶貝老么到外地工作。但我倒很願意出五法郎，抱那個小孩十分鐘，餵他吃奶。這麼做，他就會平靜下來，而我也是。我會感覺像重新活過來一樣。」

她不再說話，然後舉起滾燙的手，在淌著汗水的額頭來回擦拭好幾次。她呻吟道：「我再也撐不住了，我覺得快死掉了。」接著，做出了一個無意識的動作——她把連身衣裙全解開了。右邊的乳房，連同那顆棕色的「草莓」全都露了出來，乳房碩大又緊繃。可憐的女人哼哼唉唉著：「啊，我的老天爺！啊，我的老天爺！我該怎麼辦哪？」

火車又啓動了，繼續行駛在花海中。鐵道旁的花朵，在這天候溫和的夜晚散發出沁人心脾的芳香氣息。偶爾，一艘漁船似乎在蔚藍海面上睡著了，白色的船帆靜止不動，映照在水中，彷彿是另一艘頂部朝下的小艇。

年輕男子侷促不安、結結巴巴地說：「那……太太……我或許可以……幫您減輕痛苦。」

她精疲力竭地回答：「好，假如您願意的話。您這是幫了我一個大忙。我再也沒辦法支撐了，我受不了了。」

男子跪在她面前，她身體前傾，以奶媽哺乳之姿將深棕色乳頭送向男子嘴邊。當她雙手托著乳房遞送向男子時，乳頭已冒出了一滴奶水。他迅速用嘴接住喝下，像接住一粒水果般將沉甸甸的乳房含在雙唇之間。他貪婪地、規律地吸吮了起來。

他手臂緊緊環住了她的腰，讓她靠自己近些。他一口一口慢慢地喝，仰頸如嬰兒吃奶般的姿勢。

她突然說：「這邊已經可以了，現在換另一邊。」

他順從地開始吸吮另外一邊。

女子將兩手放在年輕男人的背上，現在，她快樂地使勁呼吸，盡情享受火車行進間，隨氣流運動一併湧進車廂的花朵氣息。

她說道：「這裡的空氣，味道眞香。」

他沒有回答，一刻不停啜飲著從眼前肉體挹注出的甘泉。他閉上了眼睛，彷彿想好好品嘗這滋味似的。

後來，她輕輕推開他：「現在夠了。我覺得好多了。整個人都舒坦了起來。」

他站起身，用手背擦擦嘴。

她將兩只令胸部鼓脹的鮮活葫蘆塞進衣服裡，一邊對男子說：「您實在幫了我一個十足的大忙。眞是謝謝您呀，先生。」

男子以感激的口吻回答：「該說謝謝的是我，太太，我已經兩天沒吃過一點東西了！」

——〈田園牧歌〉（Idylle），原刊於一八八四年二月十二日《吉爾．布拉》日報

脂肪球

I

接連好幾天，潰敗的軍隊三三兩兩、零零落落從盧昂城裡穿過。這不能算是隊伍，倒像一群落荒而逃的烏合之眾[1]。這些人留著又長又髒的鬍子，身上軍服破爛不堪，拖著軟弱無力步伐前進，既無旗幟引導，也毫無行伍規範。所有人似乎不勝重荷，極度疲憊，他們無法思考或做任何決定，僅出於習慣而行走，只要一停下，就會因爲太疲倦而跌倒在地。這批人大多是受徵召入伍，他們愛好和平、靠定期利息安穩過日，槍枝的重量壓彎了他們的背。另有機靈的國民別動隊[2]小士兵，遇

1本故事時代背景為一八七〇年的「普法戰爭」，法皇拿破崙三世（Charles-Louis Napoléon Bonaparte，Napoléon III, 1808～1873）於法國北部的色當戰役兵敗被俘，之後普魯士軍隊大舉進攻法國，所向披靡。

2國民別動隊（les moblots）：創立於一八六八年，主要任務是協助法國正規軍防守「法蘭西第二帝國」邊界要塞，並維護國內社會秩序。普法戰爭期間，絕大部分正規軍都被殲滅，武器與訓練皆不足的國民別動隊由此成了法國軍隊主力，繼續艱苦抵抗普魯士軍隊入侵，直至戰爭結束。

事容易驚嚇，一旦受煽惑也容易衝動，隨時準備衝鋒上陣也隨時準備逃命。前兩種人當中還看得到幾個紅褲步兵，他們是大戰役過後疲乏至極的師旅所剩殘兵。垂頭喪氣的砲兵夾雜在各式步兵行列中前進。偶爾，也會發現一個步履沉重、但盔甲閃閃發亮的龍騎兵，勉強尾隨在腳步較輕快的前鋒步兵之後。

接著經過的是游擊隊，這些軍團曾有過不少英雄式稱號——敗部復仇者、墳墓堆的公民、共享死亡的夥伴，如今，他們的模樣卻像一幫土匪。

游擊隊的長官，有的從前是布商或穀物商，有的當過油脂或肥皂販子，戰爭使他們成了順應時局的投機軍人——只要錢財夠多或鬍子夠長，就可以被任命爲軍官。他們一整身法蘭絨軍服繡滿代表軍階的條紋，帶著槍械，全副武裝，說起話來聲音宏亮。他們討論戰場的地圖，大肆吹噓，自認在國家危急之際，獨剩他們一肩扛起生死存亡責任。然而卻對自己隊上的士兵十分畏懼，因爲這些手下經常勇猛過頭，且到處搶劫、花天酒地，是群十惡不赦的大壞蛋。

傳言，普魯士人就要攻占盧昂。

自兩個月以來，國民自衛軍草木皆兵地偵查著盧昂附近的林子，不僅開槍誤傷隊上的哨衛兵時有所聞，連隻小兔子在荊棘叢裡蠢動也足以讓他們荷槍上膛、準備戰鬥，如今，這樣一支隊伍已然返鄉。他們的武器、制服，及昔日在方圓三法里國道邊界上，用來威嚇群眾的所有致命軍備補給，也跟著驟然消失了。

最後一群法國士兵才剛渡過塞納河，準備經由聖舍維和布哈夏鎮，一路西行前往蓬奧德梅市。在所有人之後而來的是將軍，他神情絕望，徒步走在兩位副官之間。對這些癱瘓疲軟、混雜了各類軍種的士兵，早就無能爲力，自己也陷入極紛亂的情緒中——一個一貫帶有勝利者之姿的民族，竟然面臨大崩解危機，人人深知這個民族英勇無畏，但終究徹底地敗了。

軍隊經過後，城區籠罩在一種深沉的平靜中，一種無聲卻又恐怖的等待氛圍裡。許多大腹便便中產階級的商業活動，被攪局的戰爭局勢弄得頭腦混沌，他們焦慮不安等待著戰勝者的到來，但一想到自己的烤肉用鐵扦和廚房裡的大刀可能會被視作武器，便嚇得直發抖。

生活似乎停滯了，商店關了門，街道一片悄然。偶爾，對這片靜寂心生膽怯的居民會快速沿牆溜過。

等待所產生的焦灼感，讓人期望著敵人早日到來。

法軍撤退的隔天下午，幾個不知哪兒來的普魯士槍騎兵迅速從城裡穿越。然後，稍晚，一隊黑壓壓的人馬從聖凱特琳山坡往下移動，另兩群入侵者也出現在達內塔大道和奇優姆森林大路上；這三支隊伍的前衛軍恰好同時抵達盧昂城，於市政廳廣場會合。緊接著，日耳曼軍隊從廣場周圍的鄰近街道而來，他們的營隊一列列排展而開，帶著節奏的強硬步伐踩得石板路蹬蹬作響。

陌生喉音喊出的號令沿著若死寂無人的房屋往上升。關閉著的百葉窗後方，有許多雙眼睛窺視著這些勝利者，這群因「戰爭法則」成爲城市生命與財富的主宰者。躲在陰暗房裡的居民內心如此恐慌，就像遇到水災、地震時，任憑使出所有力量與聰明才智都沒法和災難對抗那樣。每當事物既定秩序被推翻、社會不再安全，受人類律法或自然規律保護的種種都被無意識的殘酷暴行擺布時，總會一再出現這類相同的無力感。地震使整個民族被坍塌的房舍壓垮；氾濫的河川使溺斃的農人、牛隻屍體，以及被水從屋頂沖掉的梁柱，一起隨波翻攪；或者，戰勝的軍隊將會屠殺抵抗之人，帶走其他俘虜，以軍刀之名到處掠奪，以大砲轟隆感謝神祇……這些可怕災難無不破壞了人們對永恆正義的一切信仰，也破壞了我們曾被教導上蒼護佑和相信人類理智的所有信心。

可是，普魯士軍的小支隊來到各家各戶敲門，隨後在房子裡消失——這是入侵以後的占領行爲。戰敗者向勝利者表示友好的義務開始了。

過了些時日，初期恐怖一旦消失，新的平靜於焉建立。許多家庭開始有普魯士軍官加入，一道吃飯——有時遇到極有教養的軍官，出於禮貌同情著法國的遭遇，說自己是不得已才從軍；人們對這份情感表示感激，再者，遲早有天需要他們的保護，況且如此遷就，或許還可少供應幾個士兵的伙食。甚至，有必要去傷害一個得全然仰賴的人嗎？這樣的行爲固然可說輕率多於勇敢，然輕率已非盧昂居民的缺點，那個使城市享有英勇抵禦盛名的時代已然過去。最終，從法國人文雅有禮行止中得出的至高理由來看，人們自覺，只要不在公共場合和外國軍人表現得親熱，在自家對他們有禮貌是允許的。在外頭裝作互不相識，在房子裡則盡情聊天——日耳曼人每晚留在壁爐邊與房子主人一塊兒取暖的時間，變得更長了。

城市逐漸恢復平常樣貌。法國人仍不太出門，街上反倒常見成群結隊的普魯士士兵。此外，還有身穿藍色制服的輕騎兵團軍官，在石板路上傲慢地拖行大型殺人軍刀。他們在咖啡館進出，然而相較於去年還在這兒喝酒的法國步兵，他們對一般市民的態度也不見得有多輕蔑。

然而，空氣中仍有些東西，陌生而捉摸不定的東西，一種難以忍受的奇特氣氛。彷彿逸散開來的氣味，有股外物入侵的氣味充塞於住家和公共場所，改變了食物的味道，讓人覺得好像在旅行，好像來到一個遙遠的地方，進入了野蠻而危險的部落裡。

戰勝者索求金錢，大量的金錢。居民一直支付著，更何況，他們有錢。有個諾曼第批發商，儘管生意越做越富，卻越以犧牲為苦，每當看到自己一丁點財產轉到另一個人手上時，他就越痛苦。

然而，在城市下游兩三里處，順著河流靠近夸塞特、迪艾貝塔爾或畢耶薩爾一帶，常有船員和漁夫從水底撈起日耳曼軍人腫脹的屍體，有的被一刀殺死或一腳踢死，有的頭顱被石塊砸爛或被人從橋上推下水。大河的淤泥掩埋著這些撲朔難明的報復，野蠻卻有正當性，這是無名的英雄行徑、無聲的攻擊，比光天化日下的戰鬥更危險，然而終無法引來榮耀的迴響——出於對入侵者的仇恨，總能鞏固幾個大無畏之人的意志與力氣，他們隨時準備為信念犧牲性命。

最後，侵略者雖迫使整個城市屈服在不容改變的紀律之下，但他們沿著勝利行進的過程中所犯下的惡名昭彰恐怖暴行，卻從未在這城裡犯下過一件。因此，人們膽子變大了，在地商人重啓買賣生意的念頭活絡了起來。幾位在法軍防守的哈佛爾港有著重大利益投資的商人，企圖先經陸路前往迪耶普，再乘船轉赴港口。

有人利用所認識的日耳曼軍官影響力，拿到司令將軍簽發的離境准許證。

就這樣，預定了一輛四匹馬拉的大型公共馬車跑這趟旅程，十個人在車夫那兒登記，大夥決定星期二一早天未亮時出發，以免引來一眾看熱鬧的人圍觀。

幾天以來，嚴寒早已凍硬了地面，星期一下午近三點時，北方吹來一大片黑雲，跟著是降雪，雪不間斷地下了整晚整夜。

清晨四點半，旅客聚集在諾曼第旅館的院子裡，那兒是他們上車的地方。

旅客們仍睡意沉沉，身上裹著毛毯，仍冷得直打哆嗦。昏暗中，誰也看不清誰，沉重的冬衣堆疊他們身上，每個人看起來活像穿著長袍的肥胖神父。但有兩位認出了彼此，第三位也走過來攀談，他們聊著：「我帶了我太太。」其中一個說：「我和你一樣。」「我也是。」第一位補充道：「我們不會再回盧昂了，要是普魯士人逼近哈佛爾，我們就去英國。」他們性格相似，自有著相同的計畫。

可是，沒有人來套車準備出發。一個手提小燈籠的馬夫時而從一扇陰暗的門走出，旋即又消失在另一扇門裡。馬蹄踢著地面，蹄聲因地面鋪墊著乾草肥料而稍減弱。房子盡頭傳來人聲朝牲口說話、咒罵。輕微的鈴鐺聲顯示有人正在搬弄馬具，這低沉聲響不久轉成一陣清脆的連續顫動聲，隨牲口的動作而變化，有時停止，然後又在一股突如其來的抖動中再度響起，其中還伴隨著一個鐵蹄敲打地面發出的沉濁聲音。

門突然關上了。所有的聲響都停止。這些凍僵了的盧昂市民不再說話，他們一動也不動，綳緊身子站在那兒。

白色雪花像連續不斷的簾幕往地面落下，不停閃爍著亮光，模糊了物體的輪廓，在表面撒著一層苔蘚般的冰屑。寒冬掩埋了寧靜城市，在這片深沉寂靜中，只聽得見雪落下時隱約、飄忽、無法言說的沙沙聲；與其說是聲音，不如說是一種感覺，輕飄飄的微粒交混摻和著，微粒恍若充塞整個空間，覆蓋了整個世界。

馬夫又提著燈籠出現，手裡用繩索拉著一匹不願出來的可憐馬匹。他把馬拉到馬車轅木旁，套上韁繩，繞著馬來回走動許久，這才將馬具牢牢固定在牲口上——畢竟一手提著燈，只能單手做事。當準備牽第二匹馬時，他發覺所有旅客都站著不動，身上早已雪白一片，他說：「你們怎麼不上車呢，在車裡至少有個遮蔽。」

眾人完全沒想到這一點，便趕忙上車。三個男人將自己妻子安置在車廂最裡側，然後上車；其他幾位戴著面紗、身影模糊的旅客也跟著上車，坐在最後剩下的幾個位子上，彼此沒有交談。

車廂地板鋪著麥草，旅客把腳藏了進去。坐在前頭的幾位夫人都帶了裝有化學炭的銅製小腳爐；她們點燃爐子，低聲細數這爐的好處，說了好一陣，早就知之甚詳地不斷反覆說著。

終於，馬車套好了，因為拉起來頗感費力，所以從原先的四匹馬增加到六匹，車廂外有個聲音問道：「所有人都上車了嗎？」裡面有聲音回答：「都上車了。」於是馬車啓程了。

車子小步前進，速度極為緩慢。車輪陷入雪裡，整個車廂呻吟似地發出低沉軋軋聲。馬匹蹄子打滑，氣喘吁吁，全身冒著熱氣，車夫手裡的長鞭不斷劈啪作響，向四處舞動，彷彿一條細蛇，一會兒糾結，一會兒開展，鞭子忽抽打到某匹馬滾圓的臀部，牠於是使盡力氣拚命往前拉。

不知不覺中，天色漸漸亮了。曾被土生土長盧昂人喻為棉花雨的輕盈雪片不再落下。有道灰濁微光穿過大片厚重雲層照射下來，田野上時而可見一排蒙上了霜的大樹，時而是頂上披著雪斗篷的茅屋，昏暗的雲令原野的皚白更加耀眼。

車子裡，旅客透過黎明微弱的亮光，好奇地打量著彼此。

車廂最裡面較好的位子上，瓦叟夫婦正面對面坐著打瞌睡，他們是大橋街的葡萄酒批發商。

瓦叟原本在某酒行當職員，老闆做生意破產了，他便買下店鋪營業權，發財賺了不少錢。他將極劣質酒以超低價賣給鄉下的零售商。朋友、以及與他照過面的人，無不當他是狡猾的無賴，一個樂觀快活、但詭計多端的道地諾曼第人。

其騙徒稱號人盡皆知，以至於某晚在省政府宴會上還被杜內爾先生拿來開玩笑——杜內爾是地方名人，寫過不少寓言和歌曲，文筆尖刻而敏銳。他看到與會女士昏昏欲睡，便建議玩一場「鳥兒飛飛」的遊戲[3]，從此這道雙關語飛越了省長的各個客廳，也飛遍了城裡大小客廳，全省的人咧嘴大笑了一個月之久。

此外，瓦叟還以開玩笑、戲弄人出名。他的笑話千奇百種，傷人的惡作劇或善意的趣談不一而足。任何人提到他，都立刻加上一句：「這瓦叟，眞夠滑稽可笑的。」

他個子矮、腰身窄，卻有個球形大肚，接著肚子上方的是一張脹紅的臉，夾在兩片花白頰鬚之間。而他的妻子高大、強壯，嗓門大，果斷、下決定快，掌管店鋪上下秩序及帳簿精算。這家店則在瓦叟愉快積極的活動下，生氣蓬勃。

坐在他們旁邊的，是社會階級較高、模樣較神氣自負的卡瑞・拉馬東先生。他是個地位顯赫的人物，自棉花業發跡，擁有三家紡織廠，曾獲頒四級榮譽勛章，更是省議會的議員。在整個帝國時期，[4]始終是溫和反對派領袖，照他自己說法——他以「有禮貌的武器」攻擊某事，之後又附和，以索得更高報酬，這是他扮演寬厚政治角色的唯一目的。拉馬東夫人則比丈夫年輕許多，對出身名門、被派到盧昂駐防的軍官而言，她向來是他們安慰的來源。

她坐在丈夫對面，嬌小可愛又漂亮，蜷縮在皮大衣裡，一臉悲傷無奈地看著馬車內簡陋寒傖的

3在法語中，瓦叟與「小鳥」一詞發音相同，「鳥兒飛飛」與「瓦叟偷錢」是音同意異的句子。
4此處指法皇拿破崙三世（Charles-Louis Napoléon Bonaparte , Napoléon III, 1808~1873）於一八五二年建立的「法蘭西第二帝國」，此帝國在普法戰爭後瓦解。

布置。

她身旁坐著于貝爾・德・布列維爾伯爵夫婦。他們的姓氏，是諾曼第最古老高貴的其中一個姓氏。伯爵是個有派頭的老紳士，極力修飾儀容打扮，以強調自己和法國國王亨利四世[5]長得相似——根據其家族光榮傳說，亨利四世曾讓德・布列維爾家某位夫人懷孕，夫人的丈夫因而受封伯爵，當上了省長。

伯爵是卡瑞・拉馬東先生在省議會的同事，也是奧爾良保皇黨[6]在本行政區的代表。他和南特城一個富有小船東的女兒結了婚，但這段故事經過始終成謎。然而，伯爵夫人風度大方、氣派雍容，在接待賓客方面比誰都強。人們甚至認爲，她曾被路易飛利浦國王的某個兒子喜愛過，所有貴族於是無不熱情相待——她的客廳是地方上第一個、也是唯一一個保有古老風雅情調的沙龍，想受邀進入那個圈子十分困難。

布列維爾夫婦的財富全是不動產，年收入據說可達五十萬法郎。

這六個人組成車上的基本旅客，屬於社會上有穩定收入、生活無虞、實力雄厚的一群人。他們有教養有權勢，信奉天主教，遵守道德原則。

出於奇特的偶然，車廂裡所有人妻都坐在同一側長凳上。伯爵夫人旁邊坐了兩位修女，她們手裡撥數著長長念珠，嘴裡一面喃喃誦唸著天主經和聖母經。其中一位年紀已大，因染過天花，臉上殘留著坑坑洞洞的斑，彷彿有人曾以槍口頂著她的臉就近以子彈連發。另一位很瘦弱，臉蛋漂亮卻帶著病態，有副肺癆病人般的胸脯，這胸脯正被那叫人殉難和發狂的貪婪信仰侵蝕著。

修女對面坐有一男一女，他們吸引著所有人的目光。

男人很有名，是人稱「民主人」的高爾尼岱，也是那些有地位之人極害怕的人物。二十年來，他走遍所有談論民主思潮的咖啡館，將自己紅棕色的大鬍子浸泡在了啤酒杯裡。其父從前是個糖果商，留下了一筆巨額財產，他卻帶著兄弟和朋友花個精光。他焦急地等待共和國建立，希望在爲革命消費了這麼多啤酒後，終能獲致應得地位。九月四日那天[7]，或許有人開他玩笑，他以爲自己被任命爲省長，但當他想進省廳就職時，辦公室的服務員，也就是當時辦公室的唯一主人，卻拒絕承

---

5 亨利四世（Henri IV, 1553~1610）：法國歷史上著名的賢君，曾於一五九八年頒布《南特詔書》，對宗教採取寬容態度，解決了法國國內歷時數十年的新舊宗教流血紛爭，為國家帶來了和平與安定。其性好漁色，擁有多位情婦，傳說他為了得到美女，經常無所不用其極。

6 奧爾良保皇黨（le parti orléaniste）：法國古老的政治派系。十九世紀初期，保皇黨的支持者皆為財力雄厚的上層資產階級或大地主。一八三〇年，法國七月革命期間，黨員擁護奧爾良公爵之子登上王位，即路易飛利浦一世（Louis-Philippe Ier, 1773~1850）。之後，法國第二帝國的拿破崙三世（Charles-Louis Napoléon Bonaparte , Napoléon III, 1808~1873）亦曾受到奧爾良保皇黨支持。

7 法皇於一八七〇年的普法戰爭中被俘後，同年九月四日，法國國內發生政變，民主人士推翻法蘭西第二帝國，成立法蘭西第三共和。

認其職權，他因此被迫退了出來。儘管如此，他倒是個心地善良，沒有絲毫攻擊性且樂於助人，由此，他熱心從事著防禦工事的組織——叫人在原野上挖掘坑穴，砍倒鄰近森林的所有小樹，在每條公路布置陷阱。他對自己的準備工作很滿意，敵人快來時，他便趕忙躲回了城裡。現在，他想去哈佛爾，那裡的軍事防禦工程必不可少，他會比待在盧昂更有用處。

而那女人呢，是一般所謂的風流女郎，因早熟而豐腴的體態知名，由此贏得「脂肪球」的外號。她身材矮小、全身圓滾滾，胖如一塊大肥油，手指也是鼓脹的，只在關節處才收緊，活像一連串短香腸。她的皮膚光亮而緊實，碩大的胸脯隔著衣服突了出來。她仍然誘人垂涎且深受歡迎，鮮潤的氣色叫人看了歡喜。她的臉像顆紅蘋果，像朵正要綻放的牡丹花苞，臉龐上半部睜著一雙極美的黑眼睛，眼周覆著又長又密的睫毛，睫毛在眼裡映出了影子；下半部有張富魅力窄窄的嘴，嘴唇潤澤得讓人想親吻，嘴裡生著兩排發亮的細小貝齒。

除此之外，據說，她還有許多無法評價的寶貴優點。

眾人一認出她之後，幾個規矩的女人便竊竊私語，嘰喳聲中傳出「妓女」、「社會之恥」等字眼。聲音太高使她抬起頭來，以挑釁大膽的眼光掃視周遭的人，車廂立刻一片寂靜，大夥都低下眼睛，只有瓦叟例外，他偷瞄著她，一臉興奮的模樣。

可是不久後，三個女人又恢復交談——這個風流女郎的存在，頓時使她們結爲朋友，幾乎成了密友。面對這名寡廉鮮恥出賣肉色的女子，她們似乎覺得必須團結，以彰顯身爲人妻的尊嚴，畢竟，合法的愛情總是比無拘束的私情更占上風。

三個男人亦如此，一看到高爾尼岱，他們保守派的本能讓彼此更靠近，以一種藐視窮人的口吻談論著金錢。于貝爾伯爵述說著普魯士人帶給他的損害，意即牲畜被偷和收成被毀所造成的損失，說話時有著資產千萬的大領主會流露出的那種放心，好像這些破壞只不過妨礙了他一年。卡瑞・拉馬東先生在棉花業遭到不少困難，留意地先寄了六十萬法郎到英國，以備不時之需。至於瓦叟，他已想了辦法將地窖所剩的普通酒全數賣給法國後勤部，因此政府欠他一筆巨款，他打算到哈佛爾去領。這三人速速以友善的眼光相望著彼此，儘管社會條件各人不同，對金錢看法的相近卻使人感覺像兄弟一樣親熱——他們同為富豪大行會的成員，這些人坐擁萬金，手放在褲袋裡就能使金幣叮噹作響。

2

車子走得很慢，截至上午十點才走了四法里。男人還下車三次，以步行爬坡。眾人開始擔心了，原本該在托特[8]吃午餐，現在看來想在入夜前抵達是沒希望了。所以當馬車陷進了雪堆、得花兩個小時才能脫困時，每個人都伺機張望四周能不能在路邊發現一家小酒館。

8 托特（Tôtes）：法國西北部上諾曼第區，盧昂城（Rouen）北邊的一個小市鎮。位於兩條舊時國道「盧昂—迪耶普」（南北向）、「亞眠—哈佛爾港」（東西向）交叉口，戰略位置重要。

越來越想塡肚吃點東西的思緒紛擾著，但沿途找不到任何一家小飯店，看不到任何一個酒商——饑餓的法國士兵剛經過，普魯士軍隊接著逼近，早已嚇跑了各行各業。

男士跑到路旁農莊尋找食物，連一片麵包也沒找到，心懷警戒的農民早就藏起儲糧，深怕士兵掠奪——這些軍人沒什麼可塞牙縫塡肚皮的，舉凡見得到的都搶。

將近下午一點鐘時，瓦叟發言了，說自己確實感覺到胃袋空得如有個大窟窿。大家都和他一樣難受了好一陣，強烈地需要吃點什麼東西，饑餓感扼殺了談話的興趣。

不時有人打呵欠，幾乎有人立刻模仿起來，此起彼落；每個人依其性格、禮儀教養及社會地位，或張大嘴巴發出聲音，或節制地張開嘴、隨即很快伸出手來遮住自己冒出水氣的大洞。

脂肪球好幾次彎下腰，像在襯裙底下找尋東西。她猶豫了一下，看看周圍的人，隨後又平靜地挺直身子。眾人面容蒼白，皺緊了臉。瓦叟很肯定地說，願意出一千法郎買隻肘子來吃；他太太做了個抗議的手勢，隨後又安靜下來——每每聞及金錢方面的浪費就讓她感到痛苦，即使是這類玩笑話亦然，她總是信以爲眞。伯爵說：「事實是我也覺得不舒服，我怎麼就沒想過要帶些食物呢？」每個人都這樣責怪自己。

然而，高爾尼岱有滿滿一壺的蘭姆酒，他請大家喝，卻被冷冷地拒絕了。只有瓦叟接受，喝了兩滴，歸還水壺時還道謝著說：「這果眞不錯。可以暖身子，也可以騙騙腸胃。」酒精使他心情大好，他提議依照歌謠裡的小船船上那麼做，把旅客之中最胖的人吃掉。此說法間接影射了脂肪球，讓有教養的人聽了很不快。沒有人答腔，唯獨高爾尼岱微笑了一下。兩位修女已停止撥弄那一大串念珠，雙手插進寬大的衣袖，不動如山，固執地垂下雙眼，無疑正回敬著上天派發給她們的苦痛。

最後，三點鐘了，馬車行駛在漫無邊際的原野中，放眼望去一個村落也沒有。這時，脂肪球輕快地彎下身子，從長凳底下拉出一只蓋著白毛巾的大籃子。

她先從籃子裡拿出一個彩釉陶小碟子、一個精緻的小銀杯，然後是一個大瓦鉢，裡面裝著兩隻浸在雞汁凍下、已然剁切好的全雞。眾人還看見包覆在籃子裡的其他好東西，有肉醬、水果、甜食。這是爲三天的旅行所準備的食品，如此一來，就用不著碰小旅館廚房做的飯菜了。在這堆食物中，還露出了四只酒瓶的細長頸子。她取下一隻雞翅膀，秀氣地吃著，還佐配著諾曼第人稱之爲「攝政時代」的小麵包。

所有目光無不射向她。接著香味擴散開來，撐大了鼻孔，嘴裡溢出大量口水，伴隨著耳朵下頜骨的疼痛收縮。幾位夫人更鄙視這個女孩了，她們恨不得把她殺了或丟到馬車底下，把她、她的酒杯、她的籃子和她的食物全丟到雪裡。

然而，瓦叟的眼睛貪婪地盯著那只裝著雞肉的瓦鉢，說：「這眞是好極了，夫人比我們都細心周到。有些人總是什麼都會想到。」她抬起頭望向他：「您想吃一點嗎，先生？從早上餓到現在也夠辛苦的了。」他欠身致意：「確實，坦白說，我不會拒絕，我餓到再也受不住了。戰爭時期就像戰爭時期，該怎麼做就怎麼做，您說是不是，夫人？」他環顧四周一圈，接著說：「在這種時候遇上有人幫忙，眞叫人高興。」隨即攤開身上帶的一張報紙以免弄髒長褲，然後取出一向放在口袋的小刀，以刀尖摘下一根沾滿膠凍的雞腿；他用牙齒撕碎雞肉，接著以滿足的表情咀嚼了起來，表情如此明顯，在車廂內引起一陣哀傷的長嘆。

脂肪球繼而謙卑又溫柔地邀請修女分享簡餐，她倆立刻接受了，眼睛抬也沒抬，含糊道過謝，很快吃將起來。高爾尼岱同樣沒拒絕鄰座的贈與，他和修女都將報紙展開鋪在膝蓋上，形成一個桌子。

幾張嘴不停地開闔、吞嚥、咀嚼，狼吞虎嚥地吃著。瓦叟坐在自己的角落吃得很起勁，低聲勸妻子依樣這麼做。她抗拒了好久，後來，經過腸胃一陣疼痛抽搐後，她答應了。於是，做丈夫的委婉詢問他們「可愛的旅伴」，能否允許他拿一小塊給瓦叟太太。脂肪球說：「可以，當然可以，先生。」她帶著親切和藹的笑容，將瓦缽遞了過去。

當大家打開第一瓶波爾多紅酒時，出現了尷尬情況——只有一個杯子。於是大夥傳遞著杯子，擦拭過後再喝。只有高爾尼岱沒擦，反而將嘴唇貼在鄰座女伴唇剛觸過的濕潤地方，這無疑是在對她獻媚。

此時，德．布列維爾伯爵夫婦與拉馬東夫婦，看著他們四周的人都在吃東西，食物散發出的香味使他們透不過氣來，他們遭受的這個可恨折磨叫做「坦塔羅斯的苦難」。忽然，紡織廠廠主拉馬東先生的年輕妻子嘆了口氣，惹得眾人轉過頭來。她的臉像車外的雪一樣白，眼睛緊閉，額頭下垂，失去了知覺。做丈夫的受到驚嚇，懇求大家援助。每個人都慌亂得想不出辦法。此時，那位年長的修女扶起病人的頭，把脂肪球的杯子輕輕塞在病人嘴唇之間，讓她吞下幾滴葡萄酒。漂亮的貴婦人動了一下身子，睜開眼睛，有氣無力地微笑著，說自己現在感覺好多了。但爲了不讓事情再重演，修女強迫她喝下滿滿一杯波爾多酒，還補充道：「是太餓了，沒有別的原因。」

脂肪球臉色轉紅，顯得進退兩難，望著四位空著肚子的旅客，結結巴巴地說：「老天，我要是能冒昧地請這兩位先生和這兩位夫人也……」她沉默，不再說話，深怕冒犯了對方。瓦叟發言了：「嘿，還用說嗎，在這種情況下大家都是手足同胞，理應相互幫助。一起來吧，夫人們，別客套，請接受吧，當然的！我們怎麼知道還找不找得到一間屋子來過夜呢？照目前這種走法，我們不可能在明天中午前到達托特。」他們仍在遲疑，沒人敢承擔起責任說聲「好」。

但伯爵出面解決了問題。他轉身朝向這位膽怯的胖女孩，擺出一派莊重的紳士風度，說：「夫人，我們心懷感激地接受您的邀請。」

---

9 希臘神話中，坦塔羅斯（Tantale）是宙斯之子，因洩漏天機，被罰永遠站在頭上有果樹的水中，水深及下巴。他口渴想喝水時，水即減退；饑餓想吃果子時，樹枝便升高。

只有開頭的第一步是困難的。一旦越過盧比孔河[10]，就可以無所顧忌，盡情享受了。籃子裡的食物全被清空。裡頭還盛放了一份鵝肝醬、一份肥雲雀肉糜、一塊煙燻牛舌、幾顆卡薩內梨[11]、一塊主教橋[12]乾酪、幾塊奶油小點心，以及滿滿一杯醋漬黃瓜和洋蔥——脂肪球和所有女人一樣，也愛吃生菜。

不能吃了這個女孩的東西，卻又不跟她說話。於是大夥聊了起來，一開始態度仍顯保留，但脂肪球談吐極有分寸，眾人便比較沒那麼拘束了。德・布列維爾夫人和拉馬東夫人都很懂人情世故，表現得親切又不失身分；尤其是伯爵夫人，像位即使觸碰任何事物也無法玷污她絲毫的高級貴婦，展現出她帶著優越感的和藹，舉止格外友善客氣。不過，高壯的瓦叟太太天生懷有維安警察般的心腸，神情依舊嚴肅難以親近，話說得少，東西吃得多。

眾人自然談論著戰爭。說到普魯士人幹下的恐怖事件、法國人的英勇行為，所有這些逃跑的人都對別人的勇氣表示尊敬。接著開始談及個人經歷，脂肪球敘述著自己離開盧昂的經過，激動之情毫不作假（女孩一向慣用激烈言詞不稍掩地表達憤怒）：「我最初以為可以留下來，畢竟我的屋子裡有滿滿的食物，供幾個士兵吃喝，總比離鄉出走到不知名的地方好。可是，當我看到他們，這些普魯士人時，我控制不住自己了，他們讓我一肚子怒火，我羞愧得哭了一整天。噢，假如我是男人，鐵定衝上前去！我從窗戶裡望著他們，這些戴尖頂鋼盔的肥豬，我眞想拿家具砸他們的背，但女傭拉住了我的手。後來，有幾個要來我家投宿，這時，第一個人進門，我撲上去掐他脖子。勒死他們，並不比勒死別人更困難呀！要不是他們拉扯我的頭髮，我早就把人給殺了。在這之後，我只得躲起來。終於，找到機會，我離開了，所以我這會兒在這裡。」

大家都很稱讚她。同車旅伴沒有她的膽量，在他們眼裡，她的地位提升了。高爾尼岱一邊聽，一邊帶著宣道者常有的贊同與善意微笑，如神父傾聽虔誠信徒讚美上帝一般——這位蓄著長鬍的民主人士擁有愛國主義的專屬權利，就像身穿教士長袍的人擁有宗教的專利權那樣。輪到他發言了，他以說教的口吻，以他從每天貼在牆上的宣告所學來的誇張方式說話，再以一段雄辯做結，嚴正斥責那個「無賴巴丹蓋」[13]。

10 盧比孔河（le Rubicon）：位於義大利北部與法國交界，羅馬執政者曾嚴禁任何將領帶軍隊越河，否則視為叛變。西元前四九年，凱撒（Gaius Julius Caesar, 100B.C.～44B.C.）違抗命令，越河與當時的羅馬執政者龐培（Gnaeus Pompeius Magnus, 106 B.C.～48 B.C.）決戰，並說出了「大勢已定」這句名言。後世便以「跨越盧比孔河」，比喻決定冒重大危險、破釜沉舟的決心。

11 卡薩內梨（poire de Crassane）：西洋梨品種，冬天結果，原產於盧昂。果實碩大多汁，果肉粗糙。

12 主教橋（Pont-l'Évêque）：位於法國諾曼第地區的一個小市鎮，也是「主教橋乾酪」的發源地。乾酪，以牛奶製成，內蕊柔軟，外表呈淡粉紅色，口感醇厚，為諾曼第最古老的乾酪之一。

13 無賴巴丹蓋（crapule de Badinguet）：民主共和人士替法皇拿破崙三世（Charles-Louis Napoléon Bonaparte，Napoléon III, 1808～1873）取的綽號。曾有個名叫巴丹蓋的水泥匠，把衣服借給拿破崙三世穿，助其逃離監獄，法皇因此得名。

但脂肪球立刻發火，因爲她是拿破崙主義者。她的臉比黑櫻桃還紅，氣得結結巴巴：「我倒要看看你們這些人坐上他的位子會怎麼做。應該會很像樣，哈，對吧！這個人[14]，是你們出賣了他！假如政府被你們這種胡搞亂搞的人來治理，那大家只好離開法國了！」高爾尼岱模樣鎮定，臉上帶著高傲輕蔑的微笑，但可以感覺到粗野的髒話就要脫口而出了。此時，伯爵介入，費了一大把勁安撫被惹惱的女孩，一邊帶著權威口氣宣稱所有誠懇的意見都該受到尊重。伯爵夫人和紡織廠廠主夫人內心與那些體面的規矩人一樣，對共和國毫無理由地抱著仇恨，又像所有女人一樣，對神氣威武的獨裁政府懷有本能偏愛，她們不由自主地被這名莊嚴自重的妓女吸引，覺得她的情感和自己非常相似。

籃子空了。十個人很輕易便把裡頭的食物吃個精光，一面又惋惜著籃子沒能再大些。自從吃完東西後，談話氣氛稍變冷淡，但仍持續了一段時間。

夜晚降臨，黑暗漸漸變得深沉。消化食物時，寒意總讓人格外敏感，脂肪球儘管肥胖卻也冷得打顫。伯爵夫人於是把自己的小暖爐拿給她，爐子裡的炭從上午以來已經更換過好幾回，脂肪球立刻便接受，因爲她感覺雙腳凍僵了。拉馬東夫人和瓦叟太太也把她們的暖爐給了兩位修女。

馬夫已經點上燈籠。強光照射著轅木旁的馬匹發汗的臀部，照亮著上頭彌漫的雲霧般水氣，道路兩旁的積雪彷彿在光線的移動反射下往後伸展。

車廂裡暗得再也分辨不出什麼。但突然間，脂肪球和高爾尼岱之間有陣騷動。瓦叟兩眼在黑暗中搜尋，他確信看到大鬍子男人迅速朝旁閃避，活像挨了記無聲無息揮來的重擊。

道路前方出現點點火光。托特鎮到了。馬車走了十一個小時，加上四次停下來讓馬匹吃燕麥和喘口氣的兩小時休息，一共是十三小時。車子進入市鎮後，在商業旅館前停下。

車門打開了！一陣熟悉的聲音讓所有旅客爲之顫慄，那是軍刀鞘子撞擊地面的聲音，隨即傳來日耳曼人的幾句叫喊。

儘管馬車已停止不動，卻沒人下車，彷彿一下車就會被屠殺似的。此時，趕馬車的車夫現身，手裡提著一只燈籠，燈光一下子直射進了車廂最裡側，照見兩排驚恐的臉，旅客無不張著嘴，以及睜大因吃驚而害怕的眼睛。

車夫身旁的光線充沛處，站著一名年輕、高大的金髮日耳曼軍官，身形極爲纖細，緊緊包裹在軍服裡，像個身穿緊束胸衣的女孩；他斜戴著漆皮平頂鴨舌帽，活像個在英國旅館裡跑腿的服務生；鬍鬚留得特別長，長而直的毛朝兩邊翹起，不斷變細，細到尾端只剩一根叫人看不見末梢的金黃毫毛，這兩撇鬍子似乎壓著嘴角、拉提雙頰，在唇上印出一道下垂的皺紋。

他用阿爾薩斯腔的法文[15]請旅客下車，語氣生硬地說：「先生女士們，下來好嗎？」

14 指法皇拿破崙三世。
15 阿爾薩斯省鄰近德國，與日耳曼人交流頻繁，這位軍官或許曾到當地學過法文也未可知。

兩位修女帶著聖女習於聽從一切命令的溫馴態度，率先順從。接著伯爵夫婦也下車，後頭跟著紡織廠廠主夫妻。然後，瓦叟推著他高大的另一半雙雙步下了車，瓦叟腳才落地，便對軍官說：「先生，你好。」心態謹愼，多過於禮貌。對方則像握有至高權力的人那般傲慢無禮，看了他一眼，沒答話。

脂肪球和高爾尼岱坐得離車門最近，卻最晚下車，在敵人面前神情嚴肅而高傲。胖女孩努力控制情緒，使自己面上平靜；民主人伸著一隻帶有悲劇色彩微微發抖的手，捏戳自己的紅棕色長鬍子。他倆都想保持尊嚴；他們明白在這樣的場合，每個人或多或少都代表自己的國家，他們同樣都對其他旅伴的軟弱感到憤慨——她極力表現得比其他品行良好的正經女人更有榮譽感，他則感覺自己應該做榜樣，行止態度無不延續著他在道路上挖坑鑿洞的抗敵使命。

一群人進入旅館的寬敞廚房，日耳曼人要他們出示總司令簽名的離境許可證，上面註明著每位旅客的姓名、體貌特徵和職業，他一一審視這行人良久，比較著本人模樣與書面記載。

之後他突然說「好了」，便走開了。

此時眾人全都鬆了口氣。因爲還覺得餓，便叫人準備宵夜。需半個小時料理食材，他們便趁兩名女傭忙碌當兒前往參觀住房。房間全都位在同一條長廊上，走廊盡頭有間盥洗室，玻璃門上標示著數字[16]。

終於要坐下來用餐了，這時，旅館老闆現身。此人從前是販賣馬匹的，是個患有哮喘的胖男人，喉嚨不斷發出噓噓嘯聲、嘶啞聲及黏痰的聲音。父親傳給他的姓氏叫佛朗維。

他問道：「哪位是伊麗莎白．胡森小姐？」

脂肪球的身體震了一下，轉身答道：「我是。」

「小姐，普魯士軍官要立刻跟您說話。」

「跟我？」

「是啊，假如您真的是伊麗莎白．胡森小姐。」

她心思紊亂，考慮了一秒鐘後，直截了當地說：「有可能是找我，但我不去。」

四周頓時起了一陣騷動，人人都議論找尋著這道命令的可能原因。伯爵走近她：「夫人，您錯了，您這般拒絕將引來極大的難題，不單單對您，甚至也對您所有的同伴不利。千萬不要和最強的人作對。這個要求肯定不會有任何危險，絕對是因爲幾個手續忘了處理。」

所有人都附和著伯爵，大夥請求她、催促她、勸說她，終於說服了她，因爲大家都擔心她一時衝動的行爲將招致許多麻煩。最後她說：「當然！這都是爲了你們我才去。」

伯爵夫人握住她的手：「所以我們很感謝您。」

她出去了。大夥等她回來才上桌吃飯。

16 十九世紀時，法國酒店、旅館裡的廁所並不以文字表示，而以一或二位數數字編碼代替。

每個人都懊惱著——被找去的，居然是這個脾氣暴躁的女孩而非自己，他們在心裡默默準備了些尋常的應酬話，以便輪到傳喚自己時能用上。

但十分鐘後，她回來了，因受驚而喘著氣，臉紅得活像快窒息，顯然被激怒了。她結結巴巴地說：「啊！流氓！混球！」

眾人都急著想知道緣由，但她什麼也不說。經伯爵再三追問，她才神色莊重地回答：「不，這和你們無關，我不能說。」

3

於是，大夥圍著一個高高的大湯碗坐下，碗裡散發陣陣甘藍菜香氣。儘管剛才一陣驚慌，但消夜還是吃得很愉快。蘋果酒味道好，瓦叟夫婦和修女都爲了省錢而選擇喝它。其他人點葡萄酒，高爾尼岱叫了啤酒。他開酒瓶，讓酒冒泡，以很特別的方式鑑賞起酒來——只見他傾斜酒杯，高舉到燈和眼睛之間仔細觀看，欣賞酒的顏色。喝酒時，他那把與心愛飲料顏色近似的大鬍子彷彿因爲愛意而不住抖動。他斜著眼看，不讓啤酒杯離開視線，模樣之慎重好似爲了全然這舉動而生，而他正在克盡職責。幾乎可以說，他將腦海裡占據自己一生的「淡色啤酒與革命」兩大嗜好，情意相投地密切結合著，品嘗一方的同時，當然無法不去想著另一方。

旅館店主佛朗維夫婦坐在桌子末端用餐。做丈夫的像精力耗盡的火車頭般嘶啞地喘著氣，胸膛吸進呼出太多空氣，以致沒法邊吃飯邊說話；做妻子的話卻沒停過。她敘述著普魯士人到達時對他們的種種印象，包括他們所做的事、所講的話。她憎恨他們，先是因爲他們花了她不少錢，其次是因爲有兩個兒子在軍中服役。她特別愛找伯爵夫人說話，能和一位有地位的貴婦人聊天，讓她備感榮寵。

接著，她壓低聲音說了些較敏感的事，但做丈夫的不時打斷道：「佛朗維太太，你最好還是閉上嘴。」但她毫不理會，繼續說：「是啊，夫人，那些人所做的事，就只是吃馬鈴薯和豬肉，然後豬肉和馬鈴薯。不要以爲他們很乾淨……啊，絕對不是！……恕我說話不客氣，他們到處拉屎撒尿，弄得髒兮兮的。虧你們沒看到他們幾小時幾天的操練，他們全都待在一塊空地上……向前走，向後走，朝這裡轉，朝那裡轉……假如他們至少耕點地，或回他們國家修路，那也還算好！……但沒有，夫人，這些當兵的，對誰都沒好處！難道應該叫可憐老百姓給他們吃，只爲了讓他們什麼都不學，只學著去屠殺！……確實，我不過是個沒受過教育的老太婆，但看著他們從早到晚拚死命地在那兒踏來踏去，我心裡就暗想：『有些人爲了對人有益做了那麼多發明，另一些人卻費盡力氣去迫害別人，難道這世上就該這樣嘛！殺人，不都是件可惡的事嗎？管你殺的是普魯士人、英國人、波蘭人或法國人。』……假如有人傷害你，而你去報復，這是錯的，因爲你會受到法律制裁。但有人拿起槍，像圍剿獵物一樣殲滅我們的孩子，只因大家會頒勛章給那個殺最多孩子的人，所以就說那是對的，而這又是怎麼回事呢？……不行，你們來評評理，這我可是永遠也搞不懂！」

高爾尼岱提高音量說道：「當攻擊一個和平處世的鄰國時，戰爭是野蠻行爲；當要保衛祖國時，那就是神聖的義務。」

佛朗維太太低下頭：「對啊，爲了自衛而打仗，這又是另一回事。但那些只爲享樂而打仗的國王，不該先把他們都殺了嗎？」

高爾尼岱的眼裡燃起光芒，說道：「講得好，女公民！」

卡瑞．拉馬東先生則深思著。儘管他向來狂熱崇拜威名顯赫的統帥，但這名鄉村婦人的見識卻讓人思考著一件事——在這個國家裡，有那麼多人手空著不做事，只消耗著社會的財富。那麼多人力被閒置不用，假使能用來建設必須好幾個世紀才能完成的龐大工業工程，想想會爲國家帶來多少富裕和繁榮。

瓦叟離開座位，去和旅館主人小聲聊天。這個胖店主又是笑，又是咳嗽，又是吐痰。聽見身旁這位講的笑話，他的大肚子快樂地起伏跳動著。他向瓦叟買了六桶波爾多紅酒，等來年春天普魯士人離開後提貨。

大夥已然累得精疲力竭，消夜剛吃完，便分別睡覺去了。

然而瓦叟已觀察到了某些異樣，在照顧妻子上床後，便一會兒耳朵貼在房門鑰匙孔上，一會兒眼睛從鎖孔向外望，努力想發現那個他所謂的「走廊上的祕密」。

約莫一個小時後，他聽見窸窸窣窣的聲音，連忙向外望，看見脂肪球身上罩著一件滾白花邊的藍色喀什米爾羊毛睡袍（模樣比平常更胖），手上端著蠟燭盤，走向長廊盡頭的廁所。但鄰近有扇門微微打開了一半，當她幾分鐘後回來時，高爾尼岱穿著背吊帶的內衣，跟在她後面。他們小聲交談，然後停住。脂肪球似乎用力擋住自己房間的入口。可惜，瓦叟聽不清他們說話的內容。但到最後，他們提高了嗓門，他這才聽見幾句。

高爾尼岱強烈堅持著要進去，他說：「得了吧，您可眞不聰明，這對您有什麼關係呢？」她似乎很生氣，答道：「不行，親愛的，有些時候，這種事就是不能做。而且，在這裡，這實在丟臉。」

他顯然一點也沒聽懂，問爲什麼。於是她發怒了，音量提得更高：「爲什麼？您不曉得爲什麼？普魯士人就在這房子裡，或許就在隔壁房間呢！」

高爾尼岱不說話了。這妓女不肯在鄰近敵人處接受愛撫，這種愛國貞操喚醒他心底正逐漸衰弱的自尊心，他只抱住她吻了一下，便躡著腳尖走回自己房裡。

瓦叟異常興奮，離開了房門鑰匙孔，雙腳互擊雀躍一跳，戴上鮮豔的馬德拉斯[17]棉質睡帽，掀開被單，被子躺著另一半那硬邦邦的身軀，他一邊吻醒她，一邊輕聲低語道：「心愛的，你愛我

17馬德拉斯（madras）：布料名稱，原生產於印度南部的馬德拉斯城。一般以輕磅的棉花做質料，色彩鮮豔，花色多為線條或方格，容易起皺，常用來製作日常便服。

嗎？」

這時，整棟房子變得寂靜無聲。但不久，從某處，某個不確定的方向，或許是地窖，也可能是閣樓，傳出單調又有力的規律打鼾聲。這聲音低沉，尾音拖得很長，帶著很像鍋爐受蒸氣壓力而起的那種震動——是佛朗維先生正在睡覺。

原本決定翌日一早八點出發，因此大家都準時在廚房集合，然而馬車卻孤單地立在院子中央，車篷頂上積了層雪，沒有馬也沒有車夫。大夥來到馬廄、草料房、車房到處尋找，都見不到車夫。所有男人於是決定到鎮上搜尋，他們出門了。一行人來到廣場上，廣場盡頭是教堂，兩側是低矮的房子，裡面看得見一些普魯士士兵。他們看到的第一個在削馬鈴薯皮，較遠一點的第二個刷洗著理髮師的店鋪。另一個士兵滿臉鬍子，毛髮直長到眼睛四周，正在親吻一個哭鬧的小孩，士兵把孩子放在膝蓋上搖晃，想讓他平靜下來。那些丈夫還在「戰爭部隊」裡的肥胖農婦，比劃著手勢，指點這些順從的戰勝者該做些什麼，如劈柴、把湯汁澆在麵包上、磨咖啡等，其中一個甚至幫忙供自己住宿的女主人洗衣服，那是位行動不便的老祖母。

伯爵相當詫異，趨前詢問從神父住所步出的一名教堂職員，這一切怎麼回事。虔誠的老教徒回答：「噢，這些人並不壞！據說他們不是普魯士人。他們住得更遠，我不知道是哪個地方。他們的妻小留在家鄉，戰爭對他們來說並不有趣，可不是！我確定，在他們那邊，也有人哭著牽掛自己的丈夫。打仗這件事，在他們那裡和我們這邊一樣，都造成了嚴重不幸。我們這裡目前情況還不算太難過，因爲這些軍人沒做壞事，他們就像在自己家一樣幹活。先生，您瞧，窮人之間就是必須互相幫助……要打仗的是那些大人物。」

看見戰勝者和戰敗者之間如此誠心地互相體諒與相處，高爾尼岱感到氣憤，他寧可關在旅館裡呆坐，於是調頭走開。瓦叟說了句玩笑話：「他們在添加人口。」卡瑞・拉馬東先生講了句嚴肅的話：「他們在補償損失。」

但他們還是找不到車夫。終於，在村子的咖啡館發現，他正和普魯士軍官的勤務兵像兄弟般並肩坐在一張桌子旁。伯爵質問道：「不是吩咐過您八點套車嗎？」

「是沒錯，不過之後有人給我另一道命令。」

「什麼命令？」

「不要套車。」

「誰給的命令？」

「那還用說！普魯士指揮官。」

「爲什麼下這道命令？」

「我不知道。您去問他吧。人家不准我套車，我呢就不套車。就這麼回事。」

「是他親自對您說的嗎？」

「不是，是旅館主人代他傳令給我的。」

「什麼時候的事？」

「昨天晚上，我要去睡覺的時候。」

三個男人十分擔憂地回到旅館。

大家說要找佛朗維先生，但女傭回答他因患有哮喘，從不在十點鐘以前起床。他甚至明確嚴禁人家提前叫醒他，除非發生火災。

眾人想見普魯士軍官，但那絕對不可能，儘管他住在旅館，卻只准許佛朗維先生找他談平民事務。所以大家只好等。女人上樓回了房間，做些打發時間的無聊瑣事。

高爾尼岱在廚房的高大壁爐前坐下，爐裡的火燒得正旺。他叫人搬來一張小咖啡桌和一瓶啤酒，然後抽起菸斗。這支菸斗在民主人士之間享有幾乎和他同等分量的尊重，彷彿它為高爾尼岱服務的同時，也是在為祖國服務。這是支非常漂亮的海泡石菸斗，上面燻有厚厚一層和主人牙齒一般黑的菸垢，但它帶有香味，身形彎曲，發出亮光，對主人手的形狀和觸摸非常熟悉，有它在手，主人才能儀態自如。高爾尼岱坐著動也不動，眼睛一下子盯著壁爐裡的火焰，一下子盯著覆蓋在啤酒杯上的泡沫。每喝一口啤酒，便顯露滿足的表情，拿自己纖長的手指撥弄油膩的長髮，同時吮一吮沾在鬍子上的泡沫。

瓦叟則藉著活動活動雙腿，到鎮上酒品零售商那兒推銷酒。伯爵和紡織廠廠主開始聊起政治，他們預測著法國的前途。一位相信未來得仰賴奧爾良保皇黨，另一位則認為會有個不知名的救世主，一個在局勢毫無希望時挺身而出的英雄——一個杜．蓋世蘭，或一個貞德？又或者另一個拿破崙一世[18]？啊，若是帝國的王子不那麼年幼，該有多好！高爾尼岱聽著這些談話，臉上露出知曉天命者的那種微笑。廚房充斥著從菸斗發散出的香氣。

十點鐘響的時候，佛朗維先生出現。大夥馬上詢問著，但他只一字不改地重複了底下的話兩三遍：「軍官跟我這麼說：『佛朗維先生。明天您不准有人替這些旅客套車。沒有我的命令，他們不可以出發。聽清楚了嗎？好，到此為止。』」

大家於是想見軍官。伯爵送出自己的名片，上面加簽卡瑞．拉馬東先生的名字和他所有的頭銜。普魯士人派人傳達，說午餐過後可接見他們二人，也就是將近下午一點時。

18杜．蓋世蘭（Du Guesclin, 1320~1380）：英法百年戰爭（1337~1453）中有名的法軍將領，被公認為是法蘭西王國愛國主義的最初幾位代表人物之一。貞德，即聖女貞德（Jeanne d'Arc, 1412~1431），英法百年戰爭時期的傳奇人物。她是個目不識丁的少女，卻帶領法軍屢屢擊退英國人，之後被英軍以宗教異端之名在盧昂的公共廣場焚斃。拿破崙一世（Napoléon Bonaparte, Napoléon 1er, 1769~1821）：終結了自一七八九年因法國大革命而起的紊亂政局，建立起法蘭西第一帝國，其版圖幾乎涵蓋整個歐洲大陸。

女士又下樓來，儘管焦急不安，仍多少吃了些東西。脂肪球看起來似乎生病了，且好像超乎尋常地慌亂侷促。

眾人才剛喝完咖啡，勤務兵就來找兩位先生。

瓦叟也跟他們一塊兒去。爲使談話更加鄭重，他們試著拉高爾尼岱加入，他卻驕傲地宣稱絕不和日耳曼人有任何交往，接著便重回壁爐邊叫來另一瓶啤酒。

三個男人上樓，被帶進整家旅館最美的房間，軍官就在那兒接見他們。他躺在一張扶手椅上，兩腳擱在壁爐上方，嘴裡抽著長的瓷器菸斗，身上裹著一件火紅色室內便袍，那無疑是從某個品味低級的平民廢棄住所偷來的。他沒有起身，不朝他們打招呼，也不看他們一眼——無疑一派勝利軍人慣常流露出粗魯無禮行爲的經典典型。

過沒多久，他終於開口：「您們有什麼要求嗎？」

伯爵發言了：「我們希望能夠動身，先生。」

「不行。」

「我冒昧地請問，您拒絕的原因是什麼？」

「因爲我不答應。」

「先生，我恭敬地敦請您留意，您的總司令核發給我們到迪耶普的通行證。我想我們沒做錯任何事該受到您嚴厲對待。」

「我不答應……沒別的原因……你們可以下樓了。」

三人都鞠了躬，然後離開。

下午情況淒慘。他們完全不懂這個日耳曼人的任性作爲，一個個古怪不已的念頭搞得大夥腦袋發昏，他們聚在廚房裡想像著不合常理的情況，討論不休——也許是想留他們做人質，但目的何在呢？或把他們當俘虜帶走？或者，更恰當的說法是想向他們勒索一筆可觀的贖金？一想及此，一陣恐慌快使他們發狂。最有錢的人驚嚇得最厲害，他們已預見自己爲了贖命，被迫將裝滿黃金的袋子全數倒在這個蠻橫無禮的軍人手裡。他們絞盡腦汁想出些能被人相信的謊言，以隱瞞財富，冒充窮人，非常窮困的人。瓦叟則把錶鍊摘下來藏在口袋裡。黑夜降臨，更添一行人的憂慮。燈點上了，距離晚餐時間還有兩個小時，瓦叟太太提議打一場三十一點的紙牌遊戲[19]。這不失爲排遣緊張情緒的方法，大家都同意。高爾尼岱也有禮地熄滅了菸斗，加入牌局。

伯爵洗牌、發牌，脂肪球一下來就得了三十一點。不久，打牌的興味平緩了縈繞心頭的害怕。

19 一種古老的紙牌遊戲，十五世紀歐洲非常流行。使用一副五十二張的紙牌來玩，玩家各持三張牌，透過交換或抽取桌上剩餘的牌來組合點數，最先擁有同花色的三十一點或最接近三十一點的一方獲勝。玩法類似撲克牌賭博遊戲「二十一點」(blackjack)。

但高爾尼岱發覺瓦叟夫婦串通著作弊。

正當大夥要上桌用餐時，佛朗維先生再度出現。他以喉嚨帶痰的沙啞聲音說道：「普魯士軍官要我問一下伊麗莎白・胡森小姐，她是不是仍然沒有改變主意。」

脂肪球站在那兒，臉色先是發白，接著突然變紅，氣得呼吸困難說不出話來，最後爆發似地大喊：「您去跟那個無恥、卑鄙、骯髒的普魯士人說，我絕不答應。您聽清楚了，絕不、絕不、絕不。」

肥胖的旅館主人出去了。這時，大家團團圍住脂肪球，詢問、懇求她說出前一晚去見日耳曼軍官的祕密。剛開始她堅持不說，不久，按捺不住內心憤怒，衝口叫道：「他想要什麼？……他想要什麼？……他想和我上床！」這樣的用詞並未令任何人感到刺耳，因爲大家都很憤慨。高爾尼岱猛烈地把啤酒杯朝桌上一擺，杯子都震碎了。眾人一片叫嚷，同聲譴責這個下流粗野的軍人，這同時也是一股怒氣，一種爲抵禦外侮所形成的團結陣勢，彷彿強迫脂肪球犧牲也等於強迫他們每個人犧牲一樣。伯爵以厭惡口吻宣稱這些人的作風就像古代的野蠻人。尤其是幾個女人都對脂肪球表達了強烈又憐愛的同情。而兩位吃飯時才現身的修女，則低下頭，一句話也沒說。

第一陣狂怒平息後，眾人照舊用晚餐，只不過話說得很少——大家都在思索著。

女士很早就回房休息，男人則邊抽菸，邊組成兩人對打的紙牌遊戲。佛朗維先生也受邀加入，眾人的用意無非是想技巧性地問問，有沒有什麼辦法能消解軍官的對立態度。但他只想著手上的牌，什麼也沒聽、什麼也沒回答，只一再地說：「打牌，先生們，打牌。」他的注意力太緊繃，連吐痰都給忘了，胸腔時而產生音樂裡延長音的效果——肺部發出了噓聲，哮喘時聽得見的音調一應俱全，從低沉厚重、到年輕公雞試啼般的尖銳嘶啞聲所在多有。

甚至當妻子睏得撐不住、叫他睡覺時，他還拒絕上樓去，她只好獨自離開。因為她是「早起型」的，總是太陽出來就起床；而他是「晚睡型」的，總是隨時準備和朋友度通宵。他朝她喊道：「你把我的甜蛋酒擱在爐火前熱著。」然後又開始玩牌。眾人看出無法從他身上打聽出什麼，便宣布牌局該散了。各個都回房睡覺。

4

隔天，大家仍起得很早，心裡抱著不確定的希望，想離開的慾望更強烈了，還得待在這討厭的小旅館，令人恐慌。

唉！馬匹仍留在馬廄裡，車夫依舊不見蹤影。眾人無事可做，只能繞著馬車來來回回地走。

早餐氣氛哀傷，眾人對脂肪球的態度似乎轉淡——畢竟夜晚容易引來思索，他們的看法經過一夜已有些許改變。現在，大家幾乎都在責怪這個女孩，怪她沒有暗地偷偷去找那個普魯士人，讓同行旅伴在一覺醒來後得到一個意外驚喜。還有比這更簡單的嗎？況且，又有誰會曉得呢？她為了保全面子，大可對軍官說是因為憐憫眾人的處境才答應的。這種事，對她而言，算不了什麼！

但沒有人坦承這些想法。

下午，人人煩悶得要命，伯爵於是建議到城鎮近郊散步。每個人無不仔細地把自己包裹暖和，這一小群人出發了。高爾尼岱除外，他情願留下來靠在爐火邊取暖；修女也不去，她們白天都在教堂或神父家度過。

寒氣一天比一天嚴酷，像針一樣刺痛鼻子和耳朵，雙腳也疼痛難當，每走一步都像在受苦刑。當田野展現在眼前，只見冰雪下覆蓋著無止盡的白茫一片，景象淒慘得嚇人，所有人立刻調頭離開，無不感到靈魂凍結，心痛苦地緊縮著。

四個女人走在前面，三個男人在後頭較遠處跟著。

瓦叟很了解情況，突然問道，這「臭婊子」是不是還要讓他們一直在這該死的地方待下去。伯爵始終彬彬有禮，他說不能強迫一個女人如此艱難地犧牲，必須是她自己願意這麼做才行。卡瑞・拉馬東先生指出，假設法軍如大家所討論的那樣從迪耶普反攻，那麼兩軍交戰的地方就只能在托特。另外兩位聽了這個想法憂心忡忡。瓦叟回應：「咱們就徒步逃命。」伯爵聳聳肩膀：「您是這麼想的？在這樣的大雪裡？帶著我們的妻子？再說，他們立刻就會追上來，十分鐘就能捉住我們，把我們當俘虜帶回，任憑士兵擺布。」這是實情，三人都沉默不語了。

女士則談論穿著打扮，但她們之間似乎存著某種拘束，談話一直無法很投機。

忽然，在街道另一端，那位普魯士軍官現身了。他身穿制服，胡蜂般的細腰高䠷身影映在遮蔽天際的積雪上，輪廓顯得異常清晰；而張開膝蓋走路，則是軍人穿長靴步行時特有的姿勢，爲的是不讓細心擦拭過的軍靴沾染髒污。

在走過幾位女士近旁時，他欠了一下身；對那些保持著尊嚴未脫帽的男人（儘管瓦叟作勢想摘帽子），則輕蔑地看了一眼。

脂肪球臉色脹紅，直紅到耳根。三名已婚婦人深覺受辱，畢竟軍官曾放肆地要求過脂肪球，而她們偏偏跟這女孩走在一塊兒遇見了他。

於是她們談論起這位軍官，談到他的身形樣貌。拉馬東夫人認識許多軍官，並且善於評價他們，她覺得這位很不錯，甚至惋惜他不是法國人，不然倒可成爲極漂亮的輕騎兵，所有女人肯定爲之著迷。

回到旅館後，大家都不知該做些什麼才好，稍碰觸些無意義的小事，便一觸即發話語尖刻。晚餐在靜默中很快結束，人人都上樓就寢，希望藉睡覺消磨時間。

隔天下樓，眾人無不神色疲倦，心情惱怒。女人幾乎不和脂肪球說話。

教堂鐘聲響起，正在舉行受洗典禮。脂肪球曾經生了個孩子，養在依伍多[20]一處農民家裡。她一年見不到一次孩子，也從不想念他，但眼下想到這個即將受洗的小孩，內心突然對自己的孩子產

20依伍多（Yvetot）：位在法國諾曼第大區內，盧昂西北方的一個小鎮。

生強烈愛憐，無論如何也要去參加這場儀式。

她才剛離開，眾人便你看我、我看你地把椅子聚攏在一塊兒，因爲都感覺到是必須做決定的時候了。瓦叟靈機一動，主張向軍官提議只留下脂肪球一人，讓其餘的人先走。

佛朗維先生仍舊負起傳話的差事，但很快便走下樓來。日耳曼人深諳人性本質，把他趕出門外，還聲明只要慾望沒被滿足，就會一直扣留所有的人。

瓦叟太太爆發了她那股下等平民的脾氣：「我們總不能老死在這兒。既然這個娼妓的職業就是和所有男人做那種事，我認爲她沒有權力拒絕這個、偏愛那個。我倒要請教你們一下，在盧昂，所有她看到的都要了，連車夫她也要！對，夫人，就是那個省政廳的車夫！我啊，我可清楚得很，他常來我店裡買酒。而今天，要她幫我們解決困難時，她卻裝腔作勢，這個不要臉的黃毛丫頭！……這個軍官，我覺得他的舉止很正經，他也許很久沒有碰女人了。我們三個一定比脂肪球更合他意，但沒有，他只要得到這個隨便的女人就滿意了。他尊重已婚的婦女。你們想想看，他在這裡是主子，只消說一聲『我要』，就可以和部下一起用蠻力得到我們。」

另兩個女伴聽了無不打起小小寒顫。漂亮的拉馬東夫人雙眼閃閃發光，面色有些蒼白，覺得自己彷彿已被軍官強行占有。

原本在旁討論的男人也都靠攏了過來。瓦叟情緒激昂，想把這個「賤人」手腳捆起來交給敵人。但伯爵出身三代外交官世家，又具有外交使節架勢，主張運用機巧手腕行事，說：「必須勸勸她了。」

於是，大家祕密籌畫計謀。

女人緊靠在一起低聲說話，眾人廣泛討論著，每個人都發表了意見，且說出的話都很得體。這些婦人尤其找了些細膩說法，以微妙文雅的措辭表達最淫穢的事物。由於話說得謹愼含蓄，在一個局外人聽來是絲毫不懂的。不過，這層保護著上流社會女人的薄薄廉恥心所覆蓋的不過是表面，在這樁下流的意外事件中，她們個個心花怒放，事實上，簡直玩瘋了，感覺這情況極適合自己發揮，簡直如魚得水，在撮合情愛的過程中感受著聲色刺激，就像個貪吃的廚師替別人準備餐點那樣。

到最後，這故事在他們眼裡似乎顯得好笑，自然而然引發了愉快的心情。伯爵想到幾個稍嫌大膽的笑話，由於敘述得很含蓄巧妙，所以只引起了微笑。瓦叟則脫口說出一些較爲不堪入耳的放蕩詞句，大家聽了也沒感到不快。瓦叟太太的粗魯意見倒獲得了一致認同：「既然是這女孩的本業，爲什麼她偏偏拒絕這一位、而不拒絕另一位呢？」溫柔的拉馬東夫人甚至似乎想著，換作是她，她會拒絕別人，而不拒絕這位呢！

大夥花了很多時間準備封鎖之道，彷彿要對付一座被包圍的堡壘似的。每個人商妥該扮演的角色、引用的理由，及行使的手法。他們談定進攻的計畫、欺騙對手的策略，以及該如何趁其不備襲擊，迫使這個活碉堡在自己的基地上接待敵人。

其間，高爾尼岱遠遠坐在一旁，一副全然事不關己的態度。

大夥集中注意力專心商量，以至於沒聽見脂肪球進門的聲音。伯爵輕輕噓了一聲，所有人這才抬起眼來——她就在眼前。眾人忽然閉不作聲、表情尷尬，沒法和她交談。伯爵夫人相較於其他人，更嫻熟交際場上心口不一的作風，便問：「受洗典禮，有趣嗎？」

胖女孩的心情還很激動，描述了一切給大家聽，包括參加者的臉孔、表情姿態，甚至教堂的外觀。她還加上一句：「有時候，禱告眞是挺有益處的。」

直到午餐時分，婦人無不對她親切和氣，爲的是增加信任感，好讓她能更順從勸告。

待一坐到飯桌邊，大夥便著手步步逼近。先是談話裡隱約提及捨己爲人的議題。有人舉出古代的例子「居蒂特和賀洛斐爾納[21]」，接著無來由地說到「露克絲和塞克都斯[22]」，又說克麗奧佩脫拉[23]如何將敵軍的每位將領先後引到床上，讓他們如奴隸般屈服於她。之後，還講述了一則荒誕的故事，情節之天馬行空只有這群無知的百萬富翁才想得出來。在故事裡，羅馬女公民來到卡布，使漢尼拔及其副將們、成隊的外國傭兵，全都沉睡在她們懷裡[24]。所有那些曾把自己身體當戰場、作爲壓制敵人方法和武器，以此阻擋了征服者的女人，全都被一一列舉出來——這些女子以英勇的愛撫戰勝醜惡可憎的敵人，爲復仇與盡忠犧牲了貞操。

他們甚至還含蓄地談及那個出身名門的英國女子，故意使自己染上一種可怕的傳染病，想再把病傳給拿破崙一世；但到了致命的約會時刻，拿破崙竟因一陣突來的暈眩奇蹟般逃過一劫。

眾人無不恰如其分而節制地敘述著種種事件，其間不時爆出熱烈稱讚，用來激起與古人較勁的好勝心。

末了，人們簡直就要相信女人在世上唯一的使命，就是永無休止地個人犧牲、持續不斷地委屈自己，聽任大兵們反覆無常的擺布。

兩位修女似乎什麼也沒聽見，陷入了深思之中。脂肪球則一句話也沒說。

整個下午，大夥都在讓她自行思索。不過，他們原本都稱呼她「夫人」，現在卻改口簡單稱其

---

21 居蒂特（Judith）是傳說中的猶太女英雄，她引誘敵軍將領賀洛斐爾納（Holopherne），灌醉他，趁其熟睡時割下他的頭顱。

22 露克絲（Lucrèce）是羅馬一名已婚婦女，當時羅馬國王有個兒子名叫塞克都斯（Sextus），他瘋狂愛上露克斯，並強姦了她，露克絲因羞愧而自殺。之後，露克絲的丈夫與弟弟趕走了羅馬國王，建立共和政體。

23 克麗奧佩脫拉（Cléopâtre VII, 69B.C～30B.C.）：世稱「埃及豔后」，古埃及王朝的末代女王。大多數的西方藝術作品中，將她描述成集知性、美貌和性感於一身的超級大美女，為保護國家免受羅馬併吞，先後色誘凱撒大帝（Gaius Julius Caesar）及其手下馬克・安東尼（Marc Antoine）。

24 漢尼拔（Hannibale Barca, 247 B.C～183 B.C.）：西班牙的將軍和政治家，是羅馬人的宿敵。據歷史記載，漢尼拔於西元前二一五年的冬天，率領大軍攻占義大利南部古城卡布（Capoue）。此城風景優美，人民生活富裕，將軍決定暫緩南進計畫，駐紮當地過冬，城中居民態度友好，善意款待。日後，羅馬人再度奪回該城，為懲罰卡布城人背叛羅馬的行徑，大肆放火殺戮，幾乎將卡布夷為平地。因此，本段描述羅馬女公民在卡布城色誘漢尼拔及其部隊救國的故事，應為杜撰，並非史實。

爲「小姐」，沒有人知道箇中原因，彷彿不自覺地想把她從已攀登上的受尊敬位置往下降一級，讓她感受到自己可恥的地位。

正當大夥用著湯時，佛朗維先生再次出現，仍重複著昨天那句話：「普魯士軍官要我問一下伊麗莎白．胡森小姐，她是不是仍然沒有改變主意。」

脂肪球冷冷地回答：「沒有，先生。」

晚餐時，聯盟的力量減弱了。瓦叟說了三句失當的話。每個人都絞盡腦汁找尋新例子，卻什麼也沒找到。這時，伯爵夫人，或許非出於事先考量、只模糊地想對天主教表達敬意，向那位年長修女問起聖徒一生做過的偉大事蹟——殊不知，有許多聖人都做過在我們眼裡被視爲犯罪的事，但只要是爲了上帝的榮耀或眾人的福祉，教會都會毫無困難地寬赦這些重罪。這是個強而有力的論述，伯爵夫人決定善加利用。或許出於默契，或許因爲任何身穿教士袍的人都擅長私下獻殷勤之舉，又或許僅僅出於一古腦不知被利用了的助人爲樂愚蠢勁兒；總之，這位年長的修女替眾人的陰謀帶來了強力支援。眾人原以爲她個性膽怯畏縮，不想此刻竟顯得大膽、說話囉嗦，且用詞激烈。這位教會人士從來不爲懷疑論的鑽研所困擾，對神學理論的看法如鐵桿般堅固，信仰從不曾動搖，良心沒有一絲不安。她認爲亞伯拉罕殺子獻神的道理非常簡單——倘若來自上天的命令要她殺掉父母，她也會毫不猶豫地立即照做；在她的觀念裡，只要意圖值得稱許，沒有什麼會讓天主不高興的。伯爵夫人便趁機利用這位意外同謀者的神聖權威，誘導修女對某句道德格言做出具感化作用的解說，這句格言是——「目的決定手段的正當性」。

她問修女：「那麼，您認爲上帝接納所有的方法，當動機純正時，行爲是可以得到神原諒的？」

「誰能懷疑這一點呢？夫人。行爲本身原該受到譴責，但常因啓發行動的想法是良善的，而變得值得敬佩。」

她倆就這麼繼續談了下去——澄清上帝的意願，預想祂的決定，使上帝關心起說實在與祂毫不相干的事。

所有這些說詞無不表達得含蓄、巧妙而謹慎。但這位頭戴錐形修女帽的神聖女子說的每句話，都在妓女憤怒的抗拒防衛牆上劃下一道道缺口。後來，談話有些偏離本題，手執念珠的女人說起所屬教會的修道院，也談她的院長還有她自己，以及身旁那位玲瓏可愛、親愛的聖尼塞佛爾修女。她們此行是被召喚到哈佛爾的幾家醫院，照料數百個患有天花的士兵。她描繪著這些可憐人的情況，仔細說明可能的病情症狀。她們因這位普魯士軍官的任性被迫停在半途，而這幾天可能已有無數法國人喪了命，她們原本是可以救活他們的。照顧軍人是她的專長，克里米亞半島、義大利、奧地利，她都待過。談起經歷過的戰役，她突然表現得像慣於戰鼓和軍號的修女隊一員，似乎生來就爲了追隨部隊南征北討，在兩軍交戰的漩渦中扶救傷兵；她們也強過隊上的長官，一句話就能制服人高馬大、不守紀律的粗魯士兵。這位貨眞價實的隨軍修女，這張遭到天花破壞、有著數不清坑疤的臉，正是戰爭帶來蹂躪的寫照。

她所說的話產生的效果極好，說完，就沒有其他人再發言了。

晚餐剛結束，眾人很快便上樓回房休息，第二天，很晚才下樓來。午飯吃得安靜。大夥留著時間讓昨天播下的種子，發芽、結果。

伯爵夫人提議午後散步。依照計畫，伯爵挽著脂肪球的手臂，和她一起走在眾人後頭。他與她說話，親熱如慈父、卻又帶點輕蔑，那是舉止穩重的男人對女孩講話時慣用的語調。他叫她「我親愛的孩子」，從他高高在上的社會地位、以他不容置疑的好聲名來看待她。他一下子便切入問題核心：「所以說，您寧可讓我們留在這裡，像您一樣，等著普魯士軍隊戰敗後遭受他們種種暴力對待，也不肯同意去做一件您生活裡經常做的事？」

脂肪球一句也沒答腔。

他溫和地勸她，爲她推演道理，用情感來感動她。他知道如何保持「伯爵先生」的身分，同時又能在必要時殷勤獻媚、恭維讚美，最終討她歡心。他極力稱頌她將如何幫了眾人一個大忙，提到對她的無盡感激；然後，突然愉快地用「你」來稱呼她，說道：「你知道，我親愛的，他以後可以誇耀曾嘗過一個漂亮女孩的滋味，說這樣的美女在他們國內不多見。」

脂肪球不發一言，走到前面一大群人裡去。

一回到旅館，她隨即上了樓回房，不再露面。大夥擔心極了——她會怎麼做呢？假如她仍堅持不肯答應，情況將變得多糟糕呀！

5

晚餐時間到了，大家等著，卻不見脂肪球。這時，佛朗維先生走了進來，宣布胡森小姐身體不適，大家可以先用餐。所有人都豎起耳朵，伯爵走近旅館主人身邊，低聲地問：「事情可妥了？」「是妥了。」爲了不違身分，他什麼也沒對同伴說，只朝他們微微點頭示意。所有人立刻如釋重負，深深吐了口長氣，臉上露出輕鬆和喜悅。瓦叟喊道：「媽的！若是旅館裡找得到香檳，我付錢請大家喝。」瓦叟太太感到一陣苦惱，因爲她看見旅館老闆正提著四瓶酒走回來。每個人突然變得愛說笑、愛吵鬧，內心充滿一股輕佻的愉快感。伯爵似乎發覺拉馬東夫人嬌媚可人，紡織廠廠主則對伯爵夫人讚美有加，交談充滿了活潑、詼諧，且俏皮話不斷。

忽然，瓦叟一臉憂慮，舉起雙臂，嚷了一聲：「安靜！」所有人都嚇一跳，閉口不再說笑，表情近乎驚恐。只見他立起耳朵聽，雙手一邊放在嘴邊做出一聲「噓」，兩眼朝天花板看，又重新豎耳傾聽，然後即恢復平常聲調，說：「放心，一切都好。」

大家先是不太明白他的意思，不久便露出了會心的微笑。

十五分鐘後，他又開始玩起相同把戲，一整晚重複了好幾次。他作勢呼叫樓上某個人、假裝向對方提出「語帶雙關」的建議，而所提的建議，靈感來自過去擔任旅行推銷員的經驗——他時而神色哀傷地嘆息道：「可憐的女孩。」或者很生氣地咬牙低語：「普魯士無賴，滾蛋！」有時，大家都不再想這件事時，他卻聲音響亮地接連喊了好幾次：「夠了！夠了！」隨後，又像自言自語般補充道：「但願我們還能見到她，可別叫這個壞蛋把她給弄死了啊！」

這些笑話雖然低級沒品，大夥卻覺得有趣又不傷人，畢竟，憤怒與其他事一樣，都和環境有關，在這些人周圍逐漸形成的氣氛無不充斥著放蕩思想。

點心時間到了，女人們自個兒說了些含蓄又風趣的影射。人人喝了不少酒，眼睛全都閃閃發亮。伯爵即便在玩樂也保有莊嚴持重的風範，他做了個很受大夥欣賞的比喻——北極的嚴冬已近尾聲，遭冰凍圍困的難民，因通往南方的大路開通而欣喜萬分。

瓦叟興致正高昂，站起身，手裡舉著一杯香檳，說：「為我們獲得解救而乾杯！」所有人都站了起來，朝他歡呼。兩位修女在婦人的慫恿下，答應把嘴唇放進從未嘗過的泡沫酒沾一沾——她們說，它像有氣泡的檸檬汽水，但味道畢竟要細緻些。

瓦叟總結了目前景況：「可惜沒有鋼琴，不然咱們就可彈一首四人對舞的舞曲。」

高爾尼岱沒說一句話，也沒動一下手勢，他看起來彷彿沉浸在嚴肅的思索中，時而氣呼呼地拉著長鬍子，似乎想把它拉得更長些。末了，近午夜，大夥就要散場，瓦叟喝得醺醺然，走路左搖右擺，忽拍拍高爾尼岱的肚子，朝他嘟囔：「今晚，您可不說笑了，公民，您什麼話都不說嗎？」高爾尼岱猛地抬起頭，以發亮駭人的眼光掃視在座的人：「我告訴你們，你們剛才的所作所為實在卑鄙無恥！」他站起身，走到門口，又說了一次：「卑鄙無恥！」便走了出去。

起初，眾人像被澆了一盆冷水，很是掃興。瓦叟呆愣在那兒，隨即恢復鎮定，接著突然捧腹大笑，口中一面重複道：「這葡萄太酸了吧，老兄，吃不到葡萄，說葡萄酸。」大夥不明白怎麼回事，他便講述了那個「走廊上的祕密」。氣氛又再度變得快樂萬分。女士們高興得像瘋子一樣，伯爵和卡瑞・拉馬東先生笑得眼淚都流了出來，他們簡直不敢相信。

「什麼！您眞的確定？他想……」

「跟你們說，這是我親眼看見的。」

「那麼，她拒絕了……」

「因爲普魯士人就住在隔壁房間。」

「這不可能吧？」

「我對你們發誓。」

伯爵笑得喘不過氣來。紡織廠廠主兩手緊捧著肚子。瓦叟又繼續說：「所以，你們明白了吧，今晚，他笑不出來，一點也笑不出來。」

三人又大笑起來，笑得肚子痛，笑得透不過氣來，直咳嗽。

眾人就這麼分手，各自回房。但瓦叟太太的個性像蕁麻一樣惱人，惡毒又討人厭，上床睡覺時，她對丈夫說，那個嬌小、脾氣又壞的拉馬東夫人整晚都在勉強苦笑：「你知道，女人們要是看上穿軍服的，管他是法國人或普魯士人，她們實在都無所謂。眞是可悲呀，老天爺！」

一整夜，在走廊的黑暗中，有種幾乎聽不見的微微顫動輕響，如呼吸聲、光著腳丫輕觸地板的聲音、難以覺察到的摩擦聲……可以確定的是，大家都很晚才睡，因爲過了很久，還有一絲絲燈光從房門底下流瀉出來。香檳酒發揮了效果，據說會擾亂睡眠。

第二天，明亮的冬日陽光照得雪地熠熠生輝。馬車終於上套，停在門口，一群粉紅色眼睛黑瞳孔的白色鴿子，披著厚厚的羽毛，昂首挺胸，在六匹馬腿間看似莊嚴地踱步，從冒著熱氣的牲口糞便裡翻撿覓食。

車夫裹著羊皮大衣坐在車座上抽菸斗，所有旅客個個容光煥發，速速叫人將路上要吃的食物捆紮妥當。

大家就只等著脂肪球一人——她出現了。

她看起來有點惶恐不安、有些羞愧，膽怯地朝旅伴走來。這些人都把臉別到一邊，彷彿沒看見她。伯爵模樣尊貴地拉著妻子手臂，讓她避開這不純潔的女子。

胖女孩爲之驚愕，停住腳步。她鼓足勇氣，靠近紡織廠廠主的妻子身旁，謙卑地輕聲說道：「早安，夫人。」這位夫人只隨便點了個頭示意，同時又像個貞節女子受辱般瞪了她一眼。所有人似乎都很忙碌，並離她遠遠的，彷彿她裙子裡帶有傳染病。然後，匆匆朝馬車跑去，留她獨自一人最後上車，她安靜地坐在和前半段旅程一樣的位子上。

大夥表現出一副無視於她、不認識她的樣子。不過，瓦叟太太帶著怒氣遠遠地望著她，低聲對丈夫說：「幸好我沒坐她旁邊。」

沉重的馬車晃動起來，旅行又再度開始。

起初大家互不交談。脂肪球始終不敢抬起眼來，她對旅伴感到憤怒，同時也覺得受屈辱——屈辱的是，她讓步了，讓這群虛僞的人把她推進普魯士人的懷抱，被普魯士人的親吻給玷污了。

可是不久，伯爵夫人便打破這難受的沉默，轉頭對拉馬東夫人說：「我想，您應該認識伲泰爾夫人吧？」

「認識，她是我的朋友。」

「多麼迷人的一位女子啊！」

「簡直太美了！一個眞正的菁英分子，還非常有學識，而且是個十足的藝術家，她唱歌令人陶醉，繪畫直臻化境。」

紡織廠廠主則與伯爵聊天，在車窗玻璃的晃動聲中不時冒出商業詞彙，如「息票」「即期票據」「溢價」「期貨」等。

瓦叟從旅館老闆那兒偷來一副紙牌，和太太玩起貝西格牌戲——這副老舊紙牌在擦也沒擦乾淨的牌桌上用了五年，磨來磨去，沾滿了油垢。

兩位修女取下垂掛在腰帶上的長念珠，一齊在胸前畫個十字，之後嘴唇忽然快速動了起來，越動越快，像念祈禱文比賽似地加速口中的喃喃模糊詞句，不時親吻一塊聖牌、重新畫十字，再開始她們那急促不斷的嘀咕聲。

高爾尼岱坐著動也不動，想自己的事。

過了三小時路程，瓦叟收拾好紙牌，說：「肚子餓了。」

於是他太太拿來一個以繩子紮好的紙盒，從裡面取出一塊冷牛肉。她俐落地把肉切成結實的薄片，兩人開始吃將起來。

伯爵夫人說：「我們也來吃吧！」大家都同意。她解開為兩對夫婦準備的食物包裹。那是個橢圓形的盆子，盆蓋上以釉彩畫著一隻野兔，用來標示裡頭裝了野兔肉凍，那是種味道鮮美的肉類製品——成排的肥豬油像白色小溪流般橫跨在棕色兔肉上，中間還拌有剁得極細的其他肉類。此外，還有用報紙包著的一大塊瑞士出產乾酪，報紙印著的《社會新聞》字眼在油膩膩的乾酪上仍清晰可見。

兩位修女解開一截嗅起來有大蒜味的香腸；高爾尼岱則雙手同時伸進寬腰身大衣的兩個大口袋，一隻手取出四顆煮熟的雞蛋，另一隻手掏出一段麵包。他剝掉蛋殼，扔在腳下的草堆裡，咬起雞蛋來，蛋黃細屑掉落在他大鬍子上，像掛在裡頭的一顆顆小星星。

於匆忙慌張中起床的脂肪球，沒想到要準備什麼。她看著這些人平靜地吃著東西，憤怒萬分，氣得呼吸困難幾乎窒息。狂暴的怒火先使她肌肉緊縮，張開嘴想好好斥責他們的所作所為，一連串辱罵的話已湧至唇邊，但怒氣強烈地哽住了喉部，讓她說不出話來。

沒有一個人看她、想到她，她感覺自己被這群正派的無恥之徒，所流露出的輕蔑淹沒了——這些卑鄙的人先犧牲她，然後當她是骯髒無用的東西般丟棄。她想起自己那只盛滿美味食物的大籃子，他們曾貪婪吃光裡頭的東西，還有那兩隻覆蓋在雞汁凍下油亮亮的雞，她那幾罐肉醬、梨子以及四瓶波爾多紅酒。她的憤怒像繃得太緊而斷裂的繩子那樣陡然往下跌，覺得自己就要哭出來了。但仍使盡全力忍住，像個孩子般吞嚥著嗚咽，但眼淚還是升了上來，眼皮周邊因沾濕淚水而發亮。沒多久，兩顆大淚珠脫離眼睛，慢慢順著雙頰滾落；其餘淚珠流得更快，彷彿岩石滲出的水滴規律落在她圓鼓鼓的胸脯上。她挺直身子坐著，眼光定定地望著前方，神情僵硬，臉色蒼白，只希望沒人看見她。

但伯爵夫人發覺了，使了個眼色通知丈夫。伯爵聳聳肩膀，像是在說：「你想怎麼辦，這又不是我的錯。」瓦叟太太臉上露出勝利的笑容，低聲說道：「她是因爲丟臉才哭。」

兩位修女將剩下的香腸捲起包在一張紙裡，又開始念經。

高爾尼岱正在消化剛剛吃下的雞蛋，他一雙長腿伸直到對面的長凳下方，身體朝後仰，手臂交叉，像個剛發現了有趣笑話的人一樣，臉上浮現微笑，輕輕用口哨吹著〈馬賽曲〉[25]。

25〈馬賽曲〉（la Marseillaise）：創作於法國大革命時期，來自馬賽、支援巴黎起義的人民志願軍曾高唱此歌，因而得名，後成為法國國歌。

所有人的臉都沉了下來。這首人民之歌顯然讓同車旅伴不快，他們變得惱怒而神經質，就像一群聽到手風琴聲的狗，看起來隨時準備大嚷大叫。高爾尼岱察覺了，口哨一點也不想停，甚至不時哼著歌詞——「祖國神聖的愛／請引導，支持我們復仇的雙臂／自由，珍愛的自由／請與你的守衛者一同戰鬥！」

地上的積雪凍得較堅實了，馬車也走得較快了。在漫長而沉悶的幾個小時旅程中，在馬車沿途的顛簸顫動下，在夜晚降臨之際，然後在車廂內深沉的漆黑裡，這直達迪耶普[26]的一路上，他始終頑固而執拗地吹著那極具復仇意味的單調旋律，迫使這些疲乏憤怒的腦袋從頭到尾傾聽他的歌聲，不由得順著節拍憶起對應的歌詞。

而脂肪球一直在哭，有時在兩段歌詞之間，黑暗中會傳來她壓抑不住的啜泣聲[27]。

——〈脂肪球〉（Boule de suif），最早收錄於一八八〇年出版的《梅塘夜譚》（Les Soirées de Médan）文集[28]

26 迪耶普（Dieppe）：法國諾曼第地區北部的一個港口都市，位於盧昂城西北方，哈佛爾港（Le Havre）東北方，與哈佛爾港同樣瀕臨英吉利海峽。不過，迪耶普距離盧昂更近些，這便是為何故事中，盧昂在地幾位公民旅客「要先經陸路前往迪耶普，再乘船轉赴港口（哈佛爾）」。

27 「脂肪球」真有其人，真實姓名叫做阿德里安娜・勒蓋（Adrienne Legay, 1842~1892）。此女是盧昂城的一名高級妓女，出生於諾曼第海邊的一座小村莊，二十歲時成為某位軍官的情婦，後被始亂終棄，從此逐步踏入風塵。經人介紹結識了莫泊桑，兩人曾有過一段交往。友人稱讚她為人忠誠、心地善良，曾獨力撫養因肺結核死去的朋友所留下的孩子，但男孩長大後卻以她為恥，避不見面。她年華老去後，經商失敗，投靠兄弟，當過裁縫女工，最終染上毒癮，自殺身亡。因體態豐滿，傳聞她是〈脂肪球〉的女主角，但她本人始終否認。

28 《梅塘夜譚》：小說合集，出版於西元一八八〇年，由六部中、短長篇小說組成。寫作計畫由自然主義派創始作家左拉發起，其餘參與的五位皆為當時年輕作家，他們晚間經常在巴黎近郊左拉的住處「梅塘之家」（Maison de Médan）聚餐，合集以此為名。六篇小說的主題皆與普法戰爭有關，其中以莫泊桑的〈脂肪球〉和左拉的〈磨坊突擊〉（l’Attaque du Moulin）較為人知。尤其是〈脂肪球〉，在大獲成功之際，也為莫泊桑奠定了在文壇的基礎。

小酒桶

埃普密勒市[1]的旅館老闆奇克，將輕便馬車停在瑪格洛爾大媽[2]的農莊前。這是個朝氣蓬勃的高大男子，年方四十、氣色紅潤、大腹便便，是號詭計多端的人物。

他把馬栓在柵欄的木樁上，然後走進院子裡。他擁有一塊田產，和瑪格洛爾大媽的農莊相連，一直以來總覬覦著大媽這份產業——屢次試圖購買這片土地，卻總爲大媽固執地拒絕，她說：「我生在這裡，也要死在這裡。」

他發現大媽正在門口削馬鈴薯皮。她已經七十二歲了，枯瘦、駝背、滿臉皺紋，但做起事來像年輕女孩似的從不知倦。奇克友善地拍拍她的背，接著在她身旁一張矮凳坐下。

「怎麼樣，大媽！身體這一向可還硬朗？」

「還不壞，您呢，普洛斯培老闆？」

「唉！唉！有幾處疼痛，要不然，可就稱心如意了。」

「那就好，大家都好！」

她不再說話。奇克看著她幹活兒——她那骨節突出、彎曲成鉤形、堅硬如蟹爪的手指，像鉗子般從柳條筐裡抓起一粒粒淺灰色塊根，迅速地旋轉著它們；另一隻手則持一把老舊的刀子，長長的帶狀馬鈴薯皮在刀刃下一片片脫落。當整顆馬鈴薯都變成黃色時，便被扔進了水桶中。三隻大膽的母雞，一隻跟著一隻過來，直走到她裙襬裡啄食馬鈴薯皮，然後叼著牠們的戰利品，急忙逃開。

奇克似乎侷促不安，他焦慮、猶豫著，有些話在舌尖繞，又不想說出口。最後，終於下定決心：「我說，瑪格洛爾大媽……有什麼我能幫忙的嗎？……這個農場，您還是不願意把它賣給我嗎？」

「這件事，不行。您別指望了。已經講過的事，就甭提了。」

「現在是因爲，我找到了一個讓我們雙方都合意的解決辦法。」

「什麼辦法？」

「是這樣的。您把農莊賣給我，然後農莊仍舊由您照管。您不明白嗎？您且聽聽我的道理。」

老婦人停下削皮動作，皺紋橫生的眼皮下，一雙炯炯有神的眼睛直盯住旅館老闆。

---

1 埃普密勒（Epreville）：法國諾曼第地區塞納濱海省（la Seine-Maritime）北部的小市鎮。傳統上以牛隻畜牧業為主，自十九世紀起，也發展農業。

2 瑪格洛爾，是法文「magloire」的音譯，中文意思是「我的榮耀」。

對方接著說：「我來解釋。我每個月給您一百五十法郎。您聽好——每個月，我駕著我的輕便馬車到這裡來，給您送上價值一百蘇的埃居[3]三十個。其餘一切照舊，完全沒有任何改變。您仍然住在您的家裡，您也不必操心我這邊的事，您什麼都沒欠我，只管拿我的錢就好。這樣您看行不行？」

他看著大媽，一臉笑意，一副心情愉快的模樣。

老婦人端詳著他，一臉不信任地找尋其中的陷阱，問道：「這些，是專對我的，但您那方面呢？這座農莊，您並沒有得手啊？」

旅館主人又說了：「您不用擔心這個。只要老天爺讓您活一天，您就待在這裡一天。這兒是您的家。只不過，您要到公證人那兒爲我簽一張小字據，說明在您身後，農莊歸我所有。您並沒有子女，只有幾個幾乎不太在意的姪子。這樣您說好不好呢？在您有生之年，您保有您的產業，而我每個月給您三十個價值一百蘇的埃居。這對您而言，算是筆額外收入。」

老婦人驚訝、不安，卻也有點心動，回道：「我並不是說這樣不行。只是，我想在這件事上好好考慮清楚。您下星期再回來談一談，我會答覆我的想法。」

奇克老板走了，開心滿足得像個剛征服了一座帝國的國王。

瑪格洛爾大媽左思右想，當天夜裡睡不著。接連著四天，她都在猶疑反覆、躊躇不定的興奮狀態下度過。她可以嗅出裡頭必有對自己不利之處，可是，一想到每個月三十埃居，想到什麼都不用做，這樣一筆叮噹作響的鉅額金錢，從天上就這麼朝她掉下來，滾進她的圍裙裡；慾望使她心神不寧，極度煎熬。

她於是去找公證人，講述了這情況。公證人勸她接受奇克的提議，但向他要求五十個值一百蘇的埃居，而非三十個，因為她的農莊起碼價值六萬法郎。公證人說：「假如您活十五年，依照這個方式付費，他也不過付出了四萬五千法郎。」

老婦人一聽將來每月能拿到五十個價值一百蘇的埃居，喜得直打哆嗦。不過，她始終抱持懷疑態度，害怕種種意料不到的情況，擔心裡面暗藏著什麼詭計，於是又東問西問，直待到晚上，還是沒法下決心離開；最後，才總算吩咐公證人準備文件，她自己則像喝了四罈新釀的蘋果酒一般，腦袋混沌地回家去。

當奇克前來聽取答覆時，她讓對方懇求了許久，宣稱自己不想賣，內心卻憂懼重重，擔心他不同意給五十個價值一百蘇的錢幣。到了最後，由於他再三央求，她才說出要求的條件。

奇克跳了起來，既沮喪又失望，而且一口回絕。為了說服他，瑪格洛爾大媽在自己可能活多久這件事上，編出一串道理：「我肯定最多只能再活五到六年。我就快七十三歲了，到了這個年紀，身子也不健壯了。有天晚上，我以為自己就要死了，感覺體內的五臟六腑正在被掏空，虛脫無力，

3 埃居（écu）：法國古代錢幣名稱，一埃居等於一百蘇。

後來還得讓人把我抬上床。」

可是奇克並沒有上當：「好啦！得了吧！老作法了，您結實得像教堂的鐘樓一樣。肯定活得比我久，至少還會活到一百一十歲。」

整個大白天就這樣耗在不斷爭論之中。由於老婦人堅持不讓步，旅館老闆最終只好答應每個月給她五十埃居。

第二天，他們就在字據上簽了名。而瑪格洛爾大媽還額外要求了十埃居的酒錢。

三年過去了。老太婆的身體非常健康，看不出比從前老了多少，倒是奇克陷入絕望之中。他覺得自己好像已經支付這筆定期租金半世紀之久了，他感到上當、被欺騙、破產了。他每隔些時日就去探望農莊女主人，就像七月間人們到田裡察看小麥是否成熟、能否動鐮刀收割與否那樣。她接待他時，眼裡總閃著一絲狡黠，看到的人大概會說她肯定很慶幸自己成功作弄了他。他則通常很快地登上輕便馬車，一面嘟囔著說：「骷髏骨架子，你就是死不了！」

他不知該怎麼辦。一見到她，恨不得掐死她。他對她懷著一股兇殘、陰險的恨意，有如農民遭竊之後產生的那種憎恨。

於是，他只得尋求其他手段。

終於有一天，他又回來看瑪格洛爾大媽，他就像第一次對她提出交易方案時那樣，搓著雙手。閒聊了幾分鐘後，他說：「哎呀！大媽，您到埃普密勒時，為什麼不來我那兒吃頓晚餐呢？別人都在背地裡說閒話，說咱們鬧翻了，不是朋友了，我聽了很難過。您要知道，在我店裡，您不需要付錢，我是不會斤斤計較一餐飯的。您什麼時候想來就來，別客氣，我會很高興的。」

瑪格洛爾大媽無須人家再三邀約，僅隔一天，就出發去了。她坐在有篷蓋的劣等小馬車上，由雇工塞勒斯坦幫忙趕車到市場，趁此機會，她毫不客氣地把馬匹安置到奇克老闆的馬廄裡，然後進旅館，吃他答應的那頓晚餐。

旅館主人容光煥發、笑容可掬，像款待貴婦般招待她，為她端來雞肉、豬血香腸、碎肉灌熟腸、羊後腿及肥肉燒捲心菜。可是，她從小飲食樸素慣了，一向都只喝一點點湯和吃一小塊塗上奶油的麵包皮過日子，因此幾乎什麼也沒吃。

奇克堅持要她多吃點，最後還是失望了。她也不喝飲料，還拒絕喝咖啡。

奇克問道：「您總不介意喝一小杯酒吧？」

「啊，酒呀！好吧。我倒可以喝一點。」

他使出全力，放開喉嚨，朝旅館另一頭高喊：「羅薩莉，拿酒來，要上等的，最高級的白蘭地。」

女僕走過來了，手裡拿著一只飾有紙製葡萄葉的細長瓶子。

他倒滿兩小杯。

「大媽，嘗嘗這個。這可是極出色的好酒。」

老婆婆一小口一小口地慢慢啜飲，想延長美酒在口中的愉悅感。喝完，還將杯中最後幾滴酒吸吮乾淨，說：「這酒，不錯，是上等的。」話還沒講完，奇克就替她斟上第二杯。想拒絕，已太遲，她像喝第一杯酒那樣津津有味地品嘗了許久。

他想讓她再喝第三杯，但她婉拒了。他一再勸說：「您看看，這酒，簡直像牛奶一樣，要我喝個十杯、十二杯，都不礙事。它喝進去就像糖一樣融掉，既不傷胃，也不頭暈，在舌頭上就蒸發掉了。沒有什麼比這個對身體更有益的了！」她本來就很想喝，因此接受了，不過，只喝了半杯。

這時，興頭上的奇克表現得極為慷慨，大聲說：「啊，既然您喜歡喝這種酒，我就給您送一小桶過去，向您表示一下我們永遠是一對好朋友！」

老太婆沒說不要，帶著微微醉意離開了。

第二天，旅館老闆進到瑪格洛爾大媽的院子裡，從車子底部拉出一只箍著一圈鐵皮的小木桶，然後想讓她嘗嘗桶子裡的酒，證明就是昨天喝的那種上等白蘭地。他倆各喝了三杯，之後他一邊準備離開，一邊說：「再說，您是知道的，喝完了以後，我那兒還有。您可別客氣。我不是個吝嗇的人。您越早喝完，我越高興。」

他又坐上輕便馬車走了。

四天後，他再度回來。老婦人正在家門口，忙著切配濃湯吃的麵包。

他走到她身邊問好，湊近她鼻子說話，為的是聞一聞她呼出的氣息——他嗅到一陣酒味，臉上頓時露出喜色，說：「您可要請我喝一杯？」他們又乾杯了兩三次。

可是不久，地方上便傳言瑪格洛爾大媽獨自一人酗酒。人們到處幫忙攙扶她，有時醉倒在自家廚房，有時倒在院子，有時倒在附近的大路上，醉得像死屍那般癱軟無力，還得讓人抬回家。

奇克不再上她家。當有人提起這名老農婦，他便滿臉悲傷低聲地說：「她這把年紀了，還染上這種惡習，不是太不幸了嗎？人老了，實在沒辦法。你們瞧吧，到頭來，這東西會讓她吃大虧的！」這確實讓她吃了大虧。在接下來那個冬天裡，耶誕節快到時，她喝得爛醉，倒在雪地裡，死了。

奇克老闆繼承了農莊，一邊說道：「這個鄉下女人，要不是這麼嗜酒，還可以多活上十年呢！」

——〈小酒桶〉（Le petit fût），原刊於一八八四年四月七日《高盧人》日報

狼

在德・拉威爾男爵家中舉行的聖于貝爾節[1]晚宴結束時，年老的達維爾侯爵爲我們講了一段故事。當天白天我們曾追捕一頭鹿，侯爵是賓客中唯一沒有參加追逐行動的人，因爲他從不打獵。整個盛大餐會過程中，大家幾乎都在談論對動物的大肆殘殺，就連婦女也對這些通常難以置信的血腥描述很感興趣。而敘事者則高舉著雙臂，以雷鳴般的聲音模仿攻擊野獸、與野獸戰鬥的動作及表情。

達維爾侯爵講得頗出色，言談中帶有某種略顯浮誇的詩意，效果卻極生動。他想必經常重複這則故事，因爲說得很流暢，絲毫無須猶豫或考慮字詞的選用好讓畫面更栩栩如生。

以下是他講的故事：「諸位先生，我從來不曾打獵，我的父親、祖父和曾祖父也從不打獵。但高祖父所打過的獵卻比在座各位都要多。他死於一七六四年，我這就告訴你們他是怎麼死的。

「他名字叫讓，當時已經結婚生子，所生的孩子就是我曾祖父。高祖父和他弟弟馮索瓦・達維爾一起住在洛林[2]，位於一大片森林的城堡之中。由於酷愛打獵，叔高祖父馮索瓦・達維爾那時仍未成家。

「他倆一年到頭都在打獵，無休息、不停止，也不厭倦。他們只喜歡這件事，其餘的事完全不懂，只談論打獵，似乎只爲打獵而活。他們內心懷著這樣一股堅實不可催的可怕熱情，情感之激烈如火一樣燃燒著他們，侵入遍及全身，別無其他任何東西容身之處。

「打獵時，絕對禁止旁人打擾他們，不管有任何理由。我曾祖父出生時，他父親正在追趕一隻狐狸。讓・達維爾非但沒中斷行程，反而咒罵：『見鬼，這個小壞蛋爲什麼不能等到獵物被圍住以後才出來！』

「叔高祖父馮索瓦的性情則更剛烈暴躁。他每天一起床就去探望狗群，然後去看他那幾匹馬，然後在城堡周圍射小鳥，直到出發去捕捉某種大野獸爲止。

「地方上的人稱呼他們侯爵老爺和二老爺。那時的貴族和我們當今廉價的貴族階級不同，現在

1 聖于貝爾節（Saint-Hubert）：聖于貝爾，遠從西元九世紀起就被天主教奉為「狩獵者」的主保聖人，人們也祈求祂保護狗群和馬匹的安全。每年的這個節日，騎士和獵人狩獵團隊都會聚在一起舉行聖于貝爾彌撒或簡單的降福儀式。

2 洛林（Lorraine）：位於法國東北部，與德國接壤，盛產鐵砂、煤等，冶煉、機械相關工業發達。莫泊桑的父系家族原為洛林地區貴族，十九世紀中葉始遷至西北部的諾曼第地區。

的貴族想在爵位上建立一種世襲的等級制度。當時並不這麼做，原因在於——正如將軍之子不可能生來就成爲上校，侯爵的兒子也不會一出生就是伯爵，子爵的兒子也不會成爲男爵[3]。可是，時下偏狹的虛榮心卻認爲父子相傳的作法是正確的。

「我再回頭來說說我的祖先。據說他們兄弟倆的體型特別壯碩，骨骼粗大，渾身長著濃毛，個性暴烈且精力充沛。年輕的馮索瓦個頭比哥哥還高，嗓音很宏亮，有個讓他引以爲榮的傳說是——他一叫喊起來，整片森林的樹葉都會簌簌抖動。當他們騎上馬背準備出發打獵時，看到這兩個巨人跨坐在他們高大的馬匹上，場面必定很壯觀。

「一七六四年冬天快要走到一半的那段日子，天氣出奇寒冷，狼群因此變得十分凶殘。牠們甚至攻擊晚上遲歸的農民，夜裡在住屋四周遊蕩，從太陽下山一直嗥叫到太陽升起，牲畜棚裡的牲口不斷減少。

「不久有謠言散播開來。傳言中，提到一隻皮毛近乎白色的巨大野狼，已吃掉了兩個孩童、咬下一個女人的手臂，還把當地所有看門犬的脖子都給咬斷，且毫無畏懼地闖入住家圍牆內，來到房門底下聞嗅。所有居民都表示曾感受到牠的呼吸，蠟燭火焰給吹得搖晃跳動。不多時，驚惶恐慌的氣氛遍及了整個省區。只要夜晚一降臨，再無人敢出門。黑暗中似乎隨處都有這頭野獸的影子出沒。

「達維爾兄弟決心找到牠，並殺了牠，他們邀請地方上的貴族參與這個大規模獵捕行動。結果卻徒勞無功。大夥白費了力氣在森林裡尋找、在灌木叢中搜索，始終沒有遇到牠。獵人打死了幾匹狼，但都不是他們要找的那一隻。每回圍捕過後的當天夜裡，這頭畜生彷彿爲了報復似的，總會出現在遠離人群搜尋的地方，攻擊路過的旅人或吞噬一頭牲畜。

「後來，某天夜裡，野狼竟潛入達維爾城堡的豬圈，把他們兩頭最好的小豬吃掉。兄弟倆大爲光火，視此次攻擊爲怪物的故意頂撞、直接侮辱、公然挑釁，於是帶領旗下所有慣於追逐猛獸的強壯獵犬，懷抱著滿腔憤怒，展開追捕。

「從曙光乍現，直至太陽轉爲紫紅色、落到幾株光禿禿的大樹後面，他們尋遍了整片矮樹叢，仍找不到這隻灰狼的任何蹤跡。最後，兄弟倆既氣憤又懊惱，騎著馬，從一條兩側長滿荊棘的小路慢慢往回走，對這匹竟能重挫他們狩獵本領的狼驚異不已，由此突然生出一股難以言明的恐懼。

「大哥說：『這隻畜生很不尋常。牠簡直像人一樣會思想。』小弟回答：『也許應該找我們當主教的表兄，讓他賜福給一顆子彈，或請求某位神父誦唸一些必要的祝禱詞。』說完後，他們都沉默下來。

3 一般貴族等級由高至低的排列，分別是——公爵（Duc）、侯爵（Marquis）、伯爵（Comte）、子爵（Vicomte）、男爵（Baron）。十九世紀法國的爵位世襲制中，父親還在世時，長子的爵位降一級，如侯爵的兒子為伯爵。只在父親死後，長子方可繼承父親的爵位。

「讓接著又說：『看看太陽，它是不是很紅。大灰狼今天夜裡要鬧出災禍了。』話還沒說完，他的馬就直立起來。馮索瓦的馬也開始向後踢腿。一片被枯葉覆蓋的廣大灌木叢在他們面前分開來，一頭身軀龐大、全身灰毛的野獸突然竄出，穿越森林逃跑了。

「兄弟倆發出高興的低吼，弓起背部朝笨重的坐騎頸部彎下，使出全身力量鼓動馬匹向前；他們用聲音、手勢和馬刺，激勵導引著兩匹馬，使牠們發狂般奔跑。他們驅馬往前衝，馬匹速度之快，看上去彷彿兩個健壯的騎士以大腿夾住沉重坐騎，拉提起牠們，在地面上飛翔。

「他們就這樣一路向前飛奔，劈開矮樹叢，橫越溝壑，爬過山坡，衝進峽谷，並用力吹響號角招引手下及獵犬。就在這場瘋狂追逐中，我高祖父突然額頭猛地撞上一根巨大樹枝，頭顱裂出一個大洞。他一下子從馬背摔下來，倒在地上死了。而他那驚慌的坐騎仍繼續朝前狂奔，消失在籠罩樹林的陰暗中。

「達維爾家老二頓時勒住了馬，跳到地面，將哥哥抱在懷裡。他看到腦漿和著血從傷口流了出來。這時，他坐在屍體旁，將面孔已然變形的血淋淋腦袋放在自己膝上。一邊等待，一邊凝視哥哥這張動也不動的臉。他心底逐漸湧現了一股恐懼，一種從未感受過的奇特恐懼，是對黑暗的恐懼、對孤獨的恐懼、對荒涼樹林的恐懼，同時也是對剛剛殺了哥哥以報復他們的這匹古怪灰狼的恐懼。

「天色越來越黑，刺骨的寒冷使樹木發出劈劈啪啪爆裂聲。馮索瓦站起來，身體直打哆嗦，沒法在那裡多待一刻，他覺得自己快支撐不住了。周遭杳無聲息，既聽不到獵狗的吠叫聲，也不聞號角響，在看不見天際的黑暗中一切都靜悄悄的。冰凍夜晚裡，這種陰鬱沉悶的寂靜帶給人奇異又可怕的感受。

「他用巨人般的雙手抓住讓的龐大身軀，抬起他平放在馬鞍上，準備運回城堡，然後，慢慢地重新向前走。他像喝醉酒似的，腦筋一片紊亂，一些恐怖、驚人的幻影不斷騷擾著他。

「忽然，夜色濃密的林間小徑上有個巨大身影閃過——是那隻野獸。獵人驚恐地一陣搖晃，冷颼颼的感覺如一滴水沿著腰際滑落。他像個受魔鬼糾纏的修道士，在胸前比畫了個大大的十字。這匹行蹤不定、令人害怕的野狼再次驟然出現，使他慌了手腳。可是，當眼光重新落在橫躺自己面前那具沒了生氣的身軀時，心中恐懼瞬間化爲憤怒，無法抑遏的狂怒使他不停發抖。

「於是，他用馬刺戳馬，朝灰狼逃跑的方向衝去。他跟在狼後面，穿過矮樹林，橫渡溪澗和大樹群，穿越一些他不知其名的樹林，眼睛緊盯著那個在黑夜大地上逃竄的白點。

「他的馬似乎也被一股前所未有的動力和熱情鼓舞著，昂起頭，筆直地往前奔馳。而橫置在馬鞍上的死者，頭和雙腳不時碰撞著樹木和岩石——荊棘扯下他的頭髮，前額敲擊到粗大的樹幹，鮮血濺在樹幹上，馬刺也撕掉一片片的樹皮。

「正當月亮出現在山峰之上，動物和騎士突然奔出森林，衝進一處小山谷中。這個谷地布滿石頭，四周被巨大岩石團團圍住，不可能找到出口。走投無路的野狼調轉身來。此時，馮索瓦發出一聲快樂的嘶吼，回音如隆隆雷鳴在山谷迴盪。他跳下馬，手裡握著大刀。

「遭到激怒的野獸，毛髮豎起、背部拱圓，等在那兒，雙眼如兩顆星星閃閃發亮。在投入戰鬥之前，高大強壯的獵人牢牢抓起自己哥哥，讓他坐在一塊岩石上，用幾塊石頭支撐住那團血肉模糊的腦袋，像在對一個聾子說話那樣，附著他的耳朵大聲喊道：『看著，讓，你且看著吧！』

「接著，便朝那頭怪獸撲過去。他覺得自己力氣大到可以推倒一座山，可以把放在手裡的成疊石頭捏得粉碎。灰狼想咬他，試圖搜尋他的肚子。可是，獵人甚至連武器也沒使用便抓住了狼的脖子，慢慢地勒緊。聽著牠喉嚨裡的呼吸和心臟的跳動逐漸停止，他笑著，瘋狂享受著當前的樂趣，把對這頭野獸的害怕掐捏得越縮越緊。他欣喜若狂地喊道：『看，讓，你看！』野獸全然停止了掙扎與反抗，身體變得癱軟——牠死了。

「這時，馮索瓦一把提起野獸，扛著屍體走來扔在哥哥腳下，一邊激動地重複說道：『喏，我親愛的讓，就是牠！』隨後，他把兩具屍體交疊在一起，放回馬鞍上，重新上路。

「回到城堡後，他又笑又哭，和巨人卡爾岡都亞面對龐塔古埃勒的出生，反應一樣[4]——敘述灰狼之死時，他發出勝利的歡呼，興高采烈地跺腳；提到哥哥的死亡時，則悲傷嘆息，絕望地拔扯自己的鬍子。

「之後，再談到這一天的情景時，他經常雙眼含著淚水，說：『但願可憐的讓，能看到我勒死那隻畜生。我敢肯定，他就是死了，也會心滿意足！』

「我高祖母對打獵的厭惡，影響了她那失去父親的兒子，這種反感，父子代代相傳，直傳到我身上。」

達維爾侯爵沉默不語了。

有人問：「這故事是個傳說，對吧？」

侯爵回答：「我向您保證，它從頭到尾都是眞實的。」

這時，有位婦女輕柔小聲地表示：「不管怎麼說，能有這樣的熱情實在是件美好的事。」

——〈狼〉（Le loup），原刊於一八八二年十一月十四日《高盧人》日報

---

4 卡爾岡都亞（Gargantua）和龐塔古埃勒（Pantagruel）是一對巨人父子檔，為文藝復興時期重要文學作品《巨人傳》（Gargantua et Pantagruel）裡的主人翁。此書由法國作家弗朗索瓦・拉伯雷（François Rabelais, 約1493~1553）所創作，內容風趣幽默，表達強烈的人文主義傾向，深具反封建、反教會的思想，對日後的法國文學影響很大。

復仇

保羅・沙維里的遺孀與兒子住在伯尼法修城腳下一棟破舊的小房子裡。這座城建在山脈向海突出的高地上，城中有幾處甚至懸空吊在海面上；小城隔著布滿暗礁的海峽，遠眺對岸地勢較低的薩丁尼島。城的另一邊，城腳下有道懸崖缺口，儼如巨型狹廊，廊道邊緣幾乎順著城的周邊延伸，形成了一個天然港口。義大利或薩丁尼島來的小船，經歷了陡峭崖壁間的漫長航行後，最後都會停泊在港口最前端幾棟房子前。而往返首府雅加丘的老蒸汽輪，每半個月亦會前來。

白色山頭上，成堆的房舍是顏色更白的斑點。山俯瞰著沒有船隻敢逗留的危險航道，房子則緊挨山壁而築，彷若攀搭在岩石上的野鳥巢。風無休止地吹，掠過大海，掠過海岸，消耗著大地的精力。在風的侵襲下，光禿禿的岸邊幾乎寸草不生。猛烈的狂風穿過海峽，無情肆虐著沿岸。海邊無以數計的岩石穿刺著湧起的海浪，隨著海潮起落，一條條慘白的泡沫緊扣在岩石的黑色尖頂，彷若在水面上漂浮抖動的碎布條。

寡婦沙維里的屋子恰恰緊貼著懸崖邊緣，屋裡有三扇窗戶，望出去便正對著這片荒涼杳無人跡的景象。寡婦在那兒生活著，陪伴她的是兒子安東尼和他們的狗兒賽米隆[2]——這隻母狗高大瘦削，全身長著粗亂長毛，是隻牧羊犬。寡婦的年輕兒子狩獵時都會帶著牠。

有天晚上，安東尼和尼古拉．卡佛拉提發生爭吵後，被對方一刀暗殺了。尼古拉當天夜裡就逃到薩丁尼島。

路人把安東尼的屍體抬回家。面對自己孩子的遺體，老婦人沒有哭，只是站了好久，一動也不動地注視著；接著，她伸出滿是皺紋的手撫摸屍身，誓言復仇。她不要人們留下來，而把自己和屍體及哀號的狗一起關在屋子裡。狗兒頭朝著主人，雙腳緊夾尾巴，站在床邊不斷哀號著，並且也像婦人一樣紋風不動地站著。門關上後，老母親這才傾身向前，目光直視著屍體，斗大淚珠默默流了下來。

年輕人仰臥著，身穿厚呢絨外套，胸口有個撕裂的破洞，樣子像是睡著了；但他渾身是血——血在為了替他急救而撕開的襯衫上，血在他的背心上，在他的褲子上，在他的臉上，在他的手上。血塊凝結在他的鬍子和頭髮間。

---

1 伯尼法修城（Bonifacio）：科西嘉島最南端的港口城市，與義大利的薩丁尼島隔海相望，商業往來頻繁。城中有古堡居高臨下，海岸線風景優美。與北方一百三十公里處的科西嘉首府雅加丘（Ajaccio），有公路連接。

2 賽米隆，是法文「Sémillante」的音譯，意指「活潑快活的」。

年邁的母親開始跟兒子說話。聽見婦人的聲音，狗兒這才停止號叫。

她說：「我的兒啊，我的孩子，我可憐的孩子，去吧，去吧，媽會替你報仇的。睡吧，睡吧，我會替你報仇的，你聽見了嗎？媽向你保證！你是知道的，老媽媽說到做到。」

然後，她慢慢傾身向前，將冰冷嘴唇貼在死人的嘴上。

這時，狗兒賽米隆發出了呻吟。長長的呻吟聲，單調、淒厲又恐怖。

他們倆，婦人和狗，待在那兒直到天亮。

翌日，安東尼．沙維里下葬。不久後，伯尼法修城再無人談論起他。

死去的安東尼既沒有兄長也沒有近房表親，家中沒有男人可以幫他復仇。唯獨他母親，老婦人一直惦記著復仇之事。

她從早到晚望著隔海對岸的一個小白點。那是倫各薩多，薩丁尼島上的一座小村莊，躲著一幫來自科西嘉島、被警方大肆通緝的匪徒。他們住在這個面朝自己故鄉的小村落，等待有朝一日能重返家園，重回科西嘉的叢林。老婦人知道，尼古拉．卡佛拉提就躲在這個村子裡。

她整天獨坐窗前，望著對岸，思索如何復仇。沒有人可以幫忙，羸弱如她來日無多，該怎麼辦？但她曾許下承諾，在兒子的屍首前發過誓，她沒有忘記也不能等待，該怎麼做呢？她夜裡睡不著，既無法休息亦不能平靜。一心一意只想著復仇。狗兒在婦人腳邊昏昏睡著，時而仰起頭朝遠方號叫。自從主人死後，牠經常這樣號叫，彷彿還在叫喚死去的主子一般，又彷彿這畜生的靈魂在傷心欲絕之際，和老婦人一樣，保有任誰也無法抹滅的記憶。

有天夜裡，正當賽米隆又開始呻吟，老媽媽忽然有了點子，一個野蠻人殘暴復仇的主意。她一直沉思到清晨，然後，接近天明便起身前往教堂。她疲憊地趴伏在教堂的石板上，在上帝面前祈禱，懇求神幫忙她、支持她，給予她這副可憐的衰老軀體有足夠力量幫兒子復仇。

接著，她回到家。在院子裡，有個用來收集屋簷溝槽滴水的破洞舊木桶。她把桶子翻過來，把水倒掉，以樁子和石頭將木桶固定在地上。然後，她用鍊子把賽米隆繫在這新狗窩上，才走回屋裡去。

現在，她在房裡不斷來回踱步，眼睛始終注視著薩丁尼島的海岸——凶手就在那兒。

狗兒整天整晚哀號。老婦人給牠送來一大碗水，除此之外，沒有別的——沒有湯，沒有麵包。一天就這麼過去。賽米隆精疲力盡，睡著了。隔天，牠眼睛發亮，毛髮直豎，發狂地拉著拴住牠的鎖鏈。

老婦人還是沒有給牠任何吃的。這頭牲畜變得憤怒異常，聲音嘶啞地吠叫著。就這樣又過了一夜。

天亮時，沙維里老媽媽到隔壁求鄰居給她兩綑麥桿。她拿出丈夫從前穿的幾件舊衣，把草料塞滿其中，當作人的軀幹。

她在賽米隆小窩前的地上插了根棍子，把這個模擬的假人綁在上面，讓它看起來像是站立著。然後，再用一團老舊的布料充當模特兒的頭。

狗兒看到這個麥桿做的假人顯得吃驚，儘管正被饑餓苦苦折磨著，仍舊沉默了下來。

這時候，老婦人到豬肉販那兒買了一段長長的黑色豬血香腸。回到家，在院子裡狗窩附近用木頭生火烤香腸。賽米隆被激得發狂，烤肉的香氣鑽進牠的肚子裡，牠跳躍著，唾沫四濺，眼睛直盯著烤架。

老媽媽接著用這條冒著煙的肉腸做成麥桿人的領巾。將香腸仔細捆綁在假人的頸部，像是要把香腸塞進假人頸子裡。待這一切完成，她鬆開了狗兒的鎖鏈。

這畜生一個大跳躍，觸及麥桿假人的咽喉，爪子搭在假人的肩膀上，開始撕裂它的咽喉。牠摔下來，嘴裡咬著一塊香腸，接著又衝上去，口中的獠牙刺進假人的細長領巾，扯下幾片肉，又摔下來，頑強地再跳上去。牠幾大口便咬掉麥桿人的臉，把假人的脖子撕成了碎片。

老婦人眼睛發亮，動也不動，沉默地看著這一幕。她把狗兒重新繫上鏈子，讓牠再禁食兩天，然後重複這個奇特的訓練。

有三個月的期間，她使狗兒習慣這類型的戰鬥——以尖牙抓扯來獲取一餐。現在，她用不著再拴住狗，只消對狗比劃手勢，指向草紮的模特兒。

老婦人甚至已不需在假人的咽喉藏食物，她早已教會狗兒直接撕裂、吃掉麥桿假人。之後，再拿烤過的黑香腸犒賞狗。

賽米隆一見到人便興奮得渾身顫抖，轉頭望向女主人，待老婦人一邊舉起手指，一邊用哨子般的聲音，朝牠喊著：「去！」

當沙維里老媽媽判斷時機成熟時，一個星期天早上，她帶著著魔似的虔誠來到教堂告解和領聖體。隨後，穿上男性的衣服，打扮得像個衣衫襤褸的貧苦老人，她和薩丁尼島的一個漁夫達成交易，漁夫答應載她和她的狗伴到海峽對岸去。

她的帆布袋裡裝有一大截豬血香腸。賽米隆兩天來什麼也沒吃。老婦人不時讓牠聞聞袋裡食物的香氣以刺激牠。

婦人和狗進入倫各薩多村。科西嘉老婦人蹣跚而行。她走到一家麵包店，詢問尼古拉・卡佛拉提的住處——他已重操舊業，當起細木工匠，一個人在店鋪後頭工作。

老婦人推開門，叫喚他：「喂！尼古拉！」

他抬起頭，這時，婦人鬆開了狗鏈，叫道：「去！去！咬他！咬他！」

狗發瘋似地撲上去，攫住對方的喉嚨。男人張開雙臂，緊抓住狗，在地上打滾。大約幾秒鐘時間，他腳打著地面，身體蜷曲成一團，接著便不動了，而賽米隆則仍在被牠撕碎的頸子上東翻西找。

兩個鄰人坐在門口，清楚記得曾看見一個窮苦的老頭子從店裡走出，後面跟著一隻瘦骨嶙峋的黑狗，牠邊走邊吃著主人給的一條棕色東西。

晚上，老婦人回到家，當天夜裡睡得十分香甜。

——〈復仇〉（Une vendetta），原刊於一八八三年十月十四日《高盧人》日報

瓦爾特・施納夫斯的奇遇

自隨著入侵的普魯士軍隊進入法國以來，瓦爾特・施納夫斯就覺得自己是所有人當中最不幸的一個。他身體肥胖，走路很吃力，常常氣喘吁吁，而那雙肥厚的扁平足更是讓他痛得苦不堪言。況且，他生性愛好和平、待人寬厚，個性雖不至於能夠任人辱罵，也絕非殘暴嗜血之徒。他是四個小孩的父親，對孩子疼愛有加，妻子是個年輕的金髮女郎，他經常想念與妻子的溫存和她無微不至的關照，爲此感到非常痛苦。他喜歡早晨很晚起床，晚上早早就寢，遇到美食，總是慢慢咀嚼、細細品嘗，還不時到小酒館喝杯啤酒。此外，他常想著，人一死，世上存在的美好事物，就會跟著煙消雲散，因此，心上對大砲、步槍、手槍和軍刀十分憎恨，這情緒既出於本能，又同時來自理性思考；他尤其厭惡刺刀，因爲感到自己無法靈活操弄這個快捷的武器來保衛他的大肚子。

黑夜來臨，當裹著大衣躺在地上睡覺、身旁的弟兄鼾聲大作時，他久久思念著留在家鄉的妻兒，還想著前進道路上無處不在的危險。

假如他被殺，他的小孩怎麼辦呢？誰來供他們吃，養育他們長大？依目前的情況，他們過得並不富裕，儘管出發前他曾臨時簽下幾筆債款讓他們有錢過生活。瓦爾特・施納夫斯有時想到這些，難免要哭泣落淚。

戰爭一開打，他便感覺兩腿發軟，眞想什麼都不管就躺到地上，卻又害怕整支軍隊會從他身上踩過去。戰場上，呼嘯飛越的子彈讓他皮膚上的汗毛直豎。

幾個月來，他就這麼活在恐懼和焦慮不安中。

他所屬的軍團正朝著諾曼第前進。有天，他奉命跟著一支人數不多的小分隊出外偵察，任務簡單，不過是勘察這地區的某個部分，然後再撤回來。原野上一切顯得平靜，絲毫看不出敵方有抵抗跡象。

然而，正當普魯士士兵放心走進了一片溝壑縱橫的小山谷時，突然，槍聲四起，激烈的攻擊頓時阻擋了他們的去路。隊上有二十多人應聲倒地，有支法國游擊隊從一個巴掌大的小樹林猛然衝出，槍管上綁著刺刀，朝前直撲而來。

瓦爾特・施納夫斯先是愣住不動。敵人突如其來的舉動讓他吃驚，嚇得慌了手腳，竟然忘記要逃跑。接著一股逃命的強烈慾望攫住他，但繼而又想，怎麼也跑不過那些精瘦的法國人，他們正像一群山羊那樣跳躍而來，相較之下，自己簡直像烏龜一樣慢。這時，他瞧見六步之遙處有個寬大的溝塹，上頭荊棘叢生，被乾燥樹葉覆蓋著。他雙腳一併便往裡頭跳，甚至沒考慮溝渠究竟有多深，便如從橋上跳入河裡那般行動了。

他像支箭似地快速掉落，穿越一層厚厚的藤蔓和荊棘，重重跌坐在一堆小石子上，臉和雙手都被尖銳的荊棘劃破了。

他立即抬起頭，從身子這會兒形成的窟窿望見了一塊天空。這坑洞很明顯，可能會洩露其所在，於是他手腳並用，小心翼翼地在溝塹裡爬著往前行。頭頂有交叉纏繞的枝條掩護，他盡可能快速前進，遠離戰鬥地點。爬了不久，停下，重新坐起來，蜷縮著身體藏好自己，模樣像隻身處高高乾草叢中的野兔。

有一段時間裡，他仍聽得到爆炸的轟隆巨響、士兵的叫喊聲，和受傷者的呻吟。後來，戰鬥的嘈雜聲逐漸減弱、停止。一切又恢復寂靜無聲。

忽然間，有東西在他身邊抖動，他嚇了一大跳。原來是一隻飛來停在樹上的小鳥，晃動了乾枯的樹葉。瓦爾特·施納夫斯的心跳劇烈而急促，將近一個小時都無法平復。

夜晚漸漸到來，溝塹變得更加陰暗。這個普魯士大兵開始盤算起未來——要怎麼做呢？將遇到什麼事呢？該不該重返部隊？……但怎麼回去？從哪裡回去呢？歸隊之後，又得重新開始過著可怕的生活，打從開戰以來就經歷的種種焦躁憂慮、驚恐、疲勞和痛苦！不！他覺得自己沒有勇氣再面對了！他也不再有體力忍受長途行軍，以及去對抗隨時都會來臨的危險。

可是怎麼辦呢？他不可能待在溝塹裡直到對立局面結束。這當然不行。假如他不必吃喝填飽肚子，這種前景倒不至於太過驚嚇，但他必須吃東西，每天都得吃。

他發現自己帶著武器、身穿軍服，就這麼孤單一人處在敵人地盤上，遠離了可以捍衛他的弟兄同袍——他不禁渾身打顫。

突然，他有個想法：「如果我是戰俘就好了！」這個念頭使他興奮得微微發抖，當法軍俘虜成了他心中不可遏抑的強烈願望。當戰俘！他將得救，關在嚴密看管的監牢裡，有吃有住，沒有戰場上子彈和軍刀的威脅，也不必擔憂害怕什麼。當戰俘！多美好呀！

他當下立即打定主意：「我要投降去當俘虜。」

他站起來，決心執行計畫，刻不容緩。但又立著不動了，因爲腦海突然冒出一連串不快的思慮和新的恐懼。

他要上哪兒投降去當俘虜？如何著手？朝哪個方向跑？恐怖的畫面、死亡的景象，一幕幕一幅幅湧入他的內心。

戴著尖頂鋼盔，獨自一人在原野上闖蕩，一定會碰到致命的危險。

假如遇上農夫呢？這些鄉下農民看見一個迷路的普魯士人，一個毫無自衛能力的敵兵，會像對付流浪狗一樣宰了他！他們鐵定會用長柄叉、十字鎬、鐮刀、鐵鍬來屠殺他！爲了發洩戰敗者心中的激憤，他們會把他搗成肉糊，剁成餵貓狗的肉醬。

假設碰上的是法國游擊隊呢？這些游擊隊員個個是瘋子，沒有紀律、無法無天，他們會槍斃他，純粹只爲了消磨時間、尋開心，取笑他淒慘的模樣。想到這裡，他彷彿感覺自己已經背靠牆壁，面對十二支步槍，黑色的圓形小槍口似乎正盯著他看。

假如遇見法國的正規軍呢？前衛部隊會把他看作敵方的偵察兵，以爲他大膽機靈，單獨出來探勘軍情，他們會朝他開槍。他已經可以聽到，躺臥在荊棘叢裡的法國士兵所發射的不規則槍聲，而他，立在田野中央，被子彈打得全身是孔，活像個漏勺，慢慢倒下去，他似乎感覺得到子彈貫穿肌肉的劇痛。

所有情況皆凶險無比，看來他毫無出路。他絕望地重新坐下來。

夜晚已完全降臨，周圍既寒冷又漆黑。他不敢再動，黑暗裡傳出的所有輕微陌生的聲音，都讓他嚇得直打哆嗦。一隻兔子在洞穴邊敲擊，讓瓦爾特・施納夫斯差點兒落荒而逃。貓頭鷹的叫聲更是撕裂了他的心，突如其來的恐懼穿透他的心，痛苦程度有如身體被劃下一道道傷口。他瞪著一雙大眼睛，極力在黑暗中張望，彷彿無時無刻都聽見有人在他身旁走動。

時間永無止盡地漫長，恐慌不安的心境如身處地獄般難熬。終於透過樹枝交結的頂棚，看見天空逐漸轉爲亮白。這時，他渾身上下有股巨大的輕鬆感，四肢舒展，精力驟然恢復了大半，緊張的心情爲之平緩下來；他閉上雙眼，很快就睡著了。

當一覺醒來，太陽好像上升到了接近頂空，應該是中午時分。田野間一片死寂，沒有任何聲響擾亂這沉悶的寧靜。瓦爾特・施納夫斯忽然感到饑腸轆轆。

他呵欠連連，一想起香腸，那種部隊士兵吃的美味香腸，便口水直流，胃痛難忍。

他站起來，向前走幾步，感到兩腿虛弱無力，又坐回去細細思索。他足足想了兩三個鐘頭，考慮行動的利弊得失，反覆改變決定，被對立矛盾的理由左右拉扯，沮喪又憂愁。

後來終於找到一個點子，看起來合於情理又實際可行，那就是——窺視守候，等待有個沒武器、沒帶危險工作器械的村人經過，忙迎上前去，表明自己是來投降的，然後聽任對方處置。

他脫下鋼盔，深怕帽盔上的尖頂會洩露自己身分。接著，異常小心地把頭從藏身洞穴邊緣探出來。

四周直到遠遠的天際，連個人影也沒有。右邊有個小村莊，屋頂上陣陣白煙飄向天空，是廚房的炊煙！而左邊，林蔭大道盡頭，他瞧見一座巨大的城堡，兩側有牆角塔聳立。

他就這樣靜靜等待，一直到晚上，除了幾隻烏鴉飛過外，沒看見任何動靜；除了自己肚子裡隱隱的腸胃蠕動聲外，沒聽見任何聲響，他實在痛苦萬分。

黑夜又再次籠罩了他。

他在隱蔽處躺下，沉沉睡去，饑餓使他發著燒，噩夢不斷。

晨曦重新臨照頭頂，他又開始觀察四周動靜。可是，原野上仍像昨天一樣空蕩蕩。這時，瓦爾特・施納夫斯腦中產生了新的恐懼——害怕自己會餓死！他看見自己雙眼緊閉，仰臥在洞穴深處。接著是蟲子，各式各樣的小蟲爬上他的屍體，開始吃他。牠們同時從四面八方進攻，溜進他的衣服咬嚙他冰冷的皮膚。一隻大烏鴉以細長鳥喙啄食他的雙眼。

這麼一想，簡直快瘋了，他以爲自己就要虛弱得暈過去，再也無法行走。他決心不顧一切，放膽一試，準備朝村子投奔而去。這時，他瞧見三個農夫肩上扛著長柄叉走到田裡，他又縮回了藏匿處。

但夜幕才剛覆蓋平原，他便慢慢爬出了溝渠，朝遠方的城堡出發。他彎著腰，畏畏縮縮的，一顆心噗通噗通地狂跳著。他選擇進入城堡而不是到村莊，因爲他覺得村子活像有滿滿一窩老虎的巢穴，非常可怕。

城堡底層的窗戶亮著燈光，其中有一扇窗甚至開著，一股熟肉的濃濃香味從裡頭散溢出來。氣味瞬間鑽入瓦爾特·施納夫斯的鼻孔，直達他五臟六腑，使他肌肉抽搐、呼吸急促，他無法抗拒地被牽引著，心中生出想拚命一搏的膽量。

於是，他頭戴鋼盔，不假思索地突然出現在窗口。

屋裡有八名僕役，正圍在大桌邊吃晚飯。忽然，一個女傭張大嘴巴、雙眼直瞪，嚇得愣住了，手上的玻璃杯嘩啦一聲掉落地面。所有人都跟著她的目光望去！

大家看到敵人！

老天爺！普魯士人來進攻城堡了！……

首先，是一聲尖叫，僅僅一聲，由八個不同的音調同時發出驚呼，聽來膽戰心驚。緊接著，在場的人紛紛爭先恐後站起來，你推我擠，一陣混亂之中，死命朝屋子盡頭的一扇門逃去。椅子翻了，男人把女人推倒在地，從她們身上踩過去。才兩秒鐘的時間，整個房間就像遭到遺棄般空無一人，只剩滿桌粗劣的飯菜。而瓦爾特・施納夫斯始終呆立在窗口，對眼前景象驚愕得不知所措。

他遲疑了一會兒，跨過矮欄牆，往那一桌食物走去。劇烈的饑餓感使他像高燒患者般不住發抖；但出於恐懼，他還是停住，無法動彈。他側耳傾聽，整棟房子似乎微微震動著——有人在關門，有人在樓上地板快速跑來跑去。普魯士大兵惶惑不安，豎起耳朵仔細留意這片嘈雜聲。接著，聽到幾記悶響，像是有人從二樓跳下來、身體跌落到牆腳軟泥地上的聲音。

不久，所有吵鬧和騷動都停止了，偌大的城堡如一座墳墓般寂然無聲。

瓦爾特・施納夫斯坐在一盤尚未動過的菜餚前，吃了起來。他大口大口地狼吞虎嚥，好似害怕在還沒飽餐一頓前被中途打斷。他雙手抓起飯菜一塊塊往嘴裡送，嘴巴張開得像個自動調節的活門，食物一團接著一團迅速掉到胃袋裡，把喉嚨卡得鼓脹。他不時停下來歇息，感覺腸胃像塞得太滿的水管眼看就要爆開。這時，他便拿起一壺蘋果酒喝上幾口，清理一下食道，模樣活像洗滌堵塞的導管。

所有的碗碟、餐盤裡的食物、酒瓶裡的飲料都被他一掃而空。在痛快暢飲、大快朵頤之後，他吃飽了、喝醉了，臉色通紅，腦袋昏脹，頻頻打飽嗝。他意識混沌、滿嘴油膩，疲倦地解開軍服鈕扣喘口氣，簡直無法再多走一步路。接著，闔上雙眼，腦筋也變得越發麻痺遲鈍；將沉重的前額枕在交叉放於桌面的胳臂上，不知不覺，忘記身處何時何地，進入了夢鄉。

彎彎新月隱約映照著公園樹林外的大地，是白晝來臨前的寒冷時刻。矮樹叢裡，許多人影正無聲無息地悄悄移動。黑暗中，利刃尖端時而被月光照得閃閃發亮。城堡龐大的黑色身影靜靜聳立著，只有一樓的兩扇窗還透著亮光。

突然，一個如雷的聲音吼道：「前進！他媽的！衝啊！孩子們！」頃刻間，房門、外窗板、窗玻璃被一大群人撞開，他們橫衝直撞，到處亂摔亂砸，占領了整棟城堡。一轉眼，五十個連頭髮都武裝了的士兵撲進廚房，瓦爾特・施納夫斯正在裡面平和安穩地睡著，五十支子彈上膛的步槍全瞄準他的胸部，他們把他推個四腳朝天，打得他在地上翻來滾去，再抓住他，把他從頭到腳綁在一起。

他氣喘吁吁、目瞪口呆，還未清醒，糊裡糊塗，還搞不清怎麼回事便挨了一頓毒打，還被人用曲棍痛毆，簡直害怕得發狂。

突然，一位軍服上鑲著金條紋的胖軍官，腳踩在他的肚子上，大聲吆喝道：「你被俘虜了，投降吧！」

普魯士人只聽懂「俘虜」一詞，呻吟著說：「是的，是的，是的。」

他被人從地上拉起，用繩子捆在椅子上。戰勝他的這些人，像鯨魚一樣張大嘴巴喘息，十分好奇地審視著他。有好幾個因興奮和疲倦，支持不住地坐在椅子上。

而他，臉上浮現微笑，現在，他確實正微笑著，十分肯定自己終於成了俘虜！

另一位軍官走進來，報告：「上校，敵人已經逃走，有不少似乎還被我軍打傷。目前情勢完全在掌控之中。」

胖軍官擦擦額頭，大喊一聲：「我軍勝利了！」

然後，他從口袋取出一本商用小記事本，在上面寫道：「經過一場激烈戰鬥，普魯士人帶著他們傷亡的士兵撤退。據估計，敵軍有五十人喪失戰鬥力，多人被我方擄獲。」

年輕軍官接著問：「上校，戰力該如何部署？」

上校回答：「為避免敵方派遣炮兵部隊和優勢兵力支援，進行反撲，我軍將先行撤退。」

他於是下令撤離。

軍隊在城堡牆下陰影處調整行伍，展開回防。他們團團圍住遭捆綁的瓦爾特・施納夫斯，六名持手槍的戰士看守著他。

法軍派出幾批偵查兵做導路前鋒。整支隊伍小心謹慎地前進，不時停下來稍作休息。

天亮時，軍隊到達羅許—歐塞爾專區[1]政府所在地，完成這次戰功的，正是此區的國民自衛隊。

---

1 羅許—歐塞爾專區（La Roche-Oysel）：似為諾曼第地區一處虛構的地名。莫泊桑之所以採取虛構處理，推測恐因故事內容涉及反戰，且影射了法國軍隊的愚昧無能，而這些在當時皆屬政治敏感議題。

焦慮不安、情緒激昂的群眾在路旁等候多時。當他們看見戰俘的尖盔時，立即響起一片震耳欲聾的喧囂。婦女高舉手臂歡呼，幾個老太太感動得落淚。有位老祖父朝普魯士人扔出拐杖，卻傷及守衛的鼻子。

上校大聲喊著：「注意看好俘虜的安全！」

隊伍終於抵達市政府。監獄的門開了，瓦爾特・施納夫斯被鬆綁後丟進裡面。

兩百名荷槍實彈的男子，在市府周圍站崗。

普魯士大兵儘管被消化不良的徵兆折磨了好一陣，此時仍欣喜若狂，拚命手舞足蹈，一邊跳舞，一邊瘋瘋癲癲地狂笑，直到精疲力竭，倒在牆角下。

他是俘虜！他得救了！

這就是夏比尼耶城堡在僅僅被普魯士人占領了六小時後，又由法軍重新收復的經過由來。

原本是呢布販子的哈提爾上校，因率領羅許—歐塞爾區的國民自衛隊立此戰功，而獲頒勛章。

——〈瓦爾特・施納夫斯的奇遇〉（L'aventure de Walter Shnaffs），

原刊於一八八三年四月十一日《高盧人》日報

在河上

去年夏天，我在塞納河畔租了一間鄉村小屋，離巴黎有好幾里路，每晚我都會到那兒過夜。幾天後，我結識了一位鄰居，他年約三四十歲，在我見過的人當中可說是最奇特的一位。此人是個極爲老練的划船手，非常熱愛划船，總是生活在水邊、水上及水中——他必定是在船上出生的，將來肯定也會在最後一次划船中結束生命。

有天晚上，我們沿著塞納河散步，我請他講述一些水上生涯的奇聞軼事。這位好夥伴頓時活躍興奮起來，像換了個人似的，變得能言善道，幾乎是詩意奔放。在他心中，有個強烈的嗜好，一種無法滿足又難以抗拒的激情，那就是——河流。

他對我說：「啊！這條河，就是您看見在我們身旁流淌而過的這條河，我對它的回憶何其多呀！你們，住在街上的居民，你們不會懂得什麼叫河流。但是，去聽聽一個漁夫如何稱說這個字。對他而言，這可是神祕、陌生、高深莫測的東西，是個充滿幻覺、魔影的國度。在那兒，夜裡可以看見一些不存在的事物，可以聽見一些無從辨識的聲音；在那兒，會像穿越一片墓地一樣，不知其所以然地發抖，而這確實是最陰森恐怖的墓地，一個沒有墳墓的墳場。

「在漁夫看來，陸地是有界限的，而陰暗中，沒有月光時，河流卻可以是無邊無際的。而一個水手對大海的感受則完全不同。大海經常風大浪急、凶惡危險，這是實情，但它喧嚷，它吼叫，浩瀚的大海是光明正大的。而河流卻是沉默、陰險的，它不轟隆作響，始終沒有聲息地流動著。我以爲，這種流水永無休止地運動，比起海洋的洶湧波濤更令人害怕。

「愛夢想的人們認爲，大海深處藏著一個近乎藍色的廣袤區域，溺死之人就在大魚之間、在稀奇古怪的海底叢林與水晶洞穴穿梭飄遊。而河流不過是個黑色深淵，人就在河底淤泥裡腐爛。然而河流其實是美麗的，當它在朝陽中閃閃發亮時，當它流經長滿簌簌作響的蘆葦河岸陡坡間，發出輕微的水波拍擊聲時。

「詩人提及海洋時，曾經這樣說道——哦，大海，您知道多少淒慘的故事啊！／深沉的、爲屈膝跪拜母親所畏懼的大海／您在高漲的潮水中向自己傾訴這些悲痛的經歷／正因如此，您的聲音變得憂傷而絕望／這淒涼的音響隨著您，在夜晚時分，朝我們一陣陣湧來。

「這麼說來，我倒覺得，纖細的蘆葦也以溫柔輕微的聲音竊竊低語著河流的故事，這情節比起在波浪嘶吼下敘述的淒涼悲劇，恐怕還要更晦暗嚇人。既然您要求我講些過往回憶，那麼就說一件十幾年前發生在我身上的怪事。

「當時，我和現在一樣，住在拉封大媽的屋子裡。我有一位要好的夥伴名叫路易．貝爾內，如今他已放棄划船和他的抽水幫浦，不再一副不修邊幅的模樣，轉而進入行政法院任職。那時，他住在下游方向兩里遠的C村，我們每天晚上都一起吃飯，有時在他家，有時在我家。

「一晚，我吃完晚餐，獨自回來，感到很疲倦，費力地拖著我那艘大船，那是艘十二尺長的『海洋號』，我向來在夜裡使用它。我在蘆葦沙洲尖附近停留幾秒鐘，喘口氣，那兒還差大約兩百公尺才到鐵路大橋。天氣出奇的好，月色清亮，河面波光粼粼，空氣平靜而溫和。這股寧謐使人神往，我心想，在這地方抽個菸，應該相當愜意。這般思索後，隨即行動，我抓起船錨，把它扔到河裡。

「小船順著水流往下行，鍊條被逐漸放到盡頭，然後船便停住了。我在船尾那張綿羊皮上坐下，盡可能調整到最舒服的姿勢。周遭聽不見一點聲音；只在有時，我會以為聽見河水拍打堤岸時那輕微得難以察覺的聲響；此外，我還瞥見幾叢較高的蘆葦展現出令人驚奇的形狀，而且似乎不時搖擺著。

「河面上全然靜寂，我卻深受環繞四周的這片異乎尋常的寧靜而感動。所有昆蟲走獸、青蛙和蟾蜍，這些沼澤地帶的夜間歌手全都悄然無聲。突然，在我右邊，有隻青蛙緊挨著我叫了起來。我嚇得顫抖，牠又沉默了下來。我再也聽不到任何聲音，決定抽點兒菸排遣情緒。儘管我是出了名的抽菸斗老手，這次卻不大行。才抽完第二口，就感到噁心，只好停下來。我低聲隨意哼唱，但拉嗓門發音對我又太辛苦，於是，平躺在船底仰望天空。有一段時間，我覺得心閒氣定，但沒多久便不安了起來，因為船身正微微晃動。我感覺小船突然好幾次劇烈地偏離航道，左搖右擺，輪流碰觸兩邊河岸。接著，我以爲有某種生物或某股無形力量正慢慢把船往水底拖拽，然後又把它抬高，好讓它再落下去。我被顛簸搖晃得有如置身暴風雨中。聽見周圍有聲音作響，我一躍而起——河水閃爍，萬籟俱寂。

「我明白自己有點神經過敏，便決定離開。拉了拉錨鏈，小船開始動了，接著感到有股阻力，於是拉得更用力，船錨沒上來，它鉤住水底下的什麼東西了，沒法把它提起來；我一直拉扯鍊子，但徒勞無功。這時，我用槳使小船轉向，讓它朝上游方向移動，藉以改變錨的位置。還是沒用，船錨始終固定在那兒。這讓我脾氣大發，憤怒地拚命搖動鍊條，依然什麼動靜也沒有。我感到洩氣，坐下來，開始思考當下處境。弄斷鍊條，使它和小船分離，這樣的想法不可能會有，因爲錨鍊極爲巨大，牢牢綁在船首的一塊木頭上，那木塊比我的手臂還粗。但天氣非常晴朗，我想用不著多久鐵定會遇上某個漁夫前來幫忙。這件不如意的事反倒讓我心情平靜不少，於是坐了下來，終於可以好好抽菸斗。我有瓶蘭姆酒，打開喝了兩三杯，想想自己的景況，竟覺好笑。天氣相當炎熱，迫不得已，大不了在野外露宿一晚罷了。

「突然，船殼板被輕輕敲了一聲，我嚇得跳起來，冷汗直流，全身從頭到腳一陣冰涼。聲音極可能來自某截被水流拖行而至的木頭，但這足已再度讓我心神不寧，內心充滿詭異的煩躁感。我抓住鍊條，繃緊身子，用盡力氣拉。船錨仍紋風不動。我疲憊不堪地重新坐下。

「這時，河流逐漸籠罩在一片非常濃厚的白霧中，霧氣緊貼著水面彌漫開來。我站起身，既看不到河，看不到我的腳，也看不到我的船，僅瞧見蘆葦草的尖端，然後，較遠處，是月光照射下白茫茫一片原野，平原上有些黑色大斑點升上空中，那是義大利白楊木群所形成的。我整個下半身，彷彿從腰部開始埋在一片白得出奇的棉花堆裡。腦海浮現一幕幕荒誕的幻想畫面——想像有人試圖爬上這艘我再也辨認不出形狀的小船，而被這不透光濃霧遮掩的河裡，必定充滿稀奇古怪的生物，正環繞著我游來游去。我極爲不舒服，太陽穴緊繃，心跳得喘不過氣來；我喪失理智，居然想泅泳逃命，這想法旋即嚇得我打顫。我想像自己心慌意亂地在濃霧裡橫衝直撞，草叢和蘆葦叢生長繁茂，我在其中掙扎，躲也躲不掉，因害怕而嘶啞喘息，看不見高陡的河岸，找不到我的小船，我感覺雙腳似乎被拉向黝黑的水底深處。

「事實也的確如此，我必須先逆流而上至少五百公尺，才能找到一個沒有雜草和燈心草、可以站穩腳跟的地方。所以，就算我是個游泳好手，仍有十之八九的可能性，會在這片尋不出方向的大霧中淹死。

「我嘗試理性思考，感覺自己意志相當堅定，並不害怕，然而身上仍存有意志力以外的其他東西，而這東西，它在害怕。我自問究竟畏懼什麼？我那勇敢的自我正在嘲笑怯懦的自我，我從不像那天那樣，深刻覺察到我們身上存在著兩個相互對抗的個體，一個要求，另一個抗拒，兩者輪流占上風。

「這種蠢得無法解釋的害怕越來越強烈，演變成足以令人癱瘓的恐懼——我動也不動，睜大雙眼，豎直耳朵，等待著。等什麼呢？我完全不知道，但這東西一定十分嚇人。我想，假如有條魚，在這時候，就像經常發生的那樣，敢無所顧忌地跳出水面，只消如此，就足以讓我立即倒地昏厥過去。

「然而，我費了很大的勁，終於稍稍恢復正在消失的理智。重新拿起那瓶蘭姆酒，喝了幾大口。這時，有了個點子，開始竭盡全力朝四面八方叫喊。直到喉嚨完全沙啞後，我便側耳聆聽。從很遠的地方，傳來陣陣狗吠聲。

「我又喝了些酒，然後伸直身體躺在船底。就這樣待了大約一小時或兩小時，沒睡著，睜著眼，周圍淨是纏人的可怕幻象。我不敢起身，但心裡強烈地想動，時間一分鐘一分鐘拖下去。我對自己說：『來吧，站起來！』實際上卻害怕做出任何舉動。最後，我極其小心地直起身子，彷彿若發出任何細微聲響都可能危及自己性命——我從船邊往外看。

「眼前所見，是我可能見到最不可思議、最令人震撼的景象，叫人目眩神迷。這種仙女國度才有的魔幻景致，曾聽從遙遠地方歸來的旅行者講過，而我們聽了卻從來不信。

「兩小時前還在水面飄浮的濃霧，已逐漸退散，聚集到岸邊。河道因此暢通無阻，霧氣在兩側陡坡上各形成高約六七公尺的連綿山丘，丘陵在月光下閃爍，發出白雪般絢爛的光芒。如此一來，人們看不見別的，只能看見河流在兩座白色山脈之間熠熠生輝。而頭頂上方，一輪清亮的斗大滿月，正展現在淡藍色與乳白色的天空中。

「所有水棲動物都醒了——青蛙扯開喉嚨瘋狂鳴叫著，我還不時聽見一種短促、單調又淒涼的高音，一會兒在右、一會兒在左，那是癩蛤蟆朝繁星發出的宏亮叫聲。奇怪的是，我不再害怕，置身如此超乎尋常的風景中，最怪誕獨特的事也不令我詫異。

「這樣的情況持續了多久，我一無所知，因爲後來便昏沉入睡。當再度睜開眼睛，月亮早已落下，天空烏雲密布。水悲傷地汩汩流著，颳著風，天氣很冷，周遭一片深沉的黑暗。

「我喝完剩下的蘭姆酒，然後一邊顫抖，一邊聆聽蘆葦摩擦的窸窣聲，以及河流的恐怖音響。我努力張望，但仍無法辨識我的小船，就連湊近眼前的雙手也看不清。

「然而，漸漸地，夜的濃黑消減了。突然，感覺有道陰影在近身處滑行；我大叫一聲，有個聲音回應我；原來是位漁夫。我呼喚他，他靠了過來，我於是向他敘述自己的不幸遭遇。他把船駛來與我的小船並排在一起，我們兩人合力拉鍊條。船錨還是不動。天逐漸亮了，陰暗、灰濛濛的，飄著雨，寒氣逼人，是那種會帶來憂傷和不幸的日子。我瞧見另一艘小船，我們用擴聲筒朝它呼喊。船上的人便來加入我們，一塊兒使力。這時，錨才一點一點地鬆動。船錨非常緩慢地升了上來，顯然承載著重物。末了，我們看見一團黑色的東西，便把它拉到我船上來——

「是個老婦人的屍體，她的脖子上綁著一塊大石頭。」

——〈在河上〉（Sur l'eau），最早收錄於莫泊桑一八八一年四月出版的《泰利耶爾之家》（La Maison Tellier）文集

珂珂特小姐

我們正要從精神病院出來，這時，我看見院子角落有個高大瘦削的男人，不斷做出叫喚一隻幻想中小狗的模樣——他溫柔、親切地呼喊著：「珂珂特，我的小珂珂特，到這裡來。珂珂特，到這裡來，我的美人兒！」他就像人們逗引動物那樣，一面拍著自己的大腿。我詢問醫生：「那個人是怎麼回事？」他回答：「噢，那個人的情況不會使人感興趣的！他是個車夫，名叫弗朗索瓦，在把他的狗淹死後就發瘋了。」

我再三懇求：「請您把他的故事說給我聽聽。有時候，最簡單、最微不足道的事，反而最啃嚙、傷痛人心。」

以下是這個男人的意外遭遇，整件事全是從他一個車夫同伴那兒得知的。

巴黎郊區有戶富裕的中產階級人家，他們住在塞納河畔、享有一片大花園的雅致別墅裡。他們的車夫就是這位弗朗索瓦，一個鄉下來的小伙子，身手有點笨拙遲鈍，心地善良、腦袋憨傻，容易上當受騙。

有天晚上，返回主人家途中，有條狗跟在他後面。他起初並未留意，但這隻畜生固執地緊跟在後，不久便迫使他轉過身來。他看了一下是否認識這隻狗——不，從沒見過。

這是條瘦得可怕的母狗，肚子下垂掛著碩大的乳房。牠在男人背後碎步慢跑，尾巴夾在兩腿之間，耳朵貼在頭顱上，一副饑餓不堪的可憐模樣。他停下來，牠也停；他再走，牠也跟著前進。

他想趕走這隻瘦得只剩骨架子的畜生，大聲嚷道：「滾開！你給我趕快滾。嗚！嗚！」牠遠離了幾步，定定蹲立，等著；然後，車夫一邁步往前，牠又立即跟在後面。

他假裝撿石頭。那動物逃到了較遠處，跑動時，鬆弛的乳房劇烈晃盪著，可是男子才剛一轉身，牠便又追過來。

車夫弗朗索瓦於是起了憐憫心，招呼牠。那條母狗怯怯地靠近，背脊彎成弓形，撐起皮膚的一根根肋骨明顯可見。男子摸了摸這些突出的骨頭，因這隻畜生悲慘的外表深受觸動。他說：「好，來吧。」牠感覺自己被接納收留了，立刻高興得搖尾巴，而且並不待在新主人的腿肚間，反倒在他前面跑了起來。

他把狗安置在馬廄的乾草堆上，隨後，跑到廚房取麵包。牠在飽食一頓之後，便蜷曲著身體躺下，睡著了。

第二天，車夫稟報了主人，他們允許他把動物留下來。這是一條好狗，既親熱又忠實，既聰明又溫柔。

可是，不久，大家就發覺牠有個可怕的缺點——一年到頭，牠都滿懷熱情，愛意綿綿。短短時間內，牠便認識了當地所有的公狗，牠們日夜都環繞、徘徊在牠身邊。而牠則抱持女孩慣有的無所謂態度，對牠們一視同仁，似乎和每隻公狗都相處得很融洽。牠背後，帶領著一群由體型各異公狗組成的吠叫隊伍，有些小如拳頭，有些則高大得像頭驢。牠領著牠們在大路上無止盡地奔跑溜達，當牠停下來在草地上休息時，牠們便在牠身邊圍成一圈，伸出舌頭，注視著牠。

地方上的人都視牠爲特異的怪物，大家從沒見過這樣的狗。獸醫也完全搞不懂怎麼回事。

晚上，牠回到馬廄，那一大群公狗便對這座花園府邸發動攻勢——牠們從圍住園區的綠籬各出入口鑽進來，破壞花圃，扯掉了種好的花朵，在圓形花壇刨出大大小小的坑洞，讓園丁惱怒不已。而且還整夜在女友居住的馬廄附近高聲長吠，沒有任何法子可以徹底把牠們趕走。

白天，牠們甚至闖進房子裡來。這實在是一種入侵、一個禍害、一場災難。主人隨時都在樓梯上、房間裡，遇見尾巴像羽毛飾品的黃色小狗、獵狗、獒犬，以及活像無家可歸流浪漢，渾身骯髒、四處遊蕩的狐犬，還有那嚇跑孩子的巨型紐芬蘭犬。

當地還看得到方圓十法里內一些沒人認識的犬種，誰也不曉得牠們從哪裡來、如何過活，一陣子之後，牠們就又不見蹤影。

然而，弗朗索瓦非常喜愛珂珂特。他將狗取名爲珂珂特，並無惡意，儘管牠和這名字倒十分相配。他經常不斷地說：「這隻狗，簡直和人沒兩樣，就只差不會開口說話。」

他替狗訂製了一條漂亮的紅色皮革頸圈，掛著一塊銅牌，銅牌上刻有「**珂珂特小姐，爲車夫弗朗索瓦所有**」這幾個字。

牠的體型變得很龐大。牠從前有多乾瘦，如今就有多肥胖，而圓滾滾的肚子底下，始終懸著左右晃動的長乳房。牠一下子發胖起來，現在連走路都感到困難，四條腿像吃得過胖的人一樣叉開，張著嘴呼呼喘氣，才剛嘗試跑幾步，便累得精疲力盡。

此外，牠的生殖能力異常驚人，幾乎剛生完產、便又懷上身孕，一年會生四回，產下的成串小狗樣態互異，囊括了犬類的所有品種。弗朗索瓦挑選一隻留給牠做「消奶」之用，其餘小狗通通集攏在馬廄專用的皮圍裙中，毫不憐憫地全丟到河裡。

可是，隔沒多久，女廚師就和園丁一起抱怨連連。她連在爐灶裡、碗櫥裡、樓梯下存放煤塊的小間裡，都會發現狗。牠們遇見什麼就偷什麼。

主人失去了耐心，命令弗朗索瓦扔掉珂珂特。男子爲之悲痛，想把狗安放在其他人家，卻沒有人要。他於是下決心丟了牠——他把狗託付給一個趕車的人，讓對方帶狗到巴黎的另一邊，拋棄在茹安維爾—勒彭[2]近郊的田野。

---

1 珂珂特是法文「cocotte」的音譯，這個詞在俗稱裡可指「舉止輕佻的女人」。

2 茹安維爾—勒彭（Joinville-le-Pont）：法國巴黎東南近郊的小市鎮，距巴黎市區約十三公里遠，無怪後文提及，珂珂特當晚就跑回來了。

當天晚上，珂珂特就回來了。

必須採取更堅定有效的辦法。他花了五法郎，把狗交給開往哈佛爾港的火車列車長。請他在火車抵達目的地後放了牠[3]。

三天後，珂珂特回到了馬廄，疲乏至極，瘦得肋部凹陷，身上有多處皮肉擦傷，累到再也受不了。

主人心生同情，不再堅持扔掉牠。

但公狗群很快又回來了，數量比任何時候都多，也更加頑強難對付。一晚，別墅舉行盛大晚宴，一條拳師犬當著女廚師的面，把一隻佐配了松露燒製的肥母雞叼走，而且因爲是隻大狗，女廚師不敢和牠爭奪。

這次，主人火冒三丈，叫來弗朗索瓦，氣沖沖地對他說：「明天早上以前，你要是不把這隻畜生丟到河裡，我就把你趕出去，聽清楚了嗎？」

男子嚇呆了，他上樓回到自己房間收拾行李，寧願離開這份工作。他繼而考慮到，只要身邊帶著這隻惹人厭的畜生，就沒有任何地方會雇用他。他想到，自己是在一戶好人家家裡，薪資高，吃得也好。仔細思量，發現爲了一條狗放棄這些眞的不值得。自身利益對他更形重要。最終，他果斷地決定等天一亮就要扔掉珂珂特。

然而夜裡他睡得很不好。才黎明時分便起床，拿了根牢固的繩子，便去找那隻母狗。牠慢慢地站起來，抖動身體，伸伸四肢，走上前來親熱地迎接主人。

他一下子失去了勇氣，開始溫柔地擁抱牠，撫摸牠的一對長耳朵，吻牠的口鼻，用他所知道的一切親密字眼盡情叫喚牠。

但，鄰近的時鐘敲響六點了，不可以再猶豫了。他打開門，說：「來。」那畜生搖搖尾巴，明白要外出去了。

他們來到河岸邊，男子選了一處看起來水較深的地方。這時，他把繩子的一端繫在漂亮的皮革頸圈上，撿起一塊大石頭，綁在繩子的另一端。然後，他把珂珂特抱在懷裡，像對待一位將要離別的親人那樣瘋狂地親吻牠。他把狗緊摟在胸前，搖晃著牠，喊道：「我美麗的珂珂特！我的小珂珂特！」牠任由他擺布，一邊高興地發出呼嚕聲。

他好幾次想扔牠，卻始終缺乏勇氣。

但突然間他下定了決心，使出全身力氣，盡可能將牠拋得很遠。一開始，牠試圖像別人幫牠洗

---

3 哈佛爾港（Le Havre）為法國第二大港口，連接巴黎與哈佛爾港的鐵路則是法國西部重要交通幹線之一，每日運載的旅客和貨物量龐大。鐵道完成於一八四七年，全長兩百廿八公里，從巴黎出發乘坐一般火車，約需兩個半小時才能抵達哈佛爾港。後文提及，珂珂特花了三天、跋涉兩百多公里，才終於回到在巴黎的主人家。

澡那樣游水。可是，牠的頭被石頭拖曳著，一次又一次地快速往下沉。牠朝自己主人投出充滿人類靈性的驚慌眼神，一邊如溺水者般拚命掙扎。接著，牠身體的前半部沒入了水中，後腿仍在水面上瘋狂擺動，然後，兩隻後腿也消失了。

有五分鐘時間，大河的表面有如河水開始滾沸般不斷冒出氣泡。弗朗索瓦驚恐不安、失魂落魄，一顆心突突跳動，以爲看見珂珂特在河底淤泥裡曲扭著。他懷著鄉下人的單純心思，自言自語：「這畜生，這時候，會對我作何想法呢？」

他差點就患上癡愚症，足足病了一個月。每天夜裡都夢見那隻母狗，感覺牠在舔自己的手，聽見牠在吠叫。不得不請醫生來看病。最後，情況好轉了，接近六月底時，他的主人帶他到他們位於盧昂附近、比耶薩爾的一處花園住宅。

那兒依舊是塞納河邊。他開始習慣在河裡沐浴。每天早晨，他和馬夫下水，游泳渡河。

有天，他們像孩子般在水裡嬉戲玩耍時，弗朗索瓦忽然朝同伴叫道：「看漂來的那樣東西。我可要請你嘗塊排骨了。」

那是具腐爛動物的屍體，體型龐大，毛髮脫光，被水泡得腫脹，四肢朝天，順著水流漂過來。弗朗索瓦划著蛙泳，湊近，持續開著玩笑：「該死！它可不新鮮。好個大獵物啊！老兄。而且一點也不瘦。」

他保持距離，繞著這巨大動物的腐屍來回轉圈。

然後，他突然不說話了，帶著異樣的專注，仔細瞧著它。他又游近了些，彷彿想觸摸它。目不轉睛地檢視腐屍身上的頸圈，之後，手臂往前伸，抓住這動物的脖子，將屍體轉了個方向拉到自己身邊，那長出了綠色金屬鏽的銅片依然緊緊附在褪色皮革上，他唸道──「**珂珂特小姐，為車夫弗朗索瓦所有**」。

死去的母狗，在距離他們家六十法里外的地方，重新找到了牠的主人！

弗朗索瓦發出可怕的慘叫聲，開始竭盡全力朝河堤游去，一邊游，一邊呼號。一上岸，便光著身子在田野中狂亂地四處奔逃──他發瘋了！

──〈珂珂特小姐〉（Mademoiselle Cocotte），原刊於一八八三年三月二十日《吉爾．布拉》日報

巧計

有個老醫生和年輕的女病人在火爐邊閒談。她的身體只是稍有不適，漂亮女子經常患有這種女性毛病——輕微的貧血、輕微的情緒煩躁，以及略感疲倦；這類似的疲憊，通常是與另一半戀愛結婚的女子，在新婚後同住了近一個月不時會有的感受。

她躺在一張長椅上跟醫生聊天：「不，醫生，我永遠無法理解一個女人欺騙丈夫的外遇行爲。假使她不愛他，也完全不顧曾許下的承諾與誓言，但怎麼可能有膽委身於另一個男人呢？如何在眾目睽睽下隱瞞事實呢？在謊言和背叛中，怎麼還能夠去愛另一個人呢？」

醫生面帶微笑：「關於這個，很簡單。我向您保證，當渴望使您忽然犯下錯誤時，人幾乎不會考慮到這所有微妙的問題。我甚至確信，一個女人唯有經歷了婚姻的一切相處差異與適應，以及其中所有令人噁心厭煩的事物後，才能成熟面對眞正的愛情。根據一名顯赫人士的見解，婚姻，不過是將白天的壞脾氣和夜裡的臭氣味相互調換一下罷了——沒有比這更眞實的說法了。一個女人只在結過婚後才有能力熾烈地去愛。假如我可以將一個女人比作一棟房子，我會說，只有當丈夫擦掉了牆上的灰泥，它才是適於居住的。

「至於掩飾欺瞞，所有女人在應付這樣的狀況時，無不游刃有餘。最單純的女人就是最出色的能手，而且在最艱難的情境裡也能巧妙脫身。」

可是，這位少婦似仍心存懷疑，無法輕易信服：「不，醫生，人們總是在事情過後，才覺察到在棘手的危險關頭該做些什麼，而女人比起男人當然還要更容易喪失理智。」

醫生高舉雙臂：「事情過後，這可是您說的……！我們其他這些人，我們只在事後才有靈感。可是您們！……這樣吧，我來講個發生在我一個女病患身上的小故事，對她，就像人們說的，我不用她懺悔，就讓她領了聖體。

「這件事發生在外省的一個城市裡。有天晚上，我睡得正熟，這既酣又沉的頭一覺是很難被打擾的，在模糊的夢境中，我彷彿感到城裡救火的警鐘一陣陣響起。

「突然，我醒了過來——是我家的鈴聲，靠街那扇門的門鈴拚命地叮噹作響。傭人似乎沒去應門，所以我只得自個兒拉拉懸在床邊的繩子叫人。不久，便聽見幾道門開開關關的聲音，腳步聲打破了沉睡中房子的寂靜。隨後，傭人尚走進來，手上拿著一封信，信裡寫著：『勒里耶佛夫人迫切懇求西梅翁醫生，即刻前往她家。』

「我思索了幾秒鐘，心裡想，肯定是神經質發作、頭暈，眞是小題大作。而我太疲倦了，便回信：『西梅翁醫生身體極爲不適，敬請勒里耶佛夫人去找他的同行波奈醫生。』然後，我把這短箋裝在信封裡交給僕人，便再度入睡。

「大約半小時以後，朝街大門的門鈴再度響起，尙進來對我說：『有個人，不知是男是女（我不曉得此人確切性別，因爲臉被遮住了），想儘快和先生談談。他說，這牽涉到兩個人的性命。』

「我坐起來，說：『讓他進來。』

「我坐在床上等待。一個像黑幽靈一樣的人走了進來，等尙一離開，那人就把臉露出來——是貝爾特・勒里耶佛夫人，一個非常年輕的女子，和城裡一位富商結婚三年，人們都說那商人娶了本省最漂亮的女人。

「她臉色蒼白得可怕，臉上肌肉像驚慌失措的人一樣抽搐著。她雙手顫抖，兩次試圖開口說話，嘴巴卻發不出半點聲音，最後，結結巴巴地說：『快，快……趕快……醫生……跟我去。我的……我的情人在我房間裡死了……』

「她激動得說不出話來，停住片刻，才又說：『我丈夫就……就要從俱樂部回家了……』

「我一下子跳下床站起來，甚至沒顧及自己身上穿著內衣，才不過幾秒鐘時間便穿好了外出服。然後，我問道：『剛才來的也是您本人嗎？』她因焦慮而愣住了，呆立在那兒有如雕像，喃喃道：『不是……是我的女僕……她知道……』接著，在沉寂片刻之後，又說：『我，當時我……留在……他身邊。』接著，從她嘴唇傳出某種極爲痛苦的叫聲，她感到呼吸困難，發出嘶啞的喘氣聲。之後，她哭了，發狂似地哭了起來，還帶著痙攣性的抽噎，就這麼持續了一兩分鐘。然後，她的淚水突然止住，流盡枯竭，像是被內在的一把火給烤乾了。她重又恢復悲劇性的平靜，說道：『我們快走吧！』

「我準備妥當，但大叫一聲：『該死，我沒叫人套好我的馬車。』她回答：『我有車，我用的是他的車，正在外面等著。』她全身上下直到頭髮都緊密包覆著。我們便出發了。

「當她在陰暗車廂中坐在我身旁時，突然抓住我的手，握在她纖細手指間使勁捏壓。她用顫抖的嗓音、來自撕碎心靈的顫抖，結結巴巴地說：『噢，但願您知道，但願您知道我有多麼痛苦！我愛他，我瘋狂地愛著他，六個月以來，我就像個失去理智的人一樣。』我問道：『您家裡，可有人被吵醒？』她回答：『不，沒有人，除了蘿絲，她知道一切。』

「馬車在她家門口停下。的確，屋子裡所有人都睡了。我們用萬能鑰匙把門打開，悄悄地進入屋內，就這樣踮著腳尖上樓。神色驚慌的女僕坐在樓梯頂端地板上，身旁放著一支點燃的蠟燭，因爲她不敢待在死者身邊。

「我走進臥室，裡面凌亂不堪，好像經歷過一場搏鬥似的——床上縐巴巴的，留著跌撞過的痕跡；被子打亂了，是掀開的，彷彿在等待什麼人；一條床單直拖曳到地毯上；幾條曾用來拍打那年輕人太陽穴的濕毛巾丟在地上，旁邊還有一個洗臉盆和一只玻璃杯。才走到門口，就聞到一股怪異的廚房醋味，混雜著盧賓牌香水的氣息，讓人作嘔。

「屍體直挺挺地仰躺在房間中央。我走近，仔細察看，摸了摸他，翻開他的眼睛，在他的雙手把脈做觸診。然後，我轉身面朝這兩個像凍壞了般直發抖的女人，說：『幫我抬他到床上。』我們將他輕輕安置在床上。接著，我聽了一下他的心臟，在他嘴巴前面放一面鏡子，然後低聲說：『他死了，我們快點把他的衣服穿好。』這實在是件叫人怵目驚心的事！

「我將他的四肢一一抓起，如擺弄一個巨型玩具娃娃那樣，把它們伸到兩個女人拿來的衣服裡。她們遞來襪子、內褲、褲子、內衣，然後是外套，我們費了好大一番功夫才把他的手臂塞進外套裡去。到了要扣鞋扣時，兩個女人屈膝下跪，我爲她們照亮視線。但因爲他雙腳有些腫脹，要套上鞋子極爲困難。因爲找不到扣鈕鉤，只好拿髮夾代替。

「可怕的裝扮工作完成後，我打量我們的作品，說：『該把他的頭髮稍微梳一梳。』女僕取來女主人的粗齒梳子和刷子，可是她的手在發抖，不由得扯下了不少又長又亂的頭髮。勒里耶佛夫人激動地奪走梳子，像在撫摸他的頭髮般輕柔地把它們梳理整齊。她幫他重新分出髮線、刷鬍子，然後慢慢將他唇邊兩撮鬍子繞在自己手指上，這無疑是她在愛情親密時刻裡的習慣。

「忽然，她鬆開纏在手上的鬍鬚，捧住情人了無生氣的頭顱，久久絕望地端詳這張不再向她微笑的死亡臉孔。接著，撲倒在他身上，一把將他緊緊摟住，一面瘋狂地親吻他。她的吻一記又一記重重落在他閉合的嘴巴上、在他黯淡的眼睛上、在他的鬢角，還有他的額頭。然後，彷彿他還聽得見似的，她湊近他的耳朵，像爲了斷斷續續傾吐使擁抱更熱烈的話語般，以令人心碎的聲音接連重複了十次：『親愛的，永別了。』

「但是，擺鐘敲出十二聲響，我驚得跳了起來：『天哪，午夜了！是俱樂部關門的時間。趕快，夫人，再加把勁啊！』她挺起身來。我吩咐道：『我們把他移到客廳。』我們三人一起抬起他，搬到客廳後，我讓他坐在一張靠背長椅上，然後點亮了枝形大燭臺。

「靠街的大門打開，又重重關上。是主人回來了。我喊道：『蘿絲，快點，把毛巾和洗臉盆拿來給我，再把臥室清理乾淨。趕快呀，老天，勒里耶佛先生到家了！』

「我聽見上樓的腳步聲越走越近，有雙手在黑暗中觸摸牆壁的聲音。這時，我呼叫道：『在這兒，親愛的勒里耶佛先生，我們出了點意外。』

「做丈夫的目瞪口呆站在門口，嘴裡叼著一根雪茄，問道：『什麼？怎麼回事？這是什麼？』

「我朝他走過去：『我的好友，您看，我們遇到大麻煩了。我在您們家和您妻子聊天聊到很晚，我們的這位朋友用馬車送我來這裡，當時也在場。可是他突然倒了下去，兩個小時以來，我們一直照料著他，但他依然昏迷著。我不想叫外人來。您幫我把他搬下樓。在他家，我對他的治療會進行得更好。』

「那位丈夫很吃驚，卻沒有懷疑。他摘下帽子，用雙臂牢牢夾住今後對他不再具傷害性的情敵，我則抬起屍體的雙腳，樣子好像一匹套上了兩支車轅的馬。我們就這樣合力走下樓梯，現在由他的妻子來爲我們照路。

「當我們來到門前時，我將屍體直豎起來，和他說話、鼓勵他，藉以隱瞞他的車夫：『加油，我的朋友，會沒事的。您已經覺得好多了，不是嗎？勇敢些，來，振作一點，再使點力，就可以了。』

「我感到他快要往下倒，而且正從我的雙手間滑落，於是我用力以肩膀頂了他一下，將他往前推，讓他翻進車廂裡，隨即在他後面上車。

「那位丈夫擔心地詢問我：『您認爲情況嚴重嗎？』我面帶微笑地回答：『不。』然後，我看了他妻子一眼。她早已伸手挽著自己合法配偶的臂膀，眼睛卻定定望著幽暗車廂的深處。

「我和他們握手，吩咐啓程。一路上，死者就這麼跌過來靠在我右側的耳朵上。我們到達他家後，我宣稱他在途中失去了知覺。我幫忙抬他進臥室，然後，確認他已死亡。我在他悲傷逾恆的家人面前，編造了一整套新的虛僞把戲。最後，我再次回到自己床上，而且還咒罵了那對情人。」

醫生沉默了，臉上始終掛著微笑。

年輕少婦緊張地問道：「爲什麼您要跟我說這麼嚇人的故事呢？」

醫生彬彬有禮地向她致意：「爲了機會來的時候能爲您效勞。」

——〈巧計〉（Une ruse），原刊於一八八二年九月二十五日《吉爾・布拉》日報

兒子

兩個老朋友在花朵盛開的庭園散步，春天是快活愉悅的，院子裡一片生機盎然。

他們其中一位是國會議員，另一位是法蘭西學院[1]院士，兩人都很嚴肅，都擅長冠冕堂皇的嚴謹論理，皆是出色而有名望的人士。

他們起初閒聊政治，交換意見，所涉及的不是政治觀點的論述，而是品評那些政要人物——在政治圈裡，個性品格往往比理性看法來得重要。接著，他們又回憶起幾件往事，然後便沉默不語，兩人繼續並肩行走，溫熱的空氣讓人懶洋洋的。

1法蘭西學院（Academie francaise）：法國歷史悠久的著名學術機構。由樞機主教黎胥留（Richelieu）創立於一六三五年。成員四十位，皆法國各界對文化貢獻卓越的人物，包括作家、外交家、學者、法學家等。為終身職，新院士由成員自行遴選。學院主要任務為規範法國語言，在時代變化中維持法文的清晰純正。院士因此編撰辭典並定期更新，每年亦頒發多種文學獎項。

有個橢圓形的大花圃，上頭種滿桂竹香，散發出甜甜的淡雅氣息；另外一叢鮮花，擁有各式品種與色調，在微風中綻放芬芳。而有棵金雀花樹，枝椏上垂吊著成串的小黃花，微細的花粉隨風散布，這帶有蜂蜜味的金黃色煙霧，將充滿香氣的種子灑滿整個空間，種子之細緻如化妝品製造商所生產的觸感柔細粉末。

國會議員停下腳步，吸一口在空中飄浮、具有繁殖能力的雲霧，細細觀察這棵愛意充沛的樹，它像太陽一樣明耀生輝，它身上產生的種子四處飛揚。他說：「想想看，這些帶著香味、細小到難以察覺的粒子，將在距此好幾百里遠的地方創造出另一些生命，它們將使雌樹的纖維顫動，使它的汁液流淌，產出無數帶鬚根的植物。這些植物和我們人類一樣，由胚胎孕育而成，和我們一樣，終將一死，遲早會被同屬同種的後生取代，在生生不息的大自然循環中，實在與我們無異啊！」

金雀花樹的香氣令人舒爽振奮，在空氣中充盈的輕微蕩漾裡顯得格外分明。議員先生站立在這棵欣欣向榮的樹下，接著說道：「噢，老兄，假使要你計算這輩子有過多少個孩子，你大概會很困惑爲難。而眼前這棵樹卻輕而易舉地繁衍後代、揮灑自己的種子，它非但不需要內疚，也不擔心種子的下落。」

院士補充道：「我們人類也是如此，我的朋友。」

議員繼續說：「的確，我們有時也會拋棄自己的骨肉，這點我不否認，但至少我們知道自己的所作所爲，我們人類的優越性就在於此。」

但院士搖搖頭：「不，我說的不是這個意思。您想想看，我親愛的朋友，世上幾乎每個男人都有過幾個毫不知情的子女，這些所謂父親不詳的孩子，是男人在最不經意的情況下製造出來的，就像這棵樹毫無意識地繁殖下一代那樣。

「這棵被我們詰問的金雀花樹，若要它爲自己的後代逐一編號，絕無法辦到。同樣地，若必須統計和我們發生過關係的女人數目，不也令人無從回答、窘迫爲難嗎？從十八歲到四十歲這段期間，將那些短暫邂逅相遇與一小時的逢場作戲全都估算在內，可以相當坦白地說，我們曾和兩三百個女人有過……親密關係。

「那麼，我的朋友，依這個數目來看，您能確信從未使其中至少一個女人受孕？您敢肯定，不會有個無賴漢兒子偷竊、殺害了像你我一樣的正派人，此刻正淪落街頭或在苦役監獄裡服刑？又或許那是個女孩，墮入風塵，成爲妓女；若運氣好些被母親遺棄，也可能正在某個家庭裡做炊事？

「而且，您再想想，幾乎所有我們稱之爲娼妓的女人都有一兩個孩子，是她們爲了一次賺十到二十法郎、與人肉體相親而意外產生的，這些孩子的生父是誰，她們根本不知道。所有行業都講求獲利和損失，這些私生子就屬於她們職業裡「虧損」的部分。誰是孩子的父親呢？是您、是我，是我們這些一般人眼裡的規矩人！在朋友歡樂聚餐的場合，在愉快共度夜晚之際，酒足飯飽的酣暢不免讓人進一步嘗試偶然的性交易，而這些孩子正是放縱情慾後的結果。

「總之，小偷、四處遊蕩的流氓，以及所有無恥的壞蛋，都可能是我們的孩子。這對我們來說，總比我們是他們的孩子來得好些，因爲——這些無賴也是會繁衍後代的！

「這樣說吧，就我而言，我有過一段極爲糟糕的經歷，它使我良心深受譴責，我願意說給您聽聽。這件事帶給我無止盡的悔恨，更糟的是，它引起我不斷的懷疑，一種無法平息的不確定感，時時折磨得我痛苦不堪。

「二十五歲那年，我和一位友人到布列塔尼徒步旅行，這個朋友如今是最高行政法院的首長。

「我們瘋狂步行了半個多月，造訪北部海岸省及菲尼斯泰爾省的一部分，然後抵達杜阿爾內納；再從那兒經由德斯特瑞帕斯海灣，一口氣走到荒涼無人的拉茲岬角，然後在一個地名以歐夫結尾的村莊過夜。但清晨來臨時，朋友忽然感到莫名的疲倦，無法起床——我用『床』這個字是出於習慣，其實我們睡覺的鋪蓋不過由兩綑麥草疊成。

「在這偏僻的鄉下地方生病，簡直無法想像。我於是強拉他起床動身，下午將近四五點時，我們到了奧迪耶爾恩。第二天，他的情況稍微好些，便再度啓程。可是途中，他又難過得受不了，我們費了好一番功夫才到達蓬拉貝，那裡起碼還有家小旅館。朋友倒臥在床，從坎佩爾請來的醫生查出他發高燒，卻無法斷定患了什麼病。

「您知道蓬拉貝這個地方嗎？不知道。好吧，讓我來告訴您，從拉茲岬角到莫爾比昂省這一帶，是說著布列塔尼語的傳統布列塔尼人居住地，這個區域保有布列塔尼文化精華，包括道德習慣、軼聞傳說、風俗民情等，而蓬拉貝則是整個地區最富有布列塔尼情調的城市。直到今天，這個角落幾乎仍然沒有任何改變。我之所以說『直到今天』，是因爲——唉！我現在每年都會回去那兒一趟。

「那城市有座古老的城堡，塔樓的基部浸泡在一片大池塘裡，成群野鳥在水面飛翔，景色相當淒涼。有條河從池塘裡流出，沿海航行的小船可以溯河而上直達城邊。城中街道狹窄，兩旁古屋林立，街上的男人都戴著一頂大帽子，身穿繡花背心和四件重疊在一起的短上衣——最外面的上衣大小如手掌，至多覆蓋到肩胛骨，而最裡層的一件，長度則恰好落在短褲後襠上方。

「那裡的女孩，身材高䠷、容貌豔麗、氣色鮮潤，她們穿著一件有如護胸甲的呢絨背心，衣服壓扁了她們的胸部，緊緊束縛住上半身，讓人簡直無法猜到她們有著豐滿卻飽受擠壓的胸脯。她們的頭部打扮也很奇特，兩邊的太陽穴各有一塊彩色繡花布片，框出臉部的輪廓也繫住頭髮；長髮像瀑布一樣流瀉在腦後，接著向上挽起、盤在頭頂，上面罩著一頂樣式獨特的無邊軟帽，帽子通常是以金線或銀線織成。

「小旅館裡有位女僕，年紀頂多十八歲，生著一對藍眼睛，淡藍色的眼珠裡透著兩顆小小的黑色瞳孔。笑起來不時露出排列緊密的短小牙齒，看上去堅實得似乎可以嚼碎花崗石。她像大部分當地人一樣，只會說布列塔尼語，對法語一個字也聽不懂。

「朋友的身體狀況並未好轉，雖然始終診斷不出病因，但醫生還是不准他出發，囑咐要全面休息。我因此整天陪在他身邊，而小女僕不斷在房裡進出，有時送飯菜給我，有時端來一杯草藥湯。

我經常逗弄她，這似乎也頗讓她開心——當然，我們並未交談，因爲我們沒法聽懂對方的話。

「有天夜裡，我在病人身邊留到很晚，要回房時，在走道上與這個小姑娘交錯而過，她也正要回自己房間去。我們恰巧在我敞開的房門前相遇，這時，忽然間，我不假思索地攔腰摟住她，這純粹是出於開玩笑心態。還沒等她從驚嚇中回過神，我已將她抱進了房裡，鎖上房門。她驚慌害怕、不知所措，看著我，不敢放聲叫喊，生怕引發醜聞，那她鐵定先被老闆解雇，接著或許還會被父親趕出家門。

「我原本邊笑邊做了這件玩笑事，可是她進到房裡後，我內心卻湧起一股想占有她的慾望。我們之間於是展開一場悄然無聲的久久搏鬥，一場肉體和肉體的對抗，像兩個扭打在一起的運動員，手臂時而伸張，時而彎曲，時而蜷縮，呼吸急促、喘不過氣來，渾身汗水淋漓。噢，她掙扎得英勇而激烈，我們不時碰到家具，撞上牆板，弄翻椅子！因擔心發出的聲響會吵醒別人，兩個始終交纏著的身體便暫停幾秒鐘、動也不動，但隨即又再度陷入激戰，我進攻，她抵抗。

「最後，她精疲力竭地倒了下來，就在地面，在石板上，我粗暴地占有了她。她一下子重新站起身，跑向門口，拉開門栓，逃跑了。

「接下來幾天，我難得再遇到她，而她也不讓我靠近。不久，同伴的病好了，我們該重新上路了。在出發前一天的午夜，我剛回到房裡，就看見她穿著內衣，光著腳，走進我的房間。

「她投入我的懷裡，熱情地擁抱我，而後，她哭泣著、嗚咽著親吻我，溫柔地撫摸我，直到天亮，她盡一切所能表達著對我的愛意，和對我即將離開所感到的絕望——一個不懂我們語言的女子所能給予的溝通，她全都做了。

「一個星期後，我早已忘了這段情史。這類豔遇很普通，而且旅行時經常發生——通常，小旅館的女僕本該如此提供旅客消遣。

「三十年過去了，我從未想起這件事，也不曾再回到蓬拉貝。然而，在一八七六年，為了替著作收集資料，必須深入實地考察地方風情，我到布列塔尼旅行了一趟，這段期間在偶然機緣下，我又回到蓬拉貝。

「在我的感覺裡，那兒似乎一點也沒變。城堡的淺灰色城牆依舊浸泡在小城入口處的池塘裡；而旅館仍是我住過的那家，只不過曾修繕翻新，看起來較具現代感。我一走進旅店，就有兩位十八歲的布列塔尼年輕女孩前來接待，她們臉色紅潤、長相甜美，穿著像護胸甲似的窄呢絨背心，頭戴銀線編織的帽子，兩個耳朵上各蓋有一大塊繡花布片。

「當時大約晚上六點，我坐在桌前用餐，老闆熱心地親自為我服務。一切像命中注定必然發生似的，我提問道：『您認識這棟旅館以前的主人嗎？三十年前，我曾在這裡住過十幾天。那是很久以前的事了。』

「他回答：『他們是我的父母，先生。』

「我因此敘述了自己當初在什麼樣的情況下停留，以及我如何因同伴身體不適而耽擱了旅程。

他沒等我把話說完：『啊，我完全記起來了！當時我十五六歲，您就住在最靠裡邊的客房，您的朋友住在臨街的那間，現在是我的住處。』

「只在這時候，對當年那位小女僕的記憶才鮮明地浮現腦海，我問：『……您記不記得您父親雇用過一位可愛的小女僕，如果我沒記錯，她有雙漂亮的藍眼睛和鮮亮的白牙齒？』

「他接著說：『……記得呀，先生。她生完小孩沒多久就死了。』接著伸手指向院子，裡頭有個瘦削的跛腳男子正在翻攪糞肥。他補充道：『……那就是她的兒子。』

「我笑了起來：『……他長得可不好看，一點也不像他母親，肯定是像他父親。』旅館老闆又說：『……可能眞是這樣，但沒有人知道他父親是誰。她死的時候什麼都沒說，這裡的人也不曾聽說她有過情夫，她懷孕的事著實讓大家吃了一驚。沒有人肯相信。』

「我不舒服地打了個寒噤，就像沉重的悲苦即將到來那樣，總有這類隱隱作痛的感覺從心頭拂掠而過。我看看院子裡的男人。現在，他剛替馬匹汲好水，正提著兩個水桶一瘸一拐地蹣跚前行，較短的那隻腿使勁著力，顯得相當痛苦。他身上衣服破破爛爛的，骯髒得令人厭惡，黃色長髮糾纏在一起，像一條條繩索似的披在臉頰上。

「旅館主人接著又說：『……他做不了多少事，把他留在屋子裡算是施捨他。假如他像一般人一樣有人扶養長大，情況或許就好多了。可是，您能怎麼辦呢，先生？沒父親、沒母親，又沒有錢！我的父母很可憐這孩子，但畢竟不是自己生的，這道理，您一定懂。』

「我什麼也沒說。我仍住在從前那個房間裡，一整夜都在想著這醜陋的馬夫，一邊反覆思索：『……萬一他果然是我兒子呢？難道我眞的因此害死那個女孩，又製造了這個生命？』總而言之，這的確有可能！我決定和這個男人談談，問清他確切的出生日期。若相差了兩個月，我的疑慮就可以消除。

「第二天，我叫人把他找來，但他也不會說法語。況且，他一副什麼都不懂的模樣，我請一位女傭代我問他年紀多大，他完全答不上來。他像個白癡一樣站在我面前，那雙骨節粗大、髒得令人作嘔的手，不斷捲弄著帽子，他傻傻地發笑，笑的時候，嘴角和眼角都跟他母親有幾分神似。

「但旅館老闆突然出現，他找來了這個可憐人的出生證明——他來到世間的日期，是我在蓬拉貝旅居後的八個月又二十六天，因爲我記得相當清楚，自己是在八月十五日到達洛里昂的。證明書上標註著『父不詳』，母親名叫珍娜．克哈迪克。

「我的心跳急劇加速，感覺喘不過氣來，沒法說一句話。我瞧著這個像畜生般的粗人，他滿頭的黃髮如一堆糞肥，甚至比野獸糞便更骯髒不堪。而這個乞丐被我注視得窘迫不安，停止傻笑，調轉頭去，試圖想離開。

「我沿著小河徘徊了一整天，陷入痛苦的思索。但這樣思前想後有什麼用呢？我怎麼也無法得到明確答案。接連好幾個小時，我衡量了所有正反面理由，以支持或推翻我是他父親的可能性，各種錯綜複雜的假想讓人煩亂不已。最終，思緒總是不斷重回同樣可怕的不確定感中，然後更難承受的是，我又會再度堅信這個男人就是我兒子。

「我吃不下晚餐，早早便回房休息。久久無法入睡，後來總算睡著了，睡夢裡卻淨是些讓人難堪的影像——我看見這個粗魯的野人當面恥笑我，叫我『爸爸』。接著他變成一條狗，緊咬著我的腿肚不放，我想逃，卻躲不了，他始終窮追不捨，他並不吠叫，而是像人一樣說話，辱罵我。之後，他又出現在我的法蘭西學院同事前，他們集合起來開會，判定我是否是他父親。其中一位院士大喊：『這實在無庸置疑啊！各位看看，他和他父親長得有多像。』的確如此，我發覺這個怪物長得很像我。我醒了過來，方才夢裡兩人長相相似的念頭仍深植腦海，我發瘋似地想再見到那個男人，以弄清我們在相貌上有沒有相同之處。

「隔天是星期日，我趁他前往做彌撒途中，走近他，給了他一百蘇，一面焦慮地盯著他看。他拿了錢，開始恬不知恥笑了起來，然後我的眼神又再度讓他不安，他嘴裡含糊不清地嘟噥了一個字，想必是表達『謝謝』，隨即便逃開。

「和前一天一樣，我又在苦惱不安中度過一天。傍晚，我找來旅館老闆，與他談起這個可憐的生命，話說得非常小心謹慎、充滿技巧，極其微妙婉轉，我表明自己很關心這麼一個遭眾人遺棄且一無所有的人，希望能爲他做點什麼事。

「可是老闆反駁道：『噢，先生，您可別這麼想，這傢伙毫無用處，您幫他只會給您惹上麻煩！我呢，雇他來清理馬廄，他會做的也就只有這個。爲此，我供他吃喝，讓他和馬匹一起睡。這對他就夠了，不需要別的。假如您有一條舊短褲，拿來給他，不過一星期後，包準變成碎布條。』

「我並未再堅持，想多給自己些時間好好考慮。

「到了晚上，這個無賴漢喝得醉醺醺回來，發起酒瘋，差點兒放火燒了房子，還用十字鎬打死了一匹馬。後來，他淋著雨，倒在泥漿裡睡著了。這一切都是我慷慨給錢所引發的後果。

「第二天，店家便央求我不要再給他錢。只要口袋裡有幾個銅錢，他就拿去喝酒，而燒酒使他脾氣暴躁、胡作非為。旅館老闆還加上一句：『給他錢，就是想害死他。』若非旅客們扔給他幾個生丁[2]，這個男人身上從沒有過半毛錢，他也不知道這個金屬硬幣除了可以上小酒館買酒外，還有其他用途。

「我在自己的房裡待了好幾個小時，打開一本書假裝閱讀，但事實上，什麼也沒做，只是偷偷窺視這個粗人——我的兒子！我的兒子！我試圖發現他是否有些地方遺傳自我。經過幾番搜尋，在他額頭和鼻根處找到一些相似的線條，這使我很快就確信我們長得很像，只因為穿著打扮不同，以及他蓄著骯髒的濃密長髮，而遮掩住相似之處。

「我擔心再繼續待下去會讓人起疑，因此傷心欲絕地離開了。臨走前，我留了些錢給旅館老闆，請他改善一下那位馬夫的生活。

2 生丁（centime）：法國幣值最小的錢幣，一法郎等於一百生丁，一蘇（sou）等於五生丁。

「然而六年來，我一直活在這樁心事裡，這種反覆猶豫、疑惑不明的狀況讓人飽受折磨。每年，總有一股無法抗拒的力量驅使我回到蓬拉貝。每年，我都強迫自己接受這個殘酷的懲罰——到這裡，看這粗人在糞泥裡過活，揣測著他有多像我，竭力試圖幫忙他，卻始終徒勞無功。我每年重回這裡，卻一年比一年更躊躇、更痛苦，也更惶惶不安。

「我嘗試過讓他受教育，但他愚癡的程度實在無法挽回。我也曾設法使他在生活上少受些窮苦的磨難，而他卻是個無可救藥的酒鬼，給他的錢全拿去買酒喝。他很知道該如何變賣新衣服為自己換得些燒酒。

「我還屢次拿錢給他的老闆，想打動他惻隱之心，讓他多照顧一下這個馬夫。最後，旅館主人顯得很訝異，給了我一個很明智的答覆，說：『先生，您為他做的一切只會害了他。必須像對待囚犯一樣看住他。他一有空閒或日子過得舒服些，就只曉得為非作歹。您若想行善做好事，就去吧，被遺棄的孩子可多的是，但總得挑一個值得您費心力的。』

「對此，還有什麼可說的呢？這些苦苦糾纏我的疑問，若被猜到、識破，這個愚蠢的傻子必然心生邪念地剝削我、損害我名譽，毀了我。他會如同夢中所見那樣，喊我『爸爸』。

「我暗自思量，是我導致了他母親的死，是我糟蹋了這萎縮的生命，讓他成了馬廄裡的低能兒，在糞肥中翻滾長大。若他能得到像別人一樣的撫育和教養，一定也能成為一般正常人。

「您無法想像面對他時，我所感受到的那股奇特、複雜、難以忍受的情緒。想想，他是出自於我，我和他有著父子的親密關聯，由於那威力驚人的遺傳法則，他身上無以數計的地方皆與我無異，他的血、他的肉都是我的翻版，他甚至擁有和我一樣的疾病基因，同樣的情慾喜好。

「我內心不斷想著要見他，這痛苦的願望一刻也無法平息。然而一看到他，我又極度難過。我待在窗口，一連幾個小時望著他在那兒翻攪、搬運牲口的排泄物，我一再對自己說：『這就是我的兒子。』有時，我會忍不住想親吻他，但至今，我連他的髒手也未曾碰過。」

院士不再說話。他的政治家同伴則喃喃低語：「的確，我們實在應該多照顧那些沒父親的孩子。」

一陣微風吹過，高大的金雀花樹搖動著盛開的黃色花串，花朵裡散發出雲狀的芳香輕霧，籠罩著兩個老人，他們深深地呼吸著香氣。

國會議員又補充了一句：「不過，二十五歲終究眞的是段美好時光，即便製造出這麼個孩子來。」

——〈兒子〉（Un fils），原刊於一八八二年四月十九日《吉爾・布拉》日報

殺害父母罪

律師以精神錯亂為由替嫌疑犯辯護，否則該如何解釋這樁離奇謀殺案呢？一天早晨，有人在夏圖附近的蘆葦叢中發現兩具緊緊摟抱在一起的屍體，一男一女，兩位皆上流社會知名人士，富有、年紀有點大，去年才剛結婚，女子才替之前的亡夫僅僅守寡了三年。

沒發現他們有任何仇家，身上財物也沒被偷。他們似乎先後遭到尖銳的長型鐵器擊昏後，從河岸邊被扔進了河裡。

偵查毫無結果。被盤問的內河船員什麼都不知道。警方本來已快放棄調查，鄰村一位年輕的細木工匠喬治・路易，人稱「資本家」，卻在這時前來投案自首。

面對所有審訊，他都只這樣回答：「我認識那個男的兩年、那個女的六個月。他們經常來找我整修老舊家具，因為這一行裡我手藝精熟。」

而當旁人問他：「您為什麼要殺了他們？」

他總是固執地回答：「我把他們殺了，是因為我想殺他們。」

從他那兒沒法問出別的話來。

這男人無疑是個私生子，過去曾寄養在本地的奶媽家，後來被遺棄。他除了喬治・路易這個名字之外，沒有別的姓氏。但在長大過程中，他特別聰明，有著與生俱來的鑑賞力和靈敏細膩，是其他同伴所沒有的，正因如此大家給了他一個綽號叫「資本家」，從此不再用別的名字稱呼他。他選擇細木工匠當做職業，其出色靈巧的手藝爲大家所公認；他甚至也做一些木雕。人們還說他十分狂熱激進，是共產理論的擁護者，甚且是個虛無主義[2]者。他熱中閱讀冒險小說及描述血腥慘劇的小說，也是個具影響力的選舉人，在勞工和農民的公眾集會裡則是個能言善辯的演說家。

律師以精神錯亂爲由替他辯護。確實，該如何讓人相信，這個工人竟然殺了他最好的主顧？這兩位顧客既有錢又慷慨（他自己也承認），他們兩年來給了他價值三千法郎的工作（他的帳簿可證實）。唯一的解釋是精神錯亂，這個失去社會地位的人，腦中的執拗念頭是——藉著殺死這兩個有錢人來報復所有資產階級的人，律師巧妙影射了本地人給予這個被人遺棄者的綽號「資本家」。他

1夏圖（Chatou）：法國的一個小市鎮，位於塞納河畔，距巴黎西郊僅十公里。

2虛無主義（nihilisme）：一種學說或態度，否定所有道德價值、信仰和實體的存在。不相信因果論、目的論，經常與悲觀主義、極端懷疑主義相提並論。此學說的觀念被應用得極廣，包括政治、文學（如卡繆的《異鄉人》）、宗教、哲學、藝術（如超現實主義，達達運動）等。

大聲喊道：「這難道不是一種嘲諷嗎？一種足以使這無父無母的不幸男孩激動亢奮、失去理智的嘲諷嗎？他是個熱烈的共和主義者。我說什麼？他甚至屬於這樣一個政黨，這個政黨從前遭到法蘭西共和國槍決和流放，今日卻受他們張開雙臂歡迎，這個政黨把縱火看作原則，把謀殺當成十分簡便的手段。

這些目前在公共集會上受到歡呼喝采的蹩腳學說，毀了這名男子。他聽從某些共和主義者的言論，甚至是女人，對，女人的話！要求岡貝塔先生的血、格雷維先生的血[3]。他病態的精神世界翻覆了，他想要血，資產階級者的血！

各位先生，應該判刑的不是他，而是巴黎公社[4]！

表示讚賞的竊竊議論聲在法庭內傳開。大家都覺得，律師會贏得這場訴訟。檢察署並未反駁。

審判長於是向嫌犯提問，慣例上必須這麼做：「被告，您對您的辯護沒有什麼要補充的嗎？」

男子站起來。

他個頭矮小，有著亞麻般的金髮，一雙灰色的眼睛明亮而專注。從這柔弱男孩嘴裡發出的聲音，眞誠、有力且宏亮，才開口講了幾個字，頃刻便改變人們對他的看法。

他放膽高聲說了起來，語氣誇張，但咬字很清晰，因此他的話語，哪怕是最輕微的，在大廳深處都聽得見：「審判長，由於我不想去瘋人病院，寧可上斷頭臺，所以我將把一切告訴您——我殺了這個男人和這個女人，因爲，他們是我的父母。現在，請您聽我陳述並且對我做出判決。

「一個女人生下孩子後，把孩子送到某個地方交由奶媽扶養。她只知道她的同謀者把孩子帶到了什麼地方，但這無辜的小生命卻注定承受永無休止的苦難，和非法出生的恥辱；更有甚者，小孩還可能死亡，因爲他是被人遺棄的，也因爲奶媽在收不到每月膳宿費的情況下，可能會像她經常做的那樣，任由孩子逐漸衰弱，讓他受饑餓之苦，因孤單無依靠而死亡。

「然而給我哺乳的那個女人正直而善良，比起我母親更誠實、更像個女人、更偉大，也更有母愛——她撫育我長大。她在履行自己職責時犯了個錯，最好的作法應該是，像人們在路邊倒垃圾一樣，讓這些被棄置在郊區村子裡的可憐孩子，自行滅亡。

「我長大了，帶著一種隱隱約約的印象，覺得自己身上存在著不名譽的污點。有天，其他孩子叫我『野種』，他們不知道這個詞的意思，而是從父母那兒聽來的。我也不知道那是什麼意思，但我感覺得出含意。

3岡貝塔（léon Gambetta, 1838～1882）：法國共和派政治家，曾任律師及法國總理。

格雷維（jules Grévy, 1813～1891）：法國共和派政治家，曾任法蘭西第三共和總統。

4巴黎公社（la Commune de Paris）：是指法國於普法戰爭慘敗後，巴黎市民於一八七一年起義、建立起的短暫政府組織，但只維持了兩個月（三月至五月）。公社主張社會主義及民主共和政體，並推行婦女選舉權和若干女權運動，其所制定的社會法案有一部分被後來的法國第三共和採納。但當時一般保守派咸認為，巴黎公社充斥著革命激進分子、共產主義者，是一段無政府的血腥混亂時期。

「我，可以說是學校裡最聰明的學生之一。審判長，假如我的父母沒有犯下遺棄我的罪行，我原本會是個有教養的人，或許還能成爲一個傑出的人。這是他們對我犯下的遺棄罪行。我是受害者，而他們是罪魁禍首。我當時沒有保衛自己的能力，而他們卻冷酷無情。他們應該關愛我，而結果是，他們拋棄了我。

「我是他們所生的，我欠他們一條命，但生命是一項禮物嗎？我的生命，無論如何都只能說是一種不幸。在被他們無恥地拋棄後，除了報復，我什麼也不欠他們了。他們已經對我做出，人對一個生命所能做的最不人道、最可恥、最殘酷的行爲。

「一個受到辱罵的人回擊；一個東西被偷的人用力氣奪回自身財物；一個被欺騙、被愚弄、受虐待的人殺人；一個被摑耳光的人殺人；一個名譽遭受破壞的人殺人……而相較於所有您寬恕的那些憤怒之人來說，我卻是被偷、被欺騙、被虐待、被道德上摑耳光，蒙受恥辱的程度遠遠在他們之上。

「我報仇了，殺人了。這是我合理應得的權利。我拿走他們的幸福生活，和他們強加在我身上的惡劣生活交換。

「你們會說我犯了謀殺父母罪！他們是我的父母嗎？對這兩個人而言，我是個討厭的負擔、一件駭人的東西、一個讓人引以爲恥的污漬。他們把我的出生看成災禍，把我的生命當成恥辱的威脅，他們眞的是我的父母嗎？他們尋求自私的享樂，意外地有了個孩子。他們除掉了這個孩子，現在輪到我以相同手法對付他們。

「然而，即使到了最後，我依然準備好要愛他們。我向您說過的，自從那個男人、也就是我的父親，第一次到我家來至今已經兩年了。一開始，我沒有任何懷疑。他跟我訂了兩件家具。我後來才知道，他到神父那兒探聽了一些消息——這當然是在保證嚴守祕密的情況下進行的。

「他常來，要我替他做活兒，並且支付優渥的酬勞。有時，他甚至會和我聊上幾句，我感覺自己對他有著好感。

「今年年初，他把妻子，也就是我的母親，帶來了。走進來時，她的身子顫抖得很厲害，我還以爲她患了精神方面疾病。接著，她要了一張椅子坐下和一杯水喝。她什麼都沒說，神色癡呆地看看我的家具，對那個男人提出的所有問題只回答是或不是，而且顚三倒四、胡亂應付。她離開後，我覺得她有點精神異常。

「接下來的那個月，她又回來。這次，她很平靜，有自制力。那天，他們待了很久，和我聊天，並且給了我一筆很大的訂單。之後，我又見了那女人三次，什麼也不曾猜疑。可是有一天，她開始和我談起我的生活、我的童年、我的父母。我回答：「夫人，我的父母是些沒良心的無恥之徒，他們拋棄了我。」這時，她手按住胸口，倒在地上，失去了知覺。我立刻就想到：「這是我的母親！」但，我保持鎮靜，避免被他們看出些什麼。我想要看到她再回來。

「另一方面，我從我這邊也打聽到一些情報，得知他們去年七月才剛結婚，而我母親才爲她的先夫守寡了三年。人們私下議論紛紛，說他們早在她先夫在世時就彼此相愛，不過大家沒有任何證據。而我，就是那個證據，他們一剛開始想要隱藏、接著希望能銷毀的證據。

「我靜靜等待機會。一晚，她出現了，始終有我父親陪在身旁。那天，她似乎很激動，我不曉得為什麼。然後，臨走之際，她對我說：『我想幫您，因為我看您的樣子是個誠實正派的小伙子，人又勤奮。您將來有一天一定想結婚，到時候，我來幫您自由挑選一個您合意的妻子。我呢，曾經違背自己意願結過一次婚，我知道那多麼地受苦。現在，我有錢，沒有孩子，自由自在，可以隨心所欲支配我的財富了。這筆錢是作為你結婚用的。』

「她遞給我一個蓋了封印的大信封。

「我定定地注視她，然後問：『您是我的母親嗎？』

「她向後退了三步，手遮住眼睛以免看見我。而他，那個男人，也就是我的父親，把她抱在懷裡，支撐著她，朝我叫嚷道：『你是瘋了不成！』

「我回答：『絕對沒有。我很清楚，您們是我的父母。您們別再這樣欺騙我了。承認吧，我將為您們保守祕密。我不會埋怨您們。我仍然會維持現狀，做我的木工。』

「他退步走向門口，依舊攙扶著妻子，她則開始嗚咽哭泣。我跑去把門關上，將鑰匙放在口袋裡，繼續說：『您且看看她吧！您還要否認她是我母親？』

「他勃然大怒，想到隱瞞至今的醜聞將瞬間爆發，他們的地位、聲望、名譽會一下子全毀。他驚恐萬分、結結巴巴地說：『你這個想詐取我們錢財的惡棍。你還是快去爲老百姓、爲那些鄉巴佬做些好事，幫忙他們、救濟他們吧！』我母親則發瘋似地反覆說道：『我們走吧，我們走吧。』

「這時，由於門是鎖著的，他便大叫起來：『如果你不馬上開門，我就以勒索和暴力罪名把你踹進監獄裡。』我依然控制著自己的情緒和行動。我打開門，看他們走遠，消失在黑暗中。

「當下，我突然覺得自己變成了孤兒，被人拋棄，被推入卑賤的境地。我心底生出一股無可比擬的憂傷，夾雜著憤怒、仇恨和厭惡，我對自己的身世、公平、正義、榮譽，以及被拒絕的情感，懷著忍無可忍的反抗情緒。我跑出了門，沿著塞納河岸追趕他們，這是他們前往夏圖火車站必經的路線。

「不一會兒工夫，就趕上了他們。夜晚降臨，四處一片漆黑，我在草地上悄然無聲地走著，以免被他們聽見。我母親一直哭著。父親則說：『都是您的錯。爲什麼那麼堅持要看到他！以我們的處境來說，這實在是瘋狂的舉動。我們本來可以不必出面、遠遠地幫忙他就行。既然我們無法承認他，這些危險的拜訪有什麼用呢？』

「我於是帶著哀求之姿衝到他們面前，結結巴巴地說：『您們心裡相當清楚，您們就是我的父母。您們已經拋棄過我一次，現在還要把我推開嗎？』

「我以榮譽、法律、法蘭西共和國的名義向您發誓（這時，審判長朝被告舉起了手），他打了我。由於我一把抓住他的衣領，他便從口袋掏出手槍。我氣得發狂，顧不了什麼，我口袋裡有一副卡鉗，便用卡鉗打他，盡一切力量敲擊。

「她因此開始叫喊：『救命啊！殺人了！』一邊拉扯我的鬍子。我似乎也把她給殺了。在那個時刻，我知道自己做了什麼嗎？後來，當我看見他倆都倒在地上時，毫不考慮地就把他們丟進了塞納河裡。

「這就是事情的經過，我講完了。現在，判決我吧！」

被告重新坐下。因爲這個意想不到的新情況，案件被延後到下回審理。法院不久就要開庭。假若我們是陪審團，對於這起殺害父母的罪行，我們將做何判決呢？

——〈殺害父母罪〉（Un parricide），原刊於一八八二年九月二十五日《高盧人》日報

懊悔

在芒特城[1]，人稱「薩法爾老爹」的薩法爾先生剛剛起床。屋外正下著雨。這是秋季裡一個憂傷的日子，樹葉紛紛落下。在雨中，樹葉緩緩掉落，像在下一場雨滴更濃密、掉落更緩慢的雨。薩法爾先生並不快樂。他從壁爐前走到窗戶邊，又從窗戶邊走到壁爐前。生活中總有些陰鬱黯淡的日子，而現在，生活留給他的只剩下黯淡的日子，因爲他六十二歲了！他是個上了年紀的單身漢，獨自生活，身邊沒有任何人。如此孤孤單單地死去，從未經歷過忠貞不渝的愛情，這多麼淒涼啊！

他想著自己的一生如此單調、如此空虛。他回憶起那陳舊的過去，他的童年、他的家、和父母一起住過的房子；然後，上中學、出校門，在巴黎學法律的那段時光；後來，父親生病、去世。

1 芒特（Mantes）：法國法蘭西島大區（la région Île-de-France）西部的城市，距巴黎54公里。位於塞納河左岸，河岸有不少寬闊的天然綠地。自從「巴黎——盧昂」鐵路幹線開通、行經當地之後，不少新興工業紛紛前往設廠，為地方帶來繁榮發展。

他回來和母親同住，母子倆一起生活，一個年輕人和一個老太太，日子過得很安定，沒有任何過多的渴望。之後，她也死了。生活眞是令人悲傷啊！

他孤獨地待在世上。而現在，過不了多久，就輪到他了，他也將死去。他也會消失在塵土中，這就什麼都結束了。世上不再有保羅·薩法爾，多麼可怕的事啊！其他人依舊生活、依舊相愛、依舊歡笑，沒錯，別人將一如往常吃喝玩樂，而他，他已不復存在！在死亡這永恆存在、無法否認的陰影籠罩下，有人卻能嬉笑、享樂、愉快過活，這豈不奇怪。如果死亡僅僅只是一件可能發生的事，人們還能懷抱希望，可是不然，死亡是不可避免的，就和白晝之後黑夜必定到來一樣，無可避免。

假如他的人生曾過得充實也就罷了！假如他曾做過某件大事，假如他曾有過幾次冒險奇遇、一些莫大的快樂、一些成就，有過各式各樣令人滿足的事——但是，沒有，什麼都沒有。他什麼也沒做，除了定時起床、吃飯、上床睡覺之外，他從沒做過什麼。而他就這樣活到了六十二歲。他甚至不像其他男人一樣結了婚。爲什麼呢？對，爲什麼他沒有結婚？他原本可以結婚的，畢竟他擁有一些財產。是他錯失了機會嗎？或許是。但機會是人製造出來的！他個性懶散，這就是原因。懶散是他最大的壞處、他的缺點、他的惡習，多少人都因懶散而終生一事無成。對某些性格的人來說，要他們站起身來動一動，進行一些活動，說說話，研究幾個問題，實在太困難了。

他甚至沒有被人愛過，從來沒有一個女人在他懷裡睡過覺，全然陶醉在與他相處的愛河裡。他不曾體驗等待時那種甜美的焦急不安感，牽手時那不可思議的顫慄，獲得情愛時那種勝利的迷醉與狂喜。

當嘴唇第一次互相碰觸，當四臂交相擁抱，將兩個互爲對方癡狂的愛人，合而成唯一的、極度快樂的生命個體時，淹沒您心田的，會是何等超乎尋常的幸福啊！

薩法爾先生穿著居家便袍坐下來，把雙腳伸到火爐邊。

確實，他的一生荒廢了，徹底荒廢了。然而，他曾經愛過。他曾痛苦地暗戀過，而就像他做任何事一樣，他也愛得很懶散。是的，他曾愛過老朋友桑德瑞斯太太，那是他老夥伴桑德瑞斯的妻子。啊，要是他能在她少女時認識她就好了！但是，遇見她時已經太遲了，她早已結婚了。當然，他原本可以向這個女子求愛的！而他曾多麼的愛著她，從遇見她的第一天起未曾間斷。

他記得每一回見到她時心中的激動，和離開她時的憂傷。還有那些因想著她而無法成眠的夜晚。早晨，他醒來時，他的愛意比起晚上總是稍稍減退，爲什麼？

從前的她眞是漂亮，嬌小可愛，一頭金黃色的鬈髮，總是笑容滿面！桑德瑞斯並不是她需要的那種男人。如今，她五十八歲了，她看起來很幸福。啊，假如這個女人，昔日曾愛過他，要是她曾愛過他，該有多好啊！既然他如此愛這位桑德瑞斯太太，爲什麼她不曾愛過他，愛薩法爾這個人呢？

若是她曾經猜到一丁點事情那就好了……難道她什麼也不曾猜到、什麼也不曾看到，從來不明白些什麼嗎？那麼，她會怎麼想呢？如果他當時表白了，她會怎麼回答呢？

薩法爾還想著許多其他的事。他回憶過往，試圖重新抓住點點滴滴的細節。

他想起在桑德瑞斯家玩牌的每個漫長夜晚，那時，桑德瑞斯的妻子還年輕，而且非常迷人。

他回想她對他說過的事，她過去說話的語調，那些意味深長的無聲淺笑。

他記得他們三人沿著塞納河散步，在草地上吃午餐，那時是星期天，因爲桑德瑞斯是專區政府裡的職員。突然間，有段清晰回憶浮現腦海，是在河畔的小樹林裡，與她渡過的某個午後。

那天，他們早晨就出發了，帶著好幾盒採買來的食物。那是春天裡一個生機蓬勃的日子，是讓人醺然陶醉的日子。到處散溢著芳香，一切看起來都令人舒服高興。鳥兒的啼叫聲更加歡快，翅膀拍打得更加快速。他們在柳樹下的草地用餐，河流就緊鄰身旁，河水被太陽曬得暖洋洋的。空氣和暖，充滿花草植物香氣，他們愉悅地呼吸著。這一天，天氣多麼晴朗啊！

午餐後，桑德瑞斯仰臥在草地上睡著了。醒來後，他說：「這是一生中睡得最香甜的一覺。」

當時，桑德瑞斯太太便挽著薩法爾的手臂，兩人出發沿著河岸向前走。

她依靠在他身上，笑著說：「我醉了，我的朋友，我完全陶醉了。」他望著她，震顫直抵心坎。他感覺自己臉色發白，害怕自己的眼神太過大膽，害怕顫抖的手洩露心裡的祕密。

她用大葉的青草和睡蓮替自己編了一頂花冠，戴在頭上，問他：「像這樣，您喜歡我嗎？」見他什麼也沒回答（因爲他找不到話回答，他寧願跪倒在地上），她便笑了起來，是種不高興的笑，她一邊朝著他的臉抛下一句：「大笨蛋，說呀，至少也該說句話呀！」

他差點兒哭了，依然找不出一個字來。

現在，這一切又出現在腦海中，清晰明確如當下發生之際。爲什麼她會對他這麼說：「大笨蛋，說呀，至少也該說句話呀！」

他回憶起她柔情依依地靠在他身上。從一棵傾斜的樹下經過時，他感覺到她耳朵碰到自己的臉頰，他猛然向後退了一步，生怕她以為這個接觸是蓄意的。

當他說：「是不是該往回走了？」她用奇特的目光瞧了他一眼——的確，她看著他的眼神怪異。他當時沒想到這一點，現在記起來了。

「隨您的意思，我的朋友。如果您累了，我們就回去。」

他回答：「倒不是因爲我累了，只是桑德瑞斯現在可能醒了。」

她聳聳肩膀說道：「假如您是擔心我丈夫醒了，那是另一回事，我們回去吧！」

往回走的路上，她沉默不語，而且也不再緊靠在他胳臂上。爲什麼呢？

這個「爲什麼」，他當時並未提出過，現在，他似乎察覺了某些他從前未曾理解的東西。

難道……？

薩法爾先生臉紅了，他站起身，心情大受撼動，彷彿眼下自己年輕了三十歲，正聽見桑德瑞斯太太對他說：「我愛您！」

這可能嗎？這個剛鑽進他內心的疑問折磨著他！他當初竟然沒看出來，也沒臆測到，這可能嗎？

噢，假如這些是眞的，假如他曾錯失了獲得幸福的機會、沒把握住它！

他心想：「我要知道眞相。我不能停留在這團疑惑中。我要知道眞相。」

他快速地換好衣服，匆忙穿上外套，想著：「我六十二歲，她五十八歲，我大可以向她詢問這件事。」

他出門了。

桑德瑞斯的住屋位在街道的另一邊，幾乎就在薩法爾房子的對面。他到了他們家。小女僕前來開門。

她那麼早看到他，感到很驚訝：「您可眞早呀，薩法爾先生。發生了什麼事嗎？」

薩法爾回答：「沒有，我的孩子，快去告訴你的女主人，說我有話想立刻對她說。」

「可是太太在儲備過冬用的梨子果醬。而且她正在爐灶邊，還沒穿好衣服，您了解的。」

「是的，不過，你告訴她，這是爲了一件很重要的事。」

小女僕走開了，薩法爾開始在客廳緊張地來回踱大步。然而他並不覺得侷促不安。噢，他要像問廚房食譜一樣詢問她這件事。因爲，他已經六十二歲了！

客廳的門開了，桑德瑞斯太太出現。如今，她是一位滾圓豐滿、體態寬廣的胖婦人，臉頰滿滿是肉，笑聲爽朗宏亮。她向前走來，雙手伸開離身體遠遠的，袖子捲起，露出兩隻黏有糖漿的手臂。她擔憂不安地問：「您怎麼了，我的朋友，您沒生病吧？」

他接著說：「沒有，我親愛的朋友，但是，我想請問您一件事，它對我非常重要，而且苦苦纏擾著我的心。您答應我，要坦白回答，好嗎？」

她微微一笑。

「我向來都是很直率的。您說吧！」

「是這麼著。我從看見您那天就愛上您了。您可曾察覺到？」

她笑著回答，語氣裡帶著從前的調調：「大笨蛋，好啦，我第一天就看出來了！」

薩法爾顫抖了起來，結結巴巴地說：「您已經知道……那麼……」

他不再說話。

她問道：「那麼？……什麼？」

他接著說：「那麼……您那時候怎麼想？……您……您……您會如何回答呢？」

她笑得更加厲害。一滴滴糖漿從她指尖流下來，掉落在地板上：「我啊？……可是您什麼也沒問我。這不該由我來表示吧！」

這時，他朝她走近一步：「告訴我……告訴我……您還記得那天午餐後，桑德瑞斯在草地上睡著了……而當時我們在一起，一直走到拐彎處，在那邊……」

他在等待。

她已經停住不笑了，盯著他看：「當然，我當然記得。」

他渾身打顫地往下說：「這麼說……那天……假如我……假如我……對您積極大膽些……您會

怎麼做呢？」

她開始微笑，樣子像個毫不後悔的幸福女人，以一種帶有嘲諷的清脆嗓音坦率回答：「我會順從的，我的朋友。」

然後，她轉身走掉了，跑去看她的果醬。

薩法爾走出桑德瑞斯太太家，重回街上，神情驚呆活像經歷了一場災難。他在雨中，急速地大步筆直往前，朝河流的方向走著，卻沒想到要去哪裡。當抵達河邊時，他向右轉，沿著河岸走。走了很久，如受到本能驅策般往前走。衣服上淌著水，帽子變了形，軟塌塌的像塊破布，水從帽子上就像從屋簷由上往下滴。他一直往前方走去，來到久遠以前那個日子裡他們曾一起吃午餐的地方，回憶，使他痛苦萬分。

他坐在光禿禿的樹群下，哭了起來。

——〈懊悔〉（Regret），原刊於一八八三年十一月四日《高盧人》日報

壁櫥

晚餐後，大家談論著女孩子，因爲男人之間還有什麼能談的呢？

我們其中一位說：「喂，關於這方面，我倒遇見了一個奇特的故事。」

他敘述如下。

去年冬天的一個晚上，我忽然感到厭倦，那是某種令人感覺淒涼、又壓得人透不過氣的情緒，它們時而會來侵襲你的靈魂和肉體。我獨自一人在家，深深感到假如再這麼待下去，就要患上可怕的憂鬱症，這類憂鬱若經常發生一定會讓人走向自殺。

我披上大衣，出門，卻完全不曉得要做些什麼。我往南走到大街上，開始沿著咖啡館門外閒逛，因爲下雨，店裡幾乎是空的，天空飄著毛毛雨，把人的衣服和心神都弄濕了，不是那種傾盆大雨瀑布似地打下來、得讓行人氣喘吁吁地跑到馬車通行的大門下躲藏，而是細微得感受不到點滴的細雨，無法覺察的潮濕小水滴不斷掉到人身上，不久，衣服就會覆蓋薄薄一層滲透了進去的冰涼水分。

做什麼好呢？我在街上走過去又走回來，尋找可以消磨兩小時的地方，還是第一次發現夜晚在巴黎城裡竟沒有一個可消遣的所在。最後，我決定走進「瘋狂——牧羊女」這個可以和女孩子玩樂的有趣場所。

大廳裡人很少。跨越建築兩側、以鐵打造的散步長廊裡，淨是些低下階層的人，他們平凡的出身，從舉動、穿著、髮型、鬍子、帽子、皮膚的色澤就可以看得出來。偶爾會瞥見一個男人，可以猜到他是清潔過的、徹底洗過的，而且衣著看起來整體相稱，然而這樣的人少之又少。至於女孩子則始終同一副模樣，就是你們知道的那種可怕的女孩，面容醜陋、精神疲憊、皮膚鬆弛，走起路來像在尋找獵物，臉上帶著不知原因的愚蠢輕蔑神氣。

我暗自思忖，這些萎靡不振的女人與其說富於脂肪，不如說是全身肥油，這裡浮腫、那裡瘦癟，肚子像議事司鐸那麼肥大[1]，卻有一雙涉禽般膝蓋外翻的細腿，實在沒有一個人值得了一枚金幣，這金幣，她們可得費上好大功夫，問了人五次後才能到手那麼一枚。

但突然間，我瞧見一個看起來溫柔的嬌小女郎，不算年輕，但樣子清新、有趣，帶點挑逗性。我叫住她，然後未加思索地傻傻出了個過夜的價錢——我不想回家，孤單獨自一人。相較之下，我更喜歡這個女孩的陪伴和摟抱。

我跟她走了。她住在殉難者街上一棟大大的房子裡。樓梯間暖爐的瓦斯已經關了。我慢慢地往上爬，不時點燃一段蠟繩，腳踢到梯階，踉蹌了一下，心裡不甚高興。我隨在她後面，聽見前頭裙子摩擦地板的窸窣聲。

她在五樓停下，關上與外面相通的門後，她問：「那麼，你是要留到明天嗎？」

「對呀。你知道我們原本就說好了。」

「好，我的貓兒，這只不過是問一下，在這兒等我一分鐘，我馬上回來。」

她把我留在黑暗中。我聽見她關上兩道門，然後，她似乎在說話。我吃了一驚，有些不安，心裡掠過一個想法：「是老鴇在裡頭。」但我拳頭結實，腰板硬朗，心想：「等會兒就知道了。」

我聚精會神仔細聽。有人在動，非常小心地輕輕走著。接著，另一扇門打開了，似乎又聽見有人壓低聲音講話。

她走回來，手裡拿著一枝點燃的蠟燭，說：「你可以進來了。」

她用你來稱呼我，代表一種占有的取得。我走進去，穿越一間飯廳，裡頭顯然沒人用過餐。之後，進入一個臥室，是一般女孩都有的那種樣式，房裡備有家具、菱形格紋的布簾、深紅色絲綢做的鴨絨被單，只是上頭帶著不知從哪兒沾來的虎紋斑點。

她接著又說：「隨意，別拘束，我的貓兒。」

1 十八、九世紀，法國天主教勢力強大，教會人士生活富裕，飲食豐盛，民間流行「gras comme un moine, gras comme un chanoine」這麼一句帶有貶意的說法，形容某人肥胖得像個教士或議事司鐸。

我用猜疑的眼光檢視房間。然而，沒有什麼讓我不放心的。

她很快地褪下衣服，我還沒脫下大衣，她就已經在床上。她笑了起來：「喂，你怎麼了？你變成木頭人了嗎？噢，快點兒來。」

我照她的話做了，上床躺在她身邊。

五分鐘後，有股強烈的慾望想重新穿上衣服離開。但在家時曾經攫住我、叫人難以忍受的厭倦感攔住了我，奪走我所有想動的力氣，儘管躺在這張人人可睡的床讓我噁心，我還是留了下來沒走。方才在那邊戲院燈光下，我以爲從這女人身上看到的肉慾誘惑，如今已在臂膀裡消失，躺在我身邊、肉體對著肉體的，只不過是個和其他女人一樣庸俗的女孩，而那不帶感情殷勤獻上的親吻有股大蒜的餘味。

我開始跟她閒聊。

「你住在這裡很久了嗎？」我問她。

「到一月十五日就滿六個月。」

「那之前，你在哪兒？」

「我以前住在克洛涅爾街。但是看門的婦人找我麻煩，我就搬走了。」

她於是向我描述看門婦人如何講她閒話，故事長得沒完沒了。

但忽然間，我聽到有東西在動，聲音就在我們身邊。先是一聲嘆息，接著是輕微但清楚可辨的聲響，像有人坐在椅子上轉動。

我在床上一下子坐了起來，問道：「那是什麼聲音？」

她鎮定而平靜地回答：「別擔心，我的貓兒，是隔壁的女人。房間的隔板太薄了，什麼聲音都聽得見，好像發生在這裡一樣。這種房子眞糟，用紙板糊的。」

我懶得很，所以又鑽進了被單底下。我們繼續聊天。有種愚蠢的好奇心，驅使所有男人詢問這些女人最初的戀情，想揭開她們初次失足遭遇的紗幕，彷彿想在她們身上找到純潔的遙遠痕跡。當這些女人的一句眞話，使她們短暫憶起自己往昔的天眞與靦腆時，或許男人也會爲此對她們產生愛意。就是在這種好奇心的騷亂下，我逼著她問有關最初幾個愛人的故事。

我知道她會撒謊。有什麼關係呢？在這些謊言之中，我或許能發現一兩件誠懇而動人的事。

「快，告訴我是誰。」

「是一個小船的駕駛員，我的貓兒。」

「啊，說給我聽！你們當初在哪兒？」

「我那時在阿爾讓德爾[2]。」

---

2 阿爾讓德爾（Argenteuil）：巴黎西北郊區的一個古老小市鎮，印象畫派名家莫內（Claude Monet, 1840~1926）生前經常來此地作畫。

「你當時做什麼工作？」

「我在一家餐廳當傭人。」

「哪家餐廳？」

「淡水船員。你知道它？」

「當然，是波農訪開的。」

「對，沒錯。」

「那個小船駕駛員，他怎麼追求你的？」

「我幫他整理床鋪時。他強迫了我。」

我突然想起，有個朋友的醫生說過的理論，這醫生善於觀察、深諳哲理，長期在一家大型醫院工作，每天接觸的都是些未婚媽媽和風塵女子，他認識女人所忍受的一切恥辱和苦難。那些可憐的女人，在成爲口袋有錢、四處閒晃男性的醜陋犧牲品後，所嘗到的羞辱和困苦，他全都曉得。他曾對我說：「向來都是如此，一個女孩總是受到和她階級相同、生活情況相同的男人誘惑，而墮落。關於這個，我有成千上萬份的觀察報告。大家指控富人採摘老百姓孩子的純眞花朵，但這並不正確。富人是用錢來買採集的花束！他們也摘花，但摘的是第二花期開的花。他們從不去剪斷第一次開的花。」

這麼一想，我轉身朝身邊的伴侶笑了起來：「你知道，你的故事我熟得很。你第一個認識的人，並不是那個小船駕駛員。」

「噢，真的是！我的貓兒，我向你發誓。」

「你說謊，我的貓兒。」

「噢，沒有，我已經說了！」

「你說謊，來，把事情全都告訴我。」

她似乎在猶豫，好像很驚訝。

我又開口：「我可愛的孩子，我是個巫師，我懂催眠術。假如你不對我說實話，我會讓你睡著，到時候，我就會知道了。」

她害怕了，就像和她同類的女人一樣笨，支支吾吾地問著：「你是怎麼猜到的？」

我接著說：「來，說吧。」

「噢，第一次，那幾乎不值得一提。是發生在地方上的節慶時，他們找來一個臨時廚師亞歷山大先生。他到了之後，在房子裡想做什麼就做什麼。他向所有人發號司令，指揮老闆、指揮女老闆，一副他當過國王似的……他是個高大的美男子，站在爐子前卻一刻也靜不下來，老是喊著：『快，拿些奶油來，雞蛋、馬得拉葡萄酒。』一定要趕快跑過來把東西給他，要不然他生起氣來，罵人的話會讓你羞得紅到裙子裡。

「白天忙完後，他在門口抽菸。我捧著一疊盤子從他面前經過，他對我說：『來，小姑娘，到水邊走走，給我介紹介紹本地的風景！』而我，我去了，像個傻蛋一樣。我們才剛到河岸邊，他很快地強迫了我，快得甚至讓我不知道他做了什麼。然後他搭九點的火車走了。這之後，再沒有見過他。」

我問道：「故事結束了？」

她結結巴巴地說：「噢，我想夫洛宏丹是他的！」

「夫洛宏丹，是誰？」

「是我的小孩！」

「啊，很好！你讓小船駕駛員相信他是孩子的爸爸，不是嗎？」

「沒錯！」

「這個小船駕駛員，他有錢嗎？」

「有，他留給我一份產業，每年利息三百法郎，登記在夫洛宏丹的名下。」

我開始感到有趣，便繼續問：「很好，我的女孩兒，這眞是好。你總算沒有別人想像中的笨。夫洛宏丹，他現在幾歲了？」

「十二歲。今年春天他要第一次領聖體了。」

「非常好。打從這些事之後，你就認認眞眞地做起這一行了？」

她嘆了口氣，帶著不得不屈服的神情：「又能怎麼辦……」

一聲巨響讓我從床上跳起來，那聲音來自我們的房間，是一個人跌倒後又爬起來、用手在牆上摸索的聲音。

我拿起蠟燭環顧四周，既驚慌又憤怒。她也坐起身來，試圖要拉住我、阻止我，一面低聲地說：「這沒什麼，我的貓兒，我向你保證這沒什麼事。」

但是，我已發現了那奇怪的聲音從哪個方向來。我朝著被床頭遮蔽的一扇門走了過去，很突然地打開它……我看見，一個可憐的小男孩，面容蒼白、身軀瘦弱、全身發抖，睜著一雙受到驚嚇的閃亮雙眼望著我，他坐在一張用麥草做墊子的大椅子旁，他剛剛從那上面跌了下來。

他一看到我就開始哭泣，朝母親伸出手臂：「這不是我的錯，媽媽，這不是我的錯。我睡著了，就掉下來了。別罵我，這不是我的錯。」

我轉身看著女人，問著：「這是怎麼回事？」

她似乎尷尬又難過，斷斷續續地回答：「你要我怎麼辦呢！我賺的錢不夠送他去寄宿學校，必須把他留在身邊，而我當眞沒有錢再多租一個房間。沒有客人可接時，他和我睡。當有人來一兩個鐘頭時，他就安安靜靜待在壁櫥裡，他知道要這麼做。但有人，像你一樣，在這兒過夜時，叫這孩子在椅子上睡覺，他的腰板會痠痛……這也不是他的錯……我倒眞想讓你試試……整個晚上坐在一張椅子上睡覺……你再告訴我那是什麼感覺……」

她生氣了、發怒了，叫喊著。

孩子一直哭。一個孱弱、害羞的可憐小孩，是，這眞的是寒冷陰暗壁櫥裡的小孩，他只能偶爾回到暫時空著的床上吸取一點點溫暖。

我也是，我當時也想哭。

末了，我回自己家裡睡覺了。

——〈壁櫥〉（L'armoire），原刊於一八八四年十二月十六日《吉爾・布拉》日報

墓地裡的女人

五位友人剛用完晚餐，他們都是上流社會的男士，成熟、有錢，三個已婚，另外兩個還是單身。他們每個月都像這樣聚在一起，回憶年輕時的往事，吃完晚餐後總是一直聊天到凌晨兩點。他們始終是親密的好朋友，相處十分愉快，也認爲這樣共同度過的夜晚或許是他們人生中最美好的時光。他們無所不談，所有引起巴黎人關注、讓巴黎人開心的大小事無一不是話題。就像在其他大多數沙龍發生的那樣，他們經常把早晨在報紙上讀到的消息重新口頭談論一次。

這群人之中，性情最開朗的是約瑟夫・德巴頓。此人單身，以一種最隨心所欲、不折不扣巴黎人生活的方式在過活。他既非行爲放蕩之徒，也不是道德淪落之人，他只是個活力十足、對任何事充滿好奇心的單身漢，他，才剛滿四十歲。就最廣義、寬厚的說法而言，他可說是名符其實的上流社會人士——很有才智卻不至於機巧過人，知識豐富卻並非眞正學問淵博，理解力敏銳卻不夠透徹確實，他從自己的觀察、經歷，從一切他所看見、所遭遇和所發現的事件中，萃取提煉出如小說情節般，具喜感又富哲理的軼事趣聞、幽默見解，這使他的聰明美譽傳遍了全城。

他是晚餐聚會裡口才最好的人。每回，他總有屬於自己的故事，而這些故事大家都想聽。無須別人央求，他便主動把故事說出來。

他抽著菸，手肘支在飯桌上，餐盤前擺著一杯半滿的上等白蘭地，醺然陶醉在這片菸味裡摻雜有熱咖啡濃香的氣氛中。他彷彿完全置身家中，就像某些生物會待在一定的地點，或一定的時刻裡絕對會在家那樣，就像教堂裡的虔誠信徒、魚缸裡的金魚。

他吐一口菸後，說道：「不久之前，我遇到一件很奇特的事。」

所有人幾乎異口同聲地請求：「快說來聽聽。」

他接著往下說：「非常樂意。你們知道我經常在巴黎城裡到處散步，就像那些搜尋櫥窗的小飾品收藏家那樣。而我嘛，我喜歡觀察街上的景象、行人，隨時留意身邊經過和發生的大小事。

「近九月中旬時，那陣子天氣很好，有天下午，我從家裡出門，不知該上哪兒去。男人心裡總會朦朦朧朧有著想隨便拜訪任何一位漂亮女子的慾望。他們從珍藏在記憶裡所認識的女人堆中挑選，在腦海逐一比較著她們，考量她們如何激發人的興趣，看看誰的嫵媚能使他傾倒，最後，之後再依當天最具吸引力的人來做決定。可是，每當陽光燦爛、氣候和煦，所有拜訪女人的想法時常煙消雲散。

「陽光美好、氣候溫和，我點燃了一根雪茄，沒由來地信步走到城外林蔭大道上。我閒閒逛著，忽有個念頭，想繼續直走到蒙馬特墓園，然後進裡面走一遭。

「我十分喜愛墓園，在那兒能得到休息，園裡的氛圍也帶來感傷，兩者我都需要。再者，那裡還有不少我的好友，一些再也見不到面的朋友在那兒長眠。直到現在，我時而會到這裡走走。

「正巧在這座蒙馬特墓園裡，有我的一段愛情故事，一個曾深愛著我、讓我非常感動的情婦。那是個身材嬌小的迷人女子，對她的回憶使我傷痛無比，同時也令我惋惜……百感交集，無從訴說的惋惜……而我要去她的墳前懷念她……因爲她已不在人世了。

「我喜歡墓地還有另一個原因，因爲這是個擁擠得不可思議的奇特城市。你們想想，在這麼小的地方裡有這麼多死去的人，世世代代巴黎人都在此永遠居住著，他們是關在狹小墓室裡的永久穴居者，小小洞口前僅覆蓋著一塊石頭或標著一個十字架；而活著的人，這些渾噩的低能兒，卻占據這麼大的空間，製造這麼多的喧鬧。

「不僅如此，有些墓園裡的紀念碑幾乎和博物館裡的古蹟一樣有趣。我並非眞的做過比較，但必須承認，卡芬雅克的陵墓，使我聯想起讓・古戎的傑作。各位先生，安放在盧昂大教堂地下祭臺的路易・德・布瑞傑遺體雕刻，所有稱爲現代寫實的藝術都源自於此[1]。這個路易・德・布瑞傑的

1卡芬雅克（Cavaignac）：指安葬在蒙馬特公墓裡的卡芬雅克家族。此為法國十九世紀有名的大家族，出過不少將軍和政治家。

讓・古戎（Jean Goujon, 1510~1572）：法國文藝復興時期的建築師及雕刻家。

路易・德・布瑞傑（Louis de Brézé, 1463~1531）：法國古代諾曼第地區有名的司法總管。

遺體比起今日人們在墳墓上拷問的所有受苦屍體，都來得更眞實、更可怕，更像已無生命、卻仍帶有臨終時痙攣的肉軀。

「在蒙馬特墓園，還可以瞻仰莊嚴的博丹紀念碑，還有高迪耶的、穆傑的[2]——有天，我在那兒獨獨看到一個黃色灰毛菊編織成的花圈，是誰帶來的呢？或許是最後那位在附近當門房、穿著粗布衣的老婦人送的吧？那兒還有一座米勒[3]的漂亮小雕像，可惜因無人照管、沾滿污穢，已經毀壞了。噢，穆傑，歌頌青春吧！

「我就這樣走進蒙馬特墓園，內心忽然充滿憂傷，但這類憂鬱不會使人特別不舒服，當人身體很健康時，這種感覺會讓你想著：『這地方果眞傷感，但對我而言，時候還早……』

「秋日給人滄桑的印象，溫熱的潮濕空氣裡彌漫著樹葉枯死的味道，陽光減弱了，疲軟、蒼白無力，使這裡富於詩意，卻也加重了孤寂感，加重了生命終將結束的感慨，有股濃濃的死人的氣息漂浮在園區上空。

「我慢慢走在兩旁墳墓林立的小路間，這裡的鄰居互不往來，從不躺在一起，也不看報紙。我開始讀這些墓誌銘，而這可是世界上最好玩的事。無論是拉畢齊或梅拉克[4]，都沒能像墓碑上詼諧的銘文那樣令我笑開懷。啊，這些大理石板和十字架，死者的親屬在上面盡情傾吐哀悼，他們對逝世之人在另一個世界幸福生活的祈願，以及來日再與死者重逢的希望，這些浮濫文字之引人發噱，連保羅・德・寇克[5]的書也比不上——這些在世者，不過只是愛吹牛的人罷了！

「我尤其熱愛墓園裡那個被人遺忘的僻靜角落，那裡長滿高大的紫杉和柏樹，是古代死者居住的老舊街區。不久後，這兒將變成新區，人們將砍掉那些從人類屍體中汲取養分的綠樹，把新近死去的人整齊排列在小型餅狀的大理石板下。

「我在墓園裡隨意漫步，直到感覺精神煥然、清爽後，我明白自己已經快厭煩了，必須到我女朋友

---

2 博丹（Alphonse Baudin, 1811～1851）：法國醫生及國會議員，因反對路易・拿破崙（Charles-Louis Napoleon Bonaparte, Napoleon III, 1808～1873）於一八五一年十二月發動的政變，而喪生於軍民對峙街坊戰中。日後路易・拿破崙雖成功建立了法蘭西第二帝國，成為拿破崙三世，博丹的墓地仍是當時支持共和政體人士經常造訪、留連之地。

高迪耶（Théophile Gautier, 1811～1872）：法國浪漫派時期知名小說家、詩人及藝術評論家。

穆傑（Henri Müger, 1822～1861）：法國作家，成名作為《放蕩不羈者的生活點滴》，書中主角成為當時快樂且無憂無慮年輕世代的象徵。

3 米勒（Aimé Millet, 1819～1891）：法國雕塑家，博丹墳前的雕塑，正是他的作品。

4 拉畢齊（Eugène Labiche, 1815～1888）：法國知名劇作家、法蘭西學院院士，擅長以諷刺誇張手法，描寫利慾薰心的貪婪人物。

梅拉克（Henri Meilhac, 1830～1897）：法國知名劇作家、法蘭西學院院士，創作了許多由奧芬巴哈（Jacques Offenbach, 1819～1880）配曲的滑稽歌劇。

5 保羅・德・寇克（Paul de Kock, 1793～1871）：法國作家，於通俗長篇連載小說創作領域，享有盛名。

長眠之處獻上誠摯的追念。走到接近她的墳墓時，內心不由得有些痛楚——親愛的可憐人兒，她曾是那般溫柔體貼，對我那般情有獨鍾，而且她的皮膚如此白皙和紅潤……現在……要是把墓穴打開……

「我傾身倚靠在鐵欄杆上，對她低訴內心的苦楚，這些話她是絕對聽不到了。正準備離開之時，忽看見隔壁墳墓跪著一名戴重孝的黑衣女子。從她掀起來的黑色面紗，可以看見她長著一顆金髮的漂亮頭顱，她梳著中間分開、兩邊緊貼髮鬢的髮型，藏在烏黑帽子下的頭髮彷彿被晨曦照耀而發亮。我停住腳步沒有走開。

「她顯然極爲受苦，目光深埋在雙手裡，身體僵直不動，像一座陷入沉思的雕像。她的思緒早已遠離當下，飄忽在悔恨中，在掩蓋緊閉的雙眼下，她撥數著念珠，每粒珠子都是一段折磨人的回憶，她本身就像個想著另一個死者的死人。我猜她要哭泣了，我的臆測來自她背部輕微的起伏，動作如在風裡微微顫動的柳樹。一開始，她哭得很小聲，接著越來越劇烈，伴隨著頭部和肩膀快速抽動。突然，她睜開雙眼，那是一雙迷人的眼睛，眼裡噙滿淚水，她像瘋子般環顧四周，像剛從噩夢中醒來。她發現我在看她，顯得羞怯不安，又把整張臉埋進了雙手。這時，她的嗚咽變成了痙攣，頭慢慢朝大理石碑前傾。她把額頭貼在墓碑上，面紗散開來，蓋住心愛之人墳墓的幾個白色角落，像一件新的喪服。我聽見她在呻吟，然後身子癱軟，臉頰靠在石板上，動也不動，失去了知覺。

「我趕忙跑過去，用雙手拍打她，朝她眼皮吹氣，一邊讀著寫得很簡單的墓誌銘：『在此長眠的是海軍陸戰隊上尉路易—泰奧多爾·卡瑞勒，於越南北部的東京灣遭敵人殺害。請爲他祈禱。』

「他是幾個月前死的。我感動得熱淚盈眶，對她加倍照護。我的照顧見效，她醒轉過來。我神色激動，知道自己長得並不差、且四十歲不到，從她看我的第一眼，我就明白她會有禮貌地心存感激。她確實如此，另一些淚水又從她眼裡湧出，她斷斷續續講述自己的過往，胸部不斷地喘息——結婚才一年，做軍官的丈夫就在越南北部的東京灣戰死，他們是戀愛結婚的，因爲她不過是個失去雙親的孤女，僅有一份合乎規定的嫁妝。

「我安慰她、鼓勵她、攙扶她，讓她重新站起來。然後，對她說：『別待在這兒，跟我來。』

「她喃喃說道：『我沒辦法走。』

「『我來扶您。』

「『謝謝，先生，您眞是個好人。您也是來這裡悼念死去的親友嗎？』

「『是的，夫人。』

「『是一位女子？』

「『是的，夫人。』

「『是您的妻子？』

「『是一個朋友。』

「『我們可以像愛著妻子一樣愛一個女友，在愛情裡，是不存在法律的。』

「『是的，夫人。』

「我們就這麼一起離開，她倚靠在我身上，在行經墓地的小路上，我幾乎一直撐著她走。當走出墓園時，她有氣無力地低聲說道：『我想我快暈倒了。』

「『您要不要到哪裡歇歇，喝點什麼？』

「『好的，先生。』

「我看到一家餐廳，是繁縟喪葬儀式結束時，死者的朋友會前去歡慶的餐館之一。我們走了進去。我讓她喝一杯熱茶，她的體力似乎恢復一些，嘴邊露出淺淺微笑。然後，她便談起了自己，說她孤單地活在世上，日日夜夜一個人待在家裡，再也沒有人可以去愛，沒有人能讓她信靠，與她分享親密，這樣的生活眞是淒涼，非常淒涼。

「她的話聽起來誠懇眞心，她說話的口吻親切溫暖。我深受感動。她非常年輕，大概二十歲。我頻頻讚美她，而她也大方接受了。後來，因爲時間過得飛快，我提議叫輛車送她回家，她答應了。在馬車裡，我們緊靠在一起，肩並著肩，我們的體溫透過衣服相互交混著，這眞可說是世界上最令人心神蕩漾的事。

「馬車在她的住屋前停下，她輕聲說：『我覺得自己沒有力氣爬樓梯，因爲我住在四樓。您這麼的仁慈，願意再攙扶我一程、陪我走到住處嗎？』

「我連忙答應她的請求。她慢慢爬上樓，還一邊不停地喘息。然後，到了她家門口，她又補充道：『進來一會兒吧，好讓我謝謝您。』

「我進去了，這是再自然不過的了。她住的地方很樸素，甚至有些寒酸，但擺設簡單而整齊。我倆並排坐在一張長沙發上，她又再次提起自己的孤單寂寞。

「她按鈴叫女傭來爲我準備點喝的。傭人沒來。我心裡一陣高興，因爲我猜想那個女傭應該只有早上才來，也就是一般所謂幫忙打掃的女傭。

「她已把帽子摘了下來，清澈的雙眼盯著我看，那模樣眞的好溫柔。她的眼神如此專注、眼睛如此清亮，一時間，我興起了一股強烈慾望，而我向這慾望屈服了。我把她擁入懷裡，親吻她突然闔上的眼皮……吻著……吻著……親吻了許久。

「她掙扎著，一邊推開我，一邊重複道：『停止……停止……停止吧！』

「她想用這個詞表示什麼意思呢？在相同的情況下，『停止』至少有兩種涵義。爲了讓她不再說話，我把親吻從眼睛移到嘴巴，給了『停止』一詞我所偏愛的結論。她並未多做抵抗，我們的舉動對於戰死在北越東京灣的上尉是一種侮辱，但後來，當我們再次四目相對，她顯得無精打采、軟弱、順從，我的憂慮因而消散。

「我變得像紳士般有禮，殷勤體貼、滿心感激。又繼續閒聊了約莫一個鐘頭後，我問她：『您在那裡吃晚餐？』

「『附近一家小餐館。』

「『獨自一人？』

「『當然。』

「『您可願意和我共進晚餐？』

「『上哪兒去呢？』

「『到林蔭大道上一家高級餐廳。』

她略略推遲了一下。我堅持帶她去，她終於同意了，同時給自己找了個理由：『我感覺好心煩……好心煩。』接著又說，『我得換一件顏色不那麼深的衣裳。』

「她走進了臥室。出來時，穿著一件樣式極爲簡單的灰色禮服，輕微戴孝的打扮，嫵媚、纖細、苗條——顯然，她有墓地服飾和進城服飾的區分。

「晚餐氣氛非常眞誠友好。她喝了香檳，情緒興奮，生氣活潑。飯後，我和她一起回到她住處。

「這份在墓地締結的私情大約持續了三個禮拜。但男人對一切都容易厭倦，尤其是對女人。我藉口有個推卸不掉的重要旅行，因而離開了她。我走的時候非常慷慨，她對我很感激。她要我承諾、要我發誓，回來後會再來找她，因爲她似乎眞的對我有些依依不捨。

「之後，我追求另外幾段戀情。將近一個月的時間，再去見這位服喪小戀人的想法，並沒有強烈到讓我付諸行動。可是我仍沒有忘記她……對她的回憶始終縈繞心頭，像一樁祕密、一則心理學的難題，又像那無法解釋的問題，爲了找尋解答，我們傷透了腦筋。

「有一天，沒來由地，我自認爲會在蒙馬特墓園再見到她，於是便來到了那裡。

「我在園區散步許久，遇到的都是些墓地裡常見的訪客，那些還無法與死去親友完全斷絕關係的人。在東京灣被殺的上尉墳前，沒有靠在大理石板上哭泣的女人、沒有鮮花，也沒有花圈。

「然而，我在這個亡者聚居的大城鎮另一區塊迷了路。突然，從狹窄的十字架林蔭道上，瞥見了一對戴重孝的男女迎面走來。多麼令人錯愕啊！當他們走近時，我認出就是她！

「她看到我，臉紅了，在與她錯身而過時，擦到她的衣袖，她向我微微示意，使了一下小眼色，意思是：『別來認我。』但那似乎也在說著：『回來看我，親愛的。』

「那男人長得很體面，高雅、瀟灑大方，是榮譽勛位團的軍官，年約五十歲。他扶著她，就像上次我扶著她走離墓地一樣。

「我吃驚地走開了，思忖著方才看到的這一幕——這個墳墓間的女獵手，究竟屬於哪類物種？是個普通的妓女，一個頗具靈感的娼妓，專門來到墓地獵取憂愁的男人，而這些男子心底尚纏繞著某個女人的影子，無論是妻子或情婦，仍對記憶中那消失不再的溫存心煩意亂？純屬她的個人行爲？還是有許多像她一樣的女人？這是個職業嗎？她們是不是把墓園當成街道招攬客人？墓地裡的女人！抑或，是她從深奧的哲學思索裡想出了如此令人激賞的點子，來到這些舉行葬禮的地方，探究男人重享愛情之餘感受到的懊悔？

「我眞想知道那天，她到底是誰的遺孀？」

——〈墓地裡的女人〉（Les tombales），原刊於一八九一年一月九日《吉爾・布拉》日報

獲得勛章了！

有些人出生下來，打從開始會說話、會思考，就有一項突出的天性、一個志願，或僅僅有種被喚醒的願望。

薩可耶蒙先生自童年時期始，腦中就只有一個想法——得到勛章。年紀還很小，就會像其他孩子戴軍帽一樣，佩戴著鋅製的榮譽勛位十字勛章。而走在街上，他會挺起別有紅緞帶和金屬星星的胸脯，神氣地把手交給母親牽著。

他書讀得不好，沒通過高中生畢業會考[1]，不曉得該做什麼，但因爲有些許財產，所以娶到一個漂亮的女孩。

夫妻倆住在巴黎，生活過得如富裕的上層中產階級，走進與他們同階層的圈子內，並和社交界裡的人保持關係。他們因爲認識一位可能會當部長的議員而自豪，此外，他們還是兩名軍團師長的朋友。

但那個自生命初期便進入腦袋的念頭，薩可耶蒙先生始終忘不了，由於無權在禮服上佩戴有顏色的絲帶勛章，他無時無刻不感到痛苦。

在城市大道看見戴勛章的人每每總給他心上一擊。他斜眼看著他們，心中嫉妒加劇。有時，在無聊的漫長午後，他會開始計數著。他對自己說：「來吧，從馬德連納教堂到魯歐特街，看我能找到幾個。」

他慢慢地走，仔細查看行人的衣服，眼睛被訓練得遠遠就能分辨出那個小紅點。當走到路程的盡頭，他總會對這些數字感到驚奇：「八個四級榮譽章、十七個騎士榮譽勛章，竟然這麼多！如此濫發十字章，實在荒謬，且看看回程我會不會找到一樣多。」

他步履緩慢地往回走，遇上擁擠的過路群眾妨礙搜尋，讓他遺漏了人，便覺得惋惜。

他知道哪些地區戴勛章的人最多——皇家宮殿那兒到處都是。歌劇院大道的人數比不上和平街的；相較於城市大道的左側，戴勛章的人更喜歡聚在右側。

這些人似乎也有喜歡去的咖啡店和戲院。每當薩可耶蒙先生瞥見一群白髮蒼蒼的老紳士站在人行道中間，擾亂了交通，心裡便想：「這可都是些獲得四級榮譽章的長官！」他有股想上前致敬的

1高中生畢業會考（baccalauréat）：通過此會考，可獲得一張寫有考試成績等級的證書，代表高中學業的總表現，類似臺灣的高中文憑。法國人相當重視此項考試，有證書的學生才有資格申請大學或同等學校，找工作也較容易。這句話意即，故事中的主角高中沒畢業。

慾望。

得到四級榮譽章的人，與普通的騎士榮譽勛章得主，舉止是有所差別的（這點他經常留意到）——前者的頭部姿態不同，可以明顯感覺到，他們在官方的認可上擁有更高的尊敬，聲望也更遠播。

時而，薩可耶蒙先生心中也會竄升起一團怒火，所有得到勛章的人都讓他氣憤填膺，他覺得對他們懷有一股社會主義者[2]式的仇恨。

回到家中，他會因爲遇到這麼多戴十字勛章的人而深受刺激，就像饑餓的窮人從販賣食物的大型店鋪前走過那樣，大聲說道：「究竟要到什麼時候，才有人幫我們趕走這卑鄙醜陋的政府？」

妻子訝異地問他：「你今天怎麼了？」

他回答：「我啊，我是爲到處可見的不公義事情而生氣。啊，巴黎公社[3]的人當初那麼做果眞是有道理的！」

但晚餐過後，他又再度出門，前往賣勛章的店鋪流連。他細細查看各式各樣、顏色各異的徽章，眞想把它們全都占爲己有，然後在公眾典禮場合，在一間滿是賓客與讚嘆者的大禮堂，走在隊伍最前面，胸前閃閃發亮，一排又一排勛章隨著他肋骨的形狀彼此交疊整齊羅列。他手臂下會夾著高頂大禮帽，在一片低聲讚美中、在充滿尊敬的喧譁中，莊嚴地從人前經過，像顆光芒耀眼的明星。

可是，唉，他沒有任何名義可得到任何一種勛章！

他心想：「對一個沒擔任過任何公職的人而言，想獲得榮譽勛位勛章眞是太難了。要不我來試試得個文化教育勛章應該也不錯吧？」

他不知道該如何著手，向妻子提起，妻子愣住了：「文化教育勛章？你爲這方面做過些什麼啦？」

他發怒了：「你好好聽清楚我要說的！我這不就正在想該怎麼做。你有時候還眞笨。」

她微微一笑：「完全正確，你說得沒錯。但你問我，我可不知道！」

他有個主意：「假如你和侯瑟藍議員談談，他或許能給我極好的建議呢？我嘛，你知道，我可不敢直接找他討論這個問題，這太微妙、太難開口了。由你來說，事情就自然多了。」

薩可耶蒙太太照他的要求去做，侯瑟藍先生承諾會對部長說。薩可耶蒙因此不時來纏他，議員最後的回答是必須提出申請，並列舉已有的頭銜。

頭銜？問題來了。他連張高中文憑也沒有。

但他仍投入了工作，他想編一本小冊子，名叫《論人民受教育的權利》。但思想貧乏，沒法完成。

2社會主義者（socialiste）：主張維護普遍性的公共正義，而非特定少數人的利益。

3巴黎公社的成員，主要是擁護社會主義的工人階級及各類型的社會主義者。他們曾推行政教分離、工資平等、性別平等，為的是追求社會公平正義，反對國家利益由少數階級所把持。

他尋找較簡單的主題，依序涉獵了幾個。首先是「透過視覺來教育兒童」，他想在貧窮的地區爲年幼的小孩搭建一些免費劇院。當孩子還小時，父母就帶他們來那裡，讓人們用幻燈片教他們人類所有知識的基本概念。這是名副其實的課程。頭腦藉由觀看來獲取知識，影像牢牢地刻印在記憶裡，科學因此成爲看得見的事物。

以這種方式來教授世界史、地理、自然史、生物學、動物學、解剖學等等，還有什麼比這更簡單的？

他請人印製這本論文，寄給所有議員，一人一本，每位部長各十本，共和國總統五十本，巴黎的報社也各送十本，外省的報社五本。

接著，他探討街上流動圖書館的問題，他希望政府能製造像賣橘子小販用的小車子，車上載滿書籍，派人開到街上巡迴。居民每人繳一毛錢的訂閱費，就有權每月租借十本書。

薩可耶蒙先生寫道——「人民只有爲了享樂才會擱下手邊工作。既然他不主動來接受教育，就必須要讓教育去找他等等。」

他的論述沒有得到任何回響。然而他仍舊遞交了申請，得到的答覆是正在登錄中、研究中。他有把握會成功，便等待著。卻沒有任何回音。

於是，他決定自己想辦法找門路。他求見教育部長，結果是部長辦公室的專員接見了他。此人年紀輕輕，舉止已老成持重，甚至頗有權勢，只見他像彈鋼琴般按下一連串白色小按鈕，傳喚門口招待員、候見室的服務生，以及下屬職員。他向求見者確定所申請的事進展順利，建議他繼續這傑出的工作。

薩可耶蒙先生又重新投入了工作。

侯瑟藍議員，現在似乎對薩可耶蒙的事業能否成功相當關心，甚至提供了許多實用的好建議。況且他得過勛章，只不過，大家不太清楚他做了什麼而能得到這份殊榮。

他指點薩可耶蒙可著手研究的新方向，他將他介紹給一些學者組成的協會，這些人專門研究艱深科學問題，爲的是想獲得一些榮譽。他甚至還到政府相關部門舉薦薩可耶蒙。

有一天，他到薩可耶蒙家吃午餐（近幾個月來，經常到他家吃飯），緊握住薩可耶蒙的手，低聲說道：「我剛剛爲你爭取到一件非常好的差事。歷史工作委員會委派了你一項任務，工作內容是到法國各圖書館做研究。」

聽到消息，薩可耶蒙渾身癱軟，既無法吃也無法喝——八天後，他出發了。

他從一個城市到另一個城市，研讀目錄、在成堆舊書的頂樓裡搜尋，書上滿布灰塵，他滿懷著對圖書館員的怨恨。

然而有天晚上，他人在盧昂，想回家抱抱一星期沒見的妻子，便搭上九點的火車，預計午夜到家。

他帶有鑰匙，悄悄地走進屋裡，因快樂而微微顫抖，高興能給她來個驚喜。但她把房門鎖住了，眞惱人！於是，他隔著門高喊：「簡妮，是我！」

她應該很害怕，因爲他聽見她從床上跳起，像做夢一樣自言自語。接著跑到浴室，打開門又重新關上，光著腳在房間來回快跑了好幾趟，碰撞到家具，家具上的玻璃吊飾叮噹作響。終於，她開口問：「眞的是你，亞歷山大？」

他答道：「當然是我，開門呀！」

門打開了，妻子撲進他懷裡，口齒含糊：「啊，眞是嚇壞我了！好個驚奇！我好高興！」

他像平常一樣條理分明地開始褪去一件件衣物。從椅子上拿起那件他習慣掛在門廳的大衣。但，忽然間，他驚訝地愣住了——大衣的鈕扣眼上繫著一段紅絲帶！

他口吃了：「這……這……這件外套上有勳章！」

妻子一個跳躍，朝他撲來，抓住他手裡衣服：「不……你搞錯了……把衣服給我。」

但他仍一直拉著大衣的袖子不肯放手，慌亂中反覆說著：「咦？……爲什麼？你給我個解釋？……這外套是誰的？……既然上頭掛了榮譽勳位勳章，當然不會是我的！」

她發瘋似地努力想把衣服奪過來，說話結結巴巴：「聽著……聽著……把那個給我……我不能告訴你……這是個祕密……聽我說。」

但他生氣了，臉色發白：「我要知道這件外套怎麼會在這裡！它不是我的。」

於是，她朝著他的臉大叫：「怎麼不是，閉嘴，給我發誓……聽著……好吧，你得勳章了！」

他激動得鬆開手上大衣，跌坐在沙發裡：「我得……你是說……我得到……勳章了。」

「是的……這是個祕密，一個大祕密……」

她把那件帶有榮耀的衣服放進衣櫥裡，全身發抖、臉色蒼白，朝丈夫走來。她繼續說：「是的，這是我託人幫你做的新外套。但我發誓什麼都不對你說。這件事要一個月或六個星期後才會正式公布。必須等你完成你的任務。你原本應該會在任務完成回來後才知道。是侯瑟藍先生爲你爭取到的……」

薩可耶蒙幾乎要暈厥過去，舌頭打結了：「侯瑟藍……得到勳章……他爲了我去爭取勳章……我……他……啊！……」

他不得不喝杯水。

一張白色的小紙片落在地上，是方才從大衣口袋掉出來的。薩可耶蒙撿起它，是張名片，他讀道：「侯瑟藍——國會議員」。

妻子說：「你可看清楚了。」

他高興得開始哭起來。

一星期之後，政府公報上刊載著——「薩可耶蒙先生，因特殊公務獲頒榮譽勳位騎士勳章。」

——〈獲得勳章了！〉（Décoré!），原刊於一八八三年十一月十三日《吉爾・布拉》日報

莫泊桑生平事略

一八五〇年	八月五日出生於距諾曼第海港迪耶普（Dieppe）八公里處的米洛梅尼勒城堡（château de Miromesnil）。父親家族這邊，為法國東北部洛林地區貴族，十九世紀中葉始遷至諾曼第。父親古斯塔夫・德・莫泊桑（Gustave de Maupassant）是股票經紀人，性喜拈花惹草。 母親家庭這邊，為諾曼第首府盧昂市的富豪之家。母親羅兒・勒・波華特凡（Laure Le Poittevin）文學教養極佳，喜愛古典文學，尤其是莎士比亞的作品。 雙親乃戀愛結婚，基・德・莫泊桑（Guy de Maupassant）是他們的長男。
一八五四年	搬家到哈佛爾港（Le Havre）附近的布朗德葛漢威爾—伊莫維爾城堡（château Blanc de Grainville-Ymauville）居住。父親與下女發生曖昧情事，種下夫妻分居肇因。
一八五六年	弟弟艾爾維（Hervé）出生。
一八五九年	因父親工作關係，舉家遷到巴黎，莫泊桑進入拿破崙中學就讀。
一八六〇年	父母離婚，母親帶著兩個兒子返回諾曼第，住在艾特達（Étretat）的雷維爾基（Les Verguies）別墅。莫泊桑在此度過童年，經常往來於漁村和農莊之間玩耍，培養出對大自然和戶外活動的喜好，尤其喜歡釣魚。 母親身兼父職教養孩子，莫泊桑深愛著自己的母親。
一八六三年	聽從母親意見，進入依伍多（Yvetot）教會學校當寄宿生，並開始創作詩歌。這段早期的天主教教育，使莫泊桑終生對宗教抱持敵對態度。
一八六七年	因寫了一首蔑視教會的詩而遭到神學校退學。十月進入盧昂高級中學，在校成績優秀，學校的自由氣氛讓莫泊桑對詩歌、戲劇的興趣濃厚。是秋，與舅舅和母親的童年摯友福樓拜（Gustave Flaubert）會面。 福樓拜，盧昂市外科醫師之子，其家庭與莫泊桑母親的家族是世交，莫泊桑的祖父曾為福樓拜的教父。

一八六九年	從盧昂中學畢業，取得法國文科業士學位。在母親和福樓拜建議下，赴巴黎攻讀法律。
一八七〇年	普法戰爭爆發（一八七〇年七月至一八七一年五月），莫泊桑被徵召入伍，擔任後勤部隊及砲兵。這段戰爭經歷，成為他日後寫作的重要題材。
一八七一年	從軍中退伍。
一八七二年	離開諾曼第，前往巴黎，進入海軍部當職員，開始了公務員的單調生活。主要娛樂是星期日或假期，和朋友到塞納河划船。此外，也從事打獵活動。
一八七三年	福樓拜開始指導莫泊桑文學創作。福樓拜居留巴黎時，莫泊桑每週日前往拜訪，請其批閱自己的習作。這位文學導師教莫泊桑以嶄新眼光觀察現實，並讓莫泊桑嘗試了各種風格的練習。與友人勤學戲劇。
一八七四年	在福樓拜寓所先後結識屠格涅夫、都德、左拉、龔固爾兄弟，以及多位寫實主義派和自然主義派青年作家。
一八七五年	以筆名約瑟夫・布留尼耶（Josephe Prunier）發表第一部短篇故事〈人手模型〉（La main écorchée）。與若干朋友以不公開方式，演出猥褻滑稽劇《玫瑰花瓣，土耳其之家》。
一八七六年	在《文學共和國》雜誌發表詩歌〈在水邊〉。 經常受邀前往左拉位在巴黎郊區的「梅塘別墅」聚會，與自然主義作家交往。 開始以不同筆名投稿各報章雜誌。
一八七七年	於《國家》雜誌刊載評論文章〈十六世紀的詩〉。 得知染上梅毒；宣稱患上此病，是他對資產階級的報復。 向海軍部請假，赴瑞士雷安溫泉治療。
一八七八年	因福樓拜的關說，由海軍部轉入教育部任職。

一八七九年	韻文劇《往昔的故事》上演。 十二月開始撰寫小說〈盧昂人與戰爭〉，即為其後的〈脂肪球〉。
一八八〇年	短篇小說〈脂肪球〉首度發表於由左拉主持、以普法戰爭為題的六人短篇小說集《梅塘夜譚》中，大獲成功。福樓拜盛讚，這是部「可以流傳於世的傑作」。從此在文壇聲名大噪，往後十年為其創作高峰期。 同年五月八日，接獲福樓拜驟逝的消息。 與左拉派漸行漸遠。 赴法國南部旅行。
一八八一年	辭去公務員職務，專心創作。以報社特派員身分赴北非旅行。 出版第一本短篇小說集《泰利埃公寓》（La Maison Tellier），該書於兩年內印了十二刷。
一八八二年	出版第二本短篇小說集《菲菲姑娘》（Mademoiselle Fifi）。
一八八三年	完成並出版第一部長篇小說《女人的一生》（Une Vie），八個月內銷售兩萬五千冊。出版短篇小說集《山鷸的故事》（Contes de la bécasse）、《月光》（Claire de lune）。 以多部作品的版稅收入，於故鄉艾特達（Étretat）建造基列特（La Guillette）別墅。 名利雙收，以暢銷作家身分經常出入巴黎上流社會。
一八八四年	於基列特別墅完成第二部長篇小說《俊友》（Bel-Ami）。 出版短篇小說集《龍德莉姊妹》（Les Soeurs Rondoli）、《哈利艾特小姐》（Miss Harriet）、《伊薇特》（Yvette）及遊記《太陽下》（Au soleil）。
一八八五年	長篇小說《俊友》出版，短短四個月印製了三十七刷。 赴義大利、西西里島旅行，在南法購置別墅。 十月滯留溫泉區治病。 出版短篇小說集《白晝與黑夜的故事》（Contes du jour et de la nuit）、《托瓦納》（Toine）。

一八八六年	購買遊艇，命名為「俊友號」。 赴義大利和英國旅行。 秋天赴南法，以寫作與乘遊艇度日。
一八八七年	完成長篇小說《兩兄弟》（Pierre et Jean）。 至阿爾及利亞、突尼西亞旅行。不時為激烈病痛所苦，時生幻覺。 出版具奇幻色彩的短篇小說集《奧拉》（Le Horla）。
一八八八年	弟弟艾爾維（Hervé）精神病發住院，年底又復發。 在眼疾和失眠情況下撰寫長篇小說《如死一般堅強》（Fort comme la mort）。 遊記《在水上》（Sur l'eau）出版。
一八八九年	出版長篇小說《如死一般堅強》。 病情惡化，使用麻醉劑以承受痛苦。乘俊友號旅行義大利。 短篇小說集《左手》（La Main gauche）出版。 弟弟艾爾維病逝里昂腦科醫院，享年三十三歲。
一八九〇年	最後一部長篇小說《我們的心》（Notre coeur）出版、遊記《漂泊生涯》（La Vie errante）出版、短篇小說集《無益的美麗》（L'inutile Beaté）出版。 赴盧昂參加福樓拜紀念碑揭幕式。
一八九一年	繼續寫作小說《昂瑞呂斯》（L'Angélus），但未完成。 多方求醫，四處療養，屢次寫信給諸位友人，宣稱自己將不久人世——「我猶如流星般進入文學世界，也將如閃電般離開。」
一八九二年	數度企圖自殺，被送進巴黎近郊的精神病院。
一八九三年	七月六日病逝，享年四十三歲，葬於巴黎的南方墓園（cimetière du Sud）。

翻譯、整理／呂佩謙

國家圖書館出版品預行編目資料

莫泊桑短篇小說選集 / 莫泊桑（Guy de Maupassant）著；
呂佩謙譯
——初版——臺中市：好讀，2016.11
面；　　公分——（典藏經典；98）

ISBN 978-986-178-391-8（平裝）

876.57　　105009245

好讀出版

典藏經典 98

莫泊桑短篇小說選集

作　　者／莫泊桑 Guy de Maupassant
譯　　者／呂佩謙
總 編 輯／鄧茵茵
文字編輯／簡伊婕
美術編輯／廖勁智
內頁編排／王廷芬
發行所／好讀出版有限公司
台中市 407 西屯區工業 30 路 1 號
台中市 407 西屯區大有街 13 號（編輯部）
TEL:04-23157795 FAX:04-23144188 http://howdo.morningstar.com.tw
（如對本書編輯或內容有意見，請來電或上網告訴我們）
法律顧問　陳思成律師

線上讀者回函
更多好讀資訊

讀者服務專線／ TEL：02-23672044 / 04-23595819#212
讀者傳真專線／ FAX：02-23635741 / 04-23595493
讀者專用信箱／ E-mail：service@morningstar.com.tw
網路書店／ http : //www.morningstar.com.tw
郵政劃撥／ 15060393（知己圖書股份有限公司）
印刷／上好印刷股份有限公司
如有破損或裝訂錯誤，請寄回知己圖書更換

初　　版／西元 2016 年 11 月 15 日
初版六刷／西元 2023 年 09 月 30 日
定　　價／ 350 元

Published by How Do Publishing Co., Ltd.
2023 Printed in Taiwan

ISBN 978-986-178-391-8